作家出版社 & 悬疑世界（上海浩林文化传播有限公司）

命运有无限种可能

天机

第三季

空 城 之 夜

蔡骏

著

作家出版社

每个人都可以听到自己前前后后所做的一切事情

（全本朗读）

新版《天机》同名广播剧
由"喜马拉雅电台"制作开播，
请扫描关注收听！

不要温和地走进那个良夜

许多年来许多人都问我，《天机》究竟是什么样的故事？

我也一直在想，这个故事以及答案都太过繁杂，就像一面打碎了的镜子，可以照出房间里的每个角落，又似乎像个迷宫。

而在某个转角，我看到了那个良夜。

我想，是关于希望。

很抱歉，我在小说中写到了斯蒂芬·金，并借虚构说出我对他的敬意与膜拜，也算是夹带一点小小的私货。当中国读者崇拜日本推理小说比如东野圭吾的时代，我却如此执拗地喜欢这个写小说的美国男人。因为，他的所有文字，都在讲述同一个故事——希望。

不要温和地走进那个良夜，说的就是希望。

良夜是死亡，是绝望，是我们可能面临的一切的黑夜。

但在最漫长的那一夜里，还有光和希望。

于是，多年以后，这本全新版本的《天机》四季，带着声音，来到你们的眼前和耳边。

经过了《人间》《谋杀似水年华》《地狱变》《生死河》《偷窥一百二十天》……直到现在的"悬疑世界文库"，你们长大了，我也是。

至于你们都在期待着的，《天机》的电影、舞台剧、网络剧、动漫，都将在这一年或两年内面世。也许，他们会跟你想象中的《天机》有所不同，但又是同样的一群男人和女人。说实话，我也很好奇，他们究竟会长什么样子。

总之，叶萧和小枝们的迷惘与行走，仍在继续。比如，我那从未写完过的《沉默兽》，又比如从《天机》衍生而来的新的故事。

还有最漫长的那一夜。

感谢你们用心爱着我，以这简短的总序言之名。

蔡骏

2014 年 12 月 11 日星期四 于上海苏州河畔

摩西向海伸杖，耶和华便用大东风，
使海水一夜退去，水便分开，海就成了干地。
以色列人下海中走干地，
水在他们的左右做了墙垣。
——《圣经·旧约全书·出埃及记》

是 否

作词：罗大佑

作曲：罗大佑

演唱：罗大佑

是否这次我将真的离开你
是否这次我将不再哭
是否这次我将一去不回头
走向那条漫漫永无止境的路

是否这次我已真的离开你
是否泪水已干不再流
是否应验了我曾说的那句话
情到深处人孤独

多少次的寂寞挣扎在心头
只为挽回我将远去的脚步
多少次我忍住胸口的泪水
只是为了告诉我自己我不在乎

是否这次我已真的离开你
是否春水不再向东流
是否应验了我曾说的那句话
情到深处人孤独

目　录

不是天堂。

不是地狱。

不是人间。

而是另一个世界。

黄宛然行走在一条白色的甬道上，四周雕刻着许多带着神秘微笑的佛像，厚厚的嘴唇里吐出咒语。她感到自己的身体轻了许多，仿佛从地面飘浮起来。

推开一扇黑色的门，里面是个宽敞明亮的房间，成立正端坐在椅子上。他依然西装革履，身体完整，并非想象中那样只剩下一半。

成立站起身来抓住妻子的手，露出难得的微笑："你终于来了，亲爱的。"

"你，不恨我了吗？"

"我从来没有恨过你。"

黄宛然怔怔地点头，顺势靠在他的肩头，听到他翻动书页的声音，才发现他手里拿着一本书，封面上印着《天机·第三季 空城之夜》。

第一章 罗刹昙花

2006 年 9 月 28 日，下午 4 点 13 分。

罗刹之国。

大雨如注。

电闪雷鸣。

黄宛然从中央宝塔顶上坠落，下坠了数十米之后，在顶层平台上粉身碎骨。

童建国、林君如、伊莲娜、玉灵和小枝，在塔底目睹了她最后的坠落。

鲜红的血被雨水冲刷，奔流着倾泻下大罗刹寺，顺着无数陡峭的石阶，形成一道死亡的瀑布，冲入古老的广场，浇灌每一寸曾经布满尸骨的土地。

没人敢走到她身前，她扭曲的身体，在死后经受神圣的洗礼，一朵朵红色的水花绽开，是否是她坟头不败的野花？

昨晚，她没能将唐小甜从死神手边救回，今天，她自己进入了死神口中。

黄宛然是第六个。

五分钟后，钱莫争搂着十五岁的秋秋，全身战栗着从塔内出来了。他们早已浑身湿透，飞快地冲到雨里，扑在黄宛然破碎的身躯上。

钱莫争将她的头轻轻捧起，低头吻了黄宛然的唇——她的面部还保存得完好无损，口中喷出的大量鲜血，就像最鲜艳的红色唇膏，令她依然妖媚动人，看上去仍是十七年前香格里拉最美的医生。

她的唇仍然温热，似乎灵魂还不愿轻易离去，缓缓地缠绵在钱莫争嘴边，梦想与他融为一体。

而秋秋将头埋在妈妈怀里。黄宛然所有的肋骨都已粉碎性折断，使得身体软绵绵的像一张床，她的泪水打湿了床单，只愿永远躲在这张床里，再也不要离开半步。

"妈妈！对不起！我不会再离开你了。"十五岁的少女抽泣着，但任何语言都是那么苍白——妈妈是为了救她而死的，只因为她的固执和任性。她无法宽恕自己的行为，只留下一辈子的内疚和悔恨，并且永远都无法偿还。

昨天清晨刚刚失去"父亲"，几分钟前又失去了母亲。短短三十多个小时，她从家庭完整的富家女，变成了"父母双亡"的孤儿。世界仿佛在刹那间崩溃，对她而言已是末日。

秋秋闭上眼睛任大雨淋透全身，耳边只剩下哗哗的雨声，黑暗里她看到妈妈的微笑。

几秒钟后，一双手将她拉起来，拖回宝塔内躲避雨点。那是童建国的大手，温暖又充满力量，将女孩紧紧搂在肩头，不让她再看到母亲的尸体。

天空又闪过一道电光。钱莫争绝望地抱起黄宛然，缓缓向顶层平台的边缘走去。脚下的血水几乎都被冲干净了，只有一些残留在雕像间的血痕，还映照着他苍白的脸庞。

"小心！"童建国把秋秋交给林君如，立即冲到钱莫争的身边，"你要干什么？"

他仍面无表情地走了几步，才一字一顿地回答："我要带她离开这里。"

"你要抱她下去吗？这太危险了，这么大的雨，这么陡峭的石阶，你自己都会送命的！"

"我不怕。"钱莫争回答得异常平静。

这让童建国更加着急："我不管你和她到底什么关系，反正我不能让你这么送死。"情急之下他张望着四周，视线穿过茫茫的雨幕，落到四角的宝塔上。他马上拉住钱莫争的胳膊，大吼道："快跟我来！"

钱莫争抱着死去的黄宛然，跟着童建国来到西北角的宝塔内。他们钻进狭窄的塔门，里面是个阴暗干燥的神龛，与外面的世界截然不同。

"就把这里当做她的坟墓吧。"黑暗中童建国无奈地说，"让她与天空近一点。"

钱莫争颤抖了片刻，便放下黄宛然的尸体，又有两行热泪滚落下来，他深深吸了一口气说："再见，亲爱的。"

他和童建国钻出洞口，随后从周围搬来些碎石头，迅速地把洞口填了起来，整座宝塔就此成为坟墓，矗立在大罗刹寺顶层平台的西北角，接近极乐世界的角落。

大雨坠落到他的眼里，钱莫争仰望着高耸入云的中央宝塔，最高一层已被雷电劈毁，由十九层变成了十八层——**地狱减少了一层，但并不意味着罪孽可以减少一分。**

正如悬疑也不会减少一分。

顶层平台的下面一层。

"世界上最快的速度是什么？"

"光速？"

"不，是念头的速度。"

手电再度熄灭了，地宫仅存的狭小空间里，顶顶就像站在舞台上，她磁性的声音划破黑暗。

"念头？"叶萧疲倦地靠着壁画，心里"咯噔"颤了一下，他和孙子楚还有顶顶，仍然被困在地宫内，残留的氧气越来越少，他们已经有点呼吸不畅，就像小时候玩捉迷藏的游戏，躲进封闭的大衣橱里的感觉。

"念头会支配你的动机和因果。"

"你现在的念头是什么？"

"命运——"近得能感受到她口中呼出的气息，带着微微的颤动，"命运让我来到罗刹之国，发掘尘封的秘密，窥视自己的灵魂。"

"不单单是你，还有我！"沉默半晌的孙子楚突然插话，语气却消沉而低落，与平日的生龙活虎判若两人。

叶萧也补充了一句："没错，我们所有的人，只要踏入这座沉睡的城市，都将看到自己的灵魂。"

"只要你对自己的念头稍做分析，便可了解自己充实自己热爱自己。"顶顶一口气连说了三个"自己"，仿佛正感受到的某个人的痛楚，也在隐隐刺痛自己的神经。

"也许吧。"

"对于一个想深度了解自己的人来说，念头很重要！"她最后又强调了一句，然后站起来打开手电，照射着叶萧和孙子楚的脸。

他们俩都用手挡着眼睛，孙子楚低声道："省着点电吧。"

"省到我们都成为枯骨吗？"顶顶忽然怔了一下，抬头看看昏暗的天花板，脸色凝重地问，"你们有没有听到？"

"什么？"

"刚才，有什么奇怪的声音，就在我们头顶——重重的撞击声，但隔了几层石板，传到这里就很轻很轻了。"

这种描述让孙子楚毛骨悚然，他立刻爬起来说："我都快要被逼疯了，还是快点想办法逃出去吧。"

顶顶的手电光扫到石门上，刚才是几人合力推开了门，现在这堵门又沉又重，再度嵌在门槛里面，不知如何才能打开。叶萧和孙子楚两个人用力去推这道石门，顶顶也一起来帮忙，但无论三个人多么用力，大门却依旧纹丝不动。

"该死！为什么进得来却出不去！"孙子楚拼命敲打着石门，仿佛祈求外面的灵魂为他开门。

叶萧则接过顶顶的手电，仔细照射着门沿四周。

忽然，他发现石门右侧的墙壁上有个十几厘米见方的神龛，上面有个匕首状的凹处，就像正好有把小匕首被挖了出来。孙子楚也紧盯着这里，总感觉这形状似曾相识，他低头思索了片刻，猛然拍了拍脑袋，立刻打开随身的包，取出了一把古老的匕首。

就是它！

昨天上午在森林中的小径，发现了一个神秘的骷髅头，口中含着一把匕首——连刃带把不过十厘米，一头是锋利的尖刃，另一头却雕着某种神像，竟是个面目狰狞的女妖，虽然表面已经锈蚀，但历经数百年依旧精美，乍一看有摄人心魄的力量。

"怎么会在你的包里？"叶萧立刻质问孙子楚。

他只能红着脸回答："你知道我是教历史的，特别喜欢这种小玩意，实在忍不住就偷偷藏在了包里。"

"浑蛋！"

在叶萧骂完这句之后，顶顶从孙子楚手里夺过小匕首，昨天还是她最早发现这东西的。

瞬间，她想起身边的第七幅壁画——如同荆轲刺秦王，仓央用"图穷匕见"的方法刺死了大法师，用的不就是眼前的这支匕首吗？

心跳又一次加快，不知什么原因，这把决定了罗刹之国命运的小匕首，被塞入了一个死者的嘴巴里，在森林中沉睡了八百年，最终落到了萨顶顶的手里。

她颤抖着将匕首放到眼前，匕首握柄处的女妖雕像，仿佛睁开双眼射出骇人的目光。

顶顶将小匕首缓缓举起，对准石门旁边的小神龛，小心地塞入那匕首状的凹处。

就像是模子和模具，小匕首竟丝毫不差地按了进去，无论是锋利的刃口，还是锯齿状的女妖雕像，都与凹处的边缘严丝合缝，仿佛就是从这面墙上掉下来的。

她深呼吸了一下，轻轻转动起小匕首。果然神龛也跟着转动起来，就像钥匙塞进了锁眼里——匕首正是打开地宫大门的钥匙！

正当叶萧和孙子楚感到一线生机时，却听到脚下响起一阵奇怪的声音。还没等他们反应过来，脚底的石板已经碎裂，形成一个巨大的陷阱。地心引力如一双有力的大手，将他们彻底拉了下去。

三个人瞬间都掉下了深渊……

童建国坐在中央宝塔内，似乎听到一阵绝望的呼喊声，来自某个无底的深渊。

大雨，渐渐稀疏了下来。

偌大的罗刹寺顶层平台上，只剩下他一个活着的人了。

十几分钟前，他和钱莫争将黄宛然埋葬在西北角的宝塔内，钱莫争便带着秋秋爬下台基，与黄宛然永远告别了。玉灵、小枝、林君如、伊莲娜都跟随着钱莫争，小心地走下陡峭的金字塔，离开这个古老的伤心地。只有童建国留在了原地——还有三个人被困在地宫，必须想方设法把他们救出来。

此刻，他似乎是世界上最后一个人，孤独地看着雨水从塔檐滴落，如无数珍珠散落在石板上。刚才被雨淋湿了衣服，贴在身上感到阵阵寒冷，他索性把上衣都脱掉了，光着膀子袒露着肌肉，虽然他已五十七岁了，却仍像年轻人一样健壮，只是后背有好几道伤疤——那是几次被子弹洞穿留下的纪念，还有半块弹片至今仍残留在肩胛骨下，每逢阴雨天便隐隐作痛。

那针刺般的感觉又袭来了，瞬间撕裂了背部神经，让他倒吸一口凉气，咬紧牙关。已经三十多年了，弹片深埋在体内无法去除——

1975年的雨季，与美军特种部队的惨烈战斗，给他留下了累累伤痕。他失去了几乎所有的战友，却意外地捡回自己的性命。在昏迷了几天之后，他终于苏醒，发现自己躺在竹楼里，一张陌生而美丽的脸庞，如天使降临在濒死者身边，并让他奇迹般地死而复生。

她的名字叫——兰那。

这是个大山深处的白夷村寨，就连村民们自己也搞不清楚，他们究竟属于泰国还是缅甸。几百人的村子完全与世隔绝，仍然保留着古老的习俗，据说他们已在这里生活了八百年。就连美国的军用地图上，也没有标出这个地方。

村民们在童建国的伤口上敷了一层特殊的膏药。一位老僧人又给他服用了一种草药，强烈的腥臭味令他再度昏迷，由此起到了麻醉作用。随后老僧人用火钳给他做了外科手术。除了一小块弹片过于接近神经外，其余的弹头都被取了出来，他脱离了危险。

一直照顾他的就是兰那。她看起来只有二十岁，穿着白夷人的长裙，时常绾着古典的发髻，接连半个月给他端茶送药。她的眼睛不同于汉人，连同鼻子和嘴唇的形状，明显来自不同的民族。当她在火塘边穿梭的时候，童建国感觉她并不是真人，而是来自古代的美丽鬼魂，熊熊火光染红她的眼眸，闪烁着射向每个男子的心。

越过边境参加游击队很久了，他已学会当地很多民族的语言，每夜都要和兰那说话。但她显得非常害羞，完全不同于她的同胞们，经常低头不语答以微笑。

在一个树影婆娑的雨夜，童建国再度用白夷话问道："你为什么对我这么好？"

兰那小心地给他的伤口换了药，破例地轻声回答："因为你很勇敢。"

童建国想想也是，其他赞美之词他可能会觉得受之有愧，但"勇敢"二字倒是当仁不让。他裸露着半边后背，咬牙忍住换药的痛楚，他感觉到兰那的手指冰凉如玉地划过皮肤，仿佛一把利刃割开自己。

他猛然回头抓住她的手，双眼被火塘映得红红的，心几乎要跳出嗓子眼。火热的体温传递到她手上，似乎要融化千年的冰。

兰那立刻挣脱开来，躲在一边说："别，别这样。"

"对不起。"童建国意识到了自己的失态，披起衣服低头说，"谢谢你。"

她躲在火塘的另一端，从他这边看就好像被火焰包裹着。她娇羞地眨了眨眼睛，便如精灵般退出了竹楼。

童建国的伤势基本痊愈后，仍暂时留在村寨里。他无法联系到游击队，也难以独自走出这片大山。兰那不再每日来照顾他，童建国与她见面的机会少了很多。他从没见到过兰那的家人，她独自生活在一幢竹楼里，村民们都非常尊敬她，好像她才是村寨的中心。他悄悄问了其他人，才知道兰那是古代王族的后裔，她的家族世代统治着附近的村寨。但最近几十年的战乱，将周围的村寨都毁灭了，只剩下最后这片世外桃源。

"这么说来她是公主？"

"是，但大家通常叫她'罗刹女'。"

"罗刹女？"

"传说一千年前，这附近有个古老的国家，名叫罗刹之国，他们的王族就叫罗刹族。后来，王族躲入这一带的深山中，成为这些村寨的统治者。我们最崇拜勇敢的男人，因为当年有一个最勇敢的武士，在罗刹之国灭亡的时候，拯救了许多人的生命。"

童建国听到这里才明白，为什么兰那会说"因为你很勇敢"，但自己真的勇敢吗？

就在他发愣的时候，村民继续说："兰那是最后一个罗刹族成员。"

游击队员的生涯，已让他成为一部战争机器，他以为自己的心不再柔软，只剩下杀人不眨眼的铁石心肠。但自从来到这里，荒芜的心开始萌芽，渐渐长出许多绿色的小草，虽然也心烦意乱，偶尔却感到淡淡的幸福——全是因为兰那的手指，曾经从他的皮肤上划过。

雨季的夜晚，童建国在竹楼里辗转反侧，彻夜难眠。听着外面淋漓的雨声，幻想兰那再度走过火塘，轻轻坐在他的身边。她放下那丝绸般的长发，垂在他的耳边厮磨，透出的淡淡的兰花香气，由此沁入脑海的深处。最诱人的是她的指甲，像遥远北国的冰块，在他的背上划出奇异的图案，男人的鲜血随着划痕渗出……

梦醒来心里无限惆怅，原来梦里不知身是客，身边的美人只是幻影。黎明时分的无限寂寞，让他走出昏暗的竹楼，雨中有个白色人影一晃而过，他连忙戴上斗笠追上去，在村口的小道赶上了她——那张异域的脸庞沉默无声，嘴角带着神秘的气息，如一朵古老的蓝莲花。

那时候的他嘴笨舌拙，只能盯着她的眼睛，默默地将斗笠戴到她头上。隔着阴暗模糊的雨幕，清晨的村寨寂静无声，就连公鸡也忘记了打鸣。几滴雨点落到兰那脸上，他轻轻地为她拭去，手指便停留在了她脸上，从她的鼻尖到嘴唇……

突然，身后的庄稼地有了动静，童建国警觉地回过头来，却见到最熟悉的游击队制服——那个人早已经衣衫褴褛了，头发和胡子长长的就像野人，刚爬上田埂就倒地不起。

童建国急忙扶起他，拨开覆在他脸上的野草，惊诧地喊道："李小军！"

虽然对方已经瘦得不成人形，但从小一起长大的朋友，童建国还是一眼就能认出来——他们都是上海的知青，自小就住在同一条弄堂里，长大后共同来到云南插队落户，又一起私越边境参加游击队，在腥风血雨中度过了几年，彼此救过对方的性命，直到一个月前在战场被打散。

童建国和兰那将李小军抬回竹楼，共同照顾着他。他的伤势并无大碍，只因身体极度虚弱而昏迷，直到第二天早上才清醒过来。李小军看到童建国分外激动，两行热泪不禁滚落下来。原来在一个多月前，他独自冲出了战场，在莽莽的森林中流浪，渴了就喝溪水，饿了就吃野果，遇到野兽就用手中的自动步枪自卫。他过了三十多天野人般的生活，终于发现这片山谷，却晕倒在村寨边的田地里。

几天后李小军已完全恢复了。他和童建国一直情同手足，劫后余生相逢在这里，仿佛获得了第二次生命。于是两个人都留在这个村寨，与村民们一起耕田挑水，像回到十多年前的知青生活。

兰那仍保持着矜持含蓄，偶尔和童建国、李小军一起，三个人结伴去山上打猎，李小军的枪里还有不少子弹，经常能打到野猪和山鸡。童建国照旧是言语不多，倒是李小军能说会道，他的身材挺拔修长，又长着一张电影演员似的脸，过去在云南的时候，就有不少女知青暗恋他。

一次上山打猎的路上，他们发现了一尊佛像，被大榕树的根须缠绕着，几乎已看不清面目了。兰那莫名地激动起来，抚着佛像的脸庞潸然泪下。童建国第一次见她如此悲伤，不知该如何安慰她。

她突然幽幽地说："我听到它在哭。"

李小军用白夷话回答："我也听到了。"

童建国睁大眼睛，竖着耳朵，却什么都没听到。

佛像，确实在哭。

无底洞？

叶萧、顶顶、孙子楚，他们脚下的石板突然碎裂，三个人共同坠入深渊。

仿佛坠落了无数个世纪。黑洞里的时间被无限压缩，吞噬着宇宙中的一切物质，直到他们摔在一堆破烂儿上。

黑暗中扬起亘古的灰尘，仿佛经历了一次重生，他们都感到身下一片柔软，这柔软让他们没有摔伤。

叶萧第一个爬了起来，手电几乎完好无损，他打开手电，光束里是一张灰色的脸——孙子楚脸上全是各种纤维，仿佛是个捡破烂的，再看顶顶也是差不多的样子，他再摸摸自己的脸，果然三个人都是同一副尊容。

彼此都苦笑了起来。地下全是一堆破布烂絮。孙子楚抓起几块看了看说："这是古代的纺织品，大部分是丝绸和棉布，应该分别来自中国和印度，也许这里是布料仓库。"

刚才顶顶转动小匕首，却意外触动了地下的机关，石板碎裂，他们都摔下来。还好摔到了这些破烂儿上面，才得以大难不死。

他们用手电照射四周，发现了一条深深的甬道。三个人立刻往下走去，脚下渐渐变成石头台阶，往下的坡度也在变大。此刻他们反而不再恐惧了，走了将近十分钟，感觉越来越接近地面。

忽然，前方显出一线幽暗的光亮，叶萧加快脚步跑了过去。甬道尽头传来泥土的气味，那是个不规则的椭圆形出口，只能容纳一个人钻出去。孙子楚第一个爬了出去，立刻在外面兴奋地大喊起来，第二个爬出去的是顶顶，叶萧是最后告别黑暗甬道的。

重见天日的三个人看到了傍晚的天空，隔着一层茂密的树冠，枝叶上还残留着水滴。地面湿漉漉的，许多地方尚有积水，说明刚下过一场大雨。

终于逃出来了！叶萧仰天深呼吸了几口，仿佛在黑夜里行走了许久，突然见到了光明——尽管此刻天色已经昏暗。晚风送来隐秘的花香，三人重新回到了人间。

回过头看到一个树洞，在一棵大榕树的底部，他们正是从树洞里爬出来的。想必古时候这是条秘密通道，以备受到进攻之时逃生所用。

顶顶站在树洞外怅然若失，竟又把头探进了树洞。她没有钻回甬道，只是面对树洞不停颤抖，肩膀上下耸动起来，同时发出轻轻的抽泣声。

叶萧轻轻走到她身边，而她的脸几乎全埋在树洞里，完全看不清表情——此情此景让他想起《花样年华》，梁朝伟跑到吴哥窟，找到一个树洞倾诉并流泪……

还有多少回忆？藏着多少秘密？树洞已被倾诉了千年，不妨再多接纳一个多愁善感的灵魂。也许只有树洞里的神灵，才能知道我们的前生今世。

当顶顶离开树洞之时，已悄悄擦干了眼泪。她和叶萧、孙子楚一起，走出茂密的榕树林。前方又出现了小径，还有残破的佛像和建筑，借着傍晚的天光，回头可以望见大罗刹寺的轮廓。

"这里是兰那精舍！"孙子楚认了出来，现在是晚上七点半，凄凉的夜风卷过遗址，隐约吹送来地底的哭泣。

天空已彻底暗了下来，他们打着手电照亮前路。迎面吹来柔和的风，送来某种浓郁的芳香，几乎让顶顶沉醉。她赶紧快步向前跑去，叶萧拉都拉不住她，已不需要手电照明了，风中的香气指引着她的方向。

终于，她看到了芳香的源头。

叶萧的手电也迅速赶上，那棵巨大而古老的昙花树，在肥大粗重的枝叶末端，绽开了许多洁白的花朵。

昙花一现？

脑中刹那闪过这个熟悉的成语，再看眼前的景象确实无疑，叶萧小时候，家里养过昙花，他知道这种美丽花朵的形状和颜色，也知道它们绽开的生命只有几个小时。

没错，昙花正在开放——这难得一见的奇景，在罗刹之国的土壤上，在残破的兰那精舍里。

顶顶几乎将鼻子埋在花丛中，浓郁的芬芳瞬间涌入体内，宛如古老的迷幻香料，让脑子变得混沌而舒适，整个身体似乎也轻了许多，背上仿佛生出了翅膀，藉此缓缓飘浮在花间。

叶萧和孙子楚都已沉醉，手电光束里的白色花朵，无比艳丽无比奇幻。

在这令人惊叹的夜晚，顶顶大胆地触摸着昙花，那恍惚的感觉又控制了她。眼前的景象涂上了一层金色，那是八百年前的黄昏，穿着华丽宫服的兰那公主和风尘仆仆的武士仓央，在这寂静美丽的园子里，种下了一棵神奇的昙花树苗。

那电影画面般的场景，仅仅持续了不到十秒钟，便又回到眼前，千年劫难后的罗刹之国。顶顶忽然明白了，这是兰那公主与仓央的"爱之花"，它幸运地躲过了八百年前的战乱，在荒凉的花园中孤独地自开自落。它是兰那精舍里最后的珍宝，当所有人都已化为尸骨和尘土，只有它依然活得那么精神，在被人遗忘的角落苗壮成长，变成一株"昙花之王"。它无需任何人的欣赏，只是孤独地开放，又迅速地凋谢。每年都会散落无数花瓣，零落在泥土中腐烂，又化为来年更美丽的花朵，如此生生不息，直至顶顶到来的这一刻……

当她的泪水再度滑落之际，孙子楚却遐想到另一个世界——王阳明曾偶遇一株山间花树，朋友问他："天下无心外之物，如此花树，在深山中自开自落，于我心亦何相关？"王阳明回答："你未看此花时，此花与汝心同归于寂。你来看此花时，则此花颜色一时明白起来，便知此花不在你的心外。"

也许，这株昙花一直都在我们心间，它的每次绽放和凋零，陪伴着我们每个人的生命历程。

停顿片刻之后，昙花开始萎谢了，几乎用肉眼就能看到这个过程。一片片花瓣坠落下来，尽管香气仍然浓郁逼人，却是最后的美丽瞬间。似乎世上一切美好的东西，无论是花是人还是事，存在的时间都是那么短暂，只有一瞬间能被欣赏。

原来刹那的绚烂，就是昙花绽开的意义。

顶顶收集了所有凋落的花瓣，将它们埋葬在树下的泥土中。这分明是现代版的"葬花"，三个人心中都莫名酸楚起来。

叶萧心底打上一个问号：这是什么预兆？他们将获得美丽的新生，然后迅速凋零？

他催促着顶顶快点离开。他们匆匆告别了古昙花，走向通往大罗刹寺的道路。穿过小径和倒塌的建筑，很快来到大金字塔脚下。黑夜里的巍峨宝塔，竟显得鬼影憧憧，让他们本能地加快了脚步。

突然，一个黑色影子晃了过来，难道是传说中的守夜人？

三个人的心都悬了起来，手电光立刻扫过去。只见那魁梧的身影缓缓回过头来，同样一道手电光照到了他们脸上。

他们眯起眼睛才看清那张脸——居然是童建国！

沉睡之城。

雨后的夜晚，8点19分。

潮湿的空气中夹杂着淡淡的烟熏之气，那是下午大火的残留，从马路对面的楼房废墟里飘出。

杨谋站在潮州小餐馆的门口，看着路灯下寂静的街道，那大火焚烧过的地方，是他的新娘的火化炉兼坟场。几个小时前，瓢泼大雨降临南明城，其他人都跑去寻找秋秋，只剩下他一个人留在原地。

等到大火基本熄灭后，他又冲入了危险的大本营。原本的五层楼房已面目全非，房梁荡然无存，几根钢筋混凝土的承重柱也断了，最上面两层几乎全部坍塌，剩余的楼板随时可能砸下来。杨谋忍受着难闻的烟味，找到了他和唐小甜的那个房间。但整个房间全在瓦砾堆中，到处都是烟熏的痕迹，无数雨点从烧穿的屋顶落下，他甚至连半点骨灰都没找到！

而他最宝贝的DV和录像带，也在屋里化为灰烬了。若在平时这无异于要了他的命，但在妻子的生命面前，这些又算得了什么呢？这台DV曾带给他无穷乐趣，也给他带来了致命的一击，唐小甜不就因DV而死吗？索性就让它给小甜殉葬吧！

杨谋绝望地退出废墟，在大雨中游荡许久，最终回到马路对面布满灰尘的潮州小餐馆门口。

就这么看着屋檐外的雨点，直到白天变成黑夜，大雨渐渐停息，昏黄的路灯自动亮起……

终于，钱莫争、秋秋、小枝、玉灵、林君如、伊莲娜——一共六个人，从罗刹之国冒雨跋涉回来了。杨谋跑出去大声招呼他们，大家都聚集到小餐馆。

当林君如看到变成废墟的大本营，目瞪口呆地大声喊道："我的行李呢！所有的衣服、化妆品、笔记本电脑，还有护照！"

伊莲娜也是同样的表情，在她要冲到对面去时，杨谋淡淡地说道："不要白费力气了，我已经全部检查过了，什么都没剩下来，所有人的行李都烧成了灰烬。"

玉灵将手放到她们肩上,难过地安慰道:"非常抱歉,谁都想不到会发生这种事。"

"这到底是怎么回事啊?"林君如再也控制不住自己了,就在原地哭了起来。

"是谁放的火?"伊莲娜也愤怒地喊起来。

玉灵尴尬地回答:"我们都不知道,也许是电线短路。"

"别再怨来怨去了,"这时小枝突然插话了,她的表情一点都不恐惧,反而用力地擦了擦椅子,悠闲地坐下来说,"这就是你们的命运。"

"是你干的吧?"伊莲娜一下子盯上她了,随口用英文说出了几句脏话,这个来路不明的神秘女孩,说不定就是旅行团的祸根。

"不,我证明小枝是无辜的,整个下午我都和她在一起。"玉灵赶紧走到她跟前来澄清。

但伊莲娜蔑视地说道:"你也不可靠,中途上了我们的巴士,接下来就发生了那么多古怪的事,说不定你和她是一伙的!"

"够了!"林君如已然心烦意乱,抓着伊莲娜的手说,"还是好好想想办法吧,看看我们现在的样子,原来一车子那么多人,现在死的死,失踪的失踪,只剩下我们这几个了!"

这句话让大家心里都一凉,暗暗清点人数,果然是人丁稀少,冷冷清清。

杨谋疑惑地问:"还有几个人呢?"

潮州小餐馆里鸦雀无声,钱莫争抓着女儿秋秋的手,噙着眼泪回答:"黄宛然——死了。"

死了——简简单单的两个字,却蕴涵着无限的悲伤,任何词语都不能比这两个字更能准确地表述刚才的事实了。但他不想说得更详细,以免增加秋秋的悲伤。

空气越来越紧张压抑,就在大家几乎窒息的时候,还是玉灵打破了沉默:"都饿了吧,我们想办法找点东西吃吧。"

小餐馆里的食物早已腐烂了。钱莫争把秋秋交给玉灵照看,和林君如、伊莲娜走到大街上。他们找到了一家小超市,把一些没过保质期的食物全都搬回到小餐馆里。

几个女生走进厨房,先是彻底清洗了一番,然后简单地做了些饭菜,无非是泡面腌菜之类。没有了黄宛然掌勺，原本就难吃的食物更加索然无味，只能是单纯地填饱肚子了。

秋秋什么都吃不下去，玉灵在她耳边安慰了许久，总算让她喝了些面汤。林君如和伊莲娜都吃得狼吞虎咽，杨谋和钱莫争则沉默无语。只有小枝的表情十分轻松，她很快就吃完了晚餐，在潮州小餐馆里踱着步子，好像跳着轻快的舞步，让其他人看着很不舒服。

店里有一套音响，插头正接在电源上，小枝好奇地按了一下，响起一段舒缓的吉他弹唱——

　　你看过了许多美景
　　你看过了许多美女
　　你迷失在地图上每一道短暂的光阴
　　你品尝了夜的巴黎
　　你踏过下雪的北京
　　你熟记书本里每一句你最爱的真理
　　却说不出你爱我的原因
　　却说不出你欣赏我哪一种表情
　　却说不出在什么场合我曾让你动心
　　说不出离开的原因
　　…………

居然是陈绮贞的《旅行的意义》，是 2004 年发行的台湾版专辑——这声音和旋律已沉寂了整整一年，却突然飘扬在这寂静的夜里，淡淡的从容和忧伤，让小餐馆从灰尘里渐渐复活。晚餐的人们开始是惊讶，随后就安静地沉醉其中，仿佛回到了上海或台北，眼前的一切如此不真实，时间和空间都是错觉？

小枝也享受着音乐，她和着旋律踩起节拍，最后竟跟着陈绮贞哼唱起那最伤感的末尾几句：“勉强说出你为我寄出的每一封信，都是你离开的原因。你离开我，就是旅行的意义。”

你离开我，就是旅行的意义？

钱莫争想起了黄宛然的离开，虽然原本离开的是他……

杨谋想起了唐小甜的离开，虽然原本离开的是他……

伊莲娜想起了厉书的离开，虽然原本离开的不是她……

当小枝和陈绮贞的合唱结束，旅行团的人们都明白了：**也许这次不可思议的旅行，全部的意义就在于"离开"。**

生死相隔的离开。

旅行的意义。

叶萧、顶顶、孙子楚、童建国正在没有月亮的黑夜里穿行。

沉睡之城，晚上 8 点 30 分。

几十分钟前，他们在大罗刹寺下遇到童建国，彼此都被吓了一跳。今晚总算人马会合了，迅速告别罗刹之国，他们穿过夜晚恐怖的森林，还有漆黑一片的黑水潭，一路小心地回到了南明城。

此刻，四个人走在寂静的街道上，两边的路灯忽明忽暗，宛如鬼火笼罩着他们。又累又饿的孙子楚，刚听童建国讲完黄宛然的死，在这样的夜里不免心寒，他哆嗦着说："下一个又会是谁呢？"

话音未落，前方传来一阵急促的脚步声，昏黄路灯下出现一个拉长的身影。几个人都紧张起来，叶萧走到最前面打起手电。那人影越来越近了，似乎百米冲刺狂奔而来，像个发狂的疯子。

手电光直射到对方的脸上和身上，他们看到那人一双布满血丝的惊恐的眼睛，杂乱的头发覆盖着苍白的脸，衣服上都是污渍，但叶萧还是喊出了他的名字："厉书！"

没错，他就是厉书，但他似乎完全没看见他们，依旧横冲直撞过来。叶萧只能拦腰将他抱住，童建国和孙子楚上前帮忙，像对付野兽一样将他制伏。

他们将厉书架到路灯明亮的地方，顶顶掏出手帕擦了擦他的脸，孙子楚又给他喝了几大口水，叶萧抓紧他的胳膊轻声说："别害怕！你看看我们是谁！都是自己人啊，镇定！一定要镇定！"

顶顶盯着他的眼睛，那混沌的眼珠里，藏着某个无法言说的秘密："厉书，到底发生了什么？我知道你看见了！"

厉书已不再挣扎，气息也渐渐平稳，仰头看着上面的路灯，还有同伴们熟悉的脸："你们回来了？"

"是的，早上你去哪儿了？"孙子楚着急地问道，"可把我给急坏了！"

他总算恢复过来了，深呼吸几下，说："让我想一想……想一想……"

叶萧示意别人不要再说话，安静地等待厉书回忆，直到他猛然睁大眼睛，惊慌地喊道："对！我想起来了！想起来了！"

"什么？"

"我发现了……我发现了……惊人的发现……那是最最惊人的发现……"

"最最惊人的发现？"孙子楚又复述了一遍，他盯着厉书的眼睛，发现里面有一种异于常人的红色。

"是，我发现了沉睡之城的秘密！"

这句话让所有人都怔住了，"沉睡之城的秘密"——不正是这几天来大家苦苦追寻的吗？也是眼前无数个疑问中，最终极也最致命的那个，谁都想解开这个谜底，这是他们逃出空城的前提。

沉默，持续了十秒钟。

对面的路灯突然一阵闪烁，叶萧感觉有些晃眼，急忙追问道："是什么秘密？怎么发现的？赶快告诉我们！"

"今天凌晨我发现一些端倪，为了找到更多的线索，我就独自跑出了大本营，在南明城各个角落查访，果然又发现了不少秘密，直到今天下午才全部解开——天哪！你们肯定都不敢相信，任何人也无法猜到这个谜底，但这就是我发现的事实！天大的秘密！太不可思议了！也太疯狂了！"厉书越说越激动，几乎要手舞足蹈起来。

大家都听得云里雾里，只觉得他故弄玄虚。孙子楚皱起眉头问："喂，到底是什么秘密啊？"

"沉睡之城的秘密就是——"厉书突然停顿下来，紧张地看着他们的眼睛，就像在观察一群敌人，随即摇头说，"不，现在人还不够多，我得回到大本营，当着所有人的面公布！"

"切！卖什么关子啊，你难道还要防我们一手？"孙子楚露出极度厌恶的表情。

也许旅行团里早已有了裂痕，这些人彼此怀疑，互不信任。

"这是天机——不可泄露的天机！"厉书又一次强调。他挣脱了他们的包围，走到大街上，仰起头像狼一样嗥叫了两声。

其他人都看得目瞪口呆，可惜天上没有月亮，否则真以为他变成狼人了！

"先回大本营再说吧。"叶萧低头走到厉书身边，几个人共同保护着他，忍着饥饿冲向迷离的夜色。

一行人又穿过几条寂静的街道，来到大本营前的马路，当他们回到熟悉的小巷口时，却一下子惊呆了！

大本营已变成了一堆废墟，残垣断壁矗立在黑夜里，丑陋得像具烧焦的尸体，难道这里也成了罗刹之国？

"怎么回事？"孙子楚恐惧地大叫起来，举着手电冲进废墟。

三楼以上都已经毁了，只剩下熏黑的墙壁和破碎的水泥块。

留守的那些人呢？他们都被烧死了吗？当他绝望地走出来时，却看到对面的小餐馆前，钱莫争跑出来大喊："我们在这里！"

劫后余生的几个人，终于汇集在这间狭小的潮州餐馆里。

当伊莲娜看到厉书的时候，鼻子感到莫名的酸涩，立刻冲上去紧紧抱着他。

这一幕让别人都很诧异——什么时候这两个人好上了？

伊莲娜什么都不顾忌了，想爱就爱想恨就恨吧，她丝毫不顾厉书身上的污渍，只想感受他火热的心跳。厉书顺势搂住她的腰，他知道她心里正怨恨他凌晨不辞而别。不管此刻是冲动还是爱，短暂的生命再也经不起等待了。

"你去哪里了？发生什么了？"

面对伊莲娜的追问，厉书胸有成竹地微笑着，随后走到餐馆的中心，灯光最明亮的地方，所有人都围绕着他，他好像要对大家发表演讲。

厉书煞有介事地咳嗽了一下，理了理杂乱的头发说："现在，我要向大家公布——**沉睡之城的真正秘密！**"

第二章 沉睡别墅

2006 年 9 月 28 日, 晚上 8 点 45 分。

厉书的这句话让所有人鸦雀无声, 都屏着呼吸等待他说话, 他满意地深呼吸一下。大家的目光集中在他脸上, 谜底就在他嘴唇后面, 只要一张口便会引发地震。

"那个秘密就是——"

在厉书拖出一个古怪的长音后, 屋里所有的灯光突然熄灭了, 黑暗刹那间覆盖了小餐馆。

同时传来林君如恐惧的叫喊声。伸手不见五指的黑暗, 令这群人感觉宛如掉到深深的地宫中, 他们乱跑着互相撞在一起。距厉书最近的叶萧, 只感到有个影子一晃, 让他浑身都起了鸡皮疙瘩。

就在大家乱作一团之时, 灯光闪烁了几下, 又重新亮了起来。短暂的断电只有几秒钟, 是餐馆的电闸老化了?

叶萧使劲眨了眨眼睛, 他发现眼前的厉书面色通红, 将手放在自己的喉咙上, 随即痛苦地倒在地上。

他心里一凉, 立即扑到厉书身上: "你怎么了?"

厉书却什么都说不出, 似乎双手双脚都在抽筋, 双眼瞪大着似乎要突出眼眶, 嘴角吐出一些白沫。

"糟糕! 他快不行了!"

这戏剧性的转折让人不寒而栗, 伊莲娜着急地一把推开叶萧, 扑到厉书身上。

她将厉书紧紧抱在怀中，眼泪滴落在他的嘴上。深深地送给他一个吻，她希望能挽救他的生命。他的嘴唇颤抖了几秒，贴着她耳边轻声说："对不起，我不会再离开你了！"

说完他便闭上眼睛，再也没有了心跳和呼吸，任由伊莲娜悲伤地哭泣，再度将吻留在他的唇上。

厉书死了。

他是第七个。

童建国上去摸了摸他的脉搏，确认厉书已经死亡了，便重重地一拳打在墙壁上。林君如拖起了伊莲娜，为她拭去伤心的泪水。

孙子楚则吓得浑身发抖，就这么短短几秒钟的黑暗，厉书便死在了大家眼皮底下，距离第六个牺牲者——黄宛然的死亡时间只有四个多小时，下一个会不会轮到自己？

叶萧走到伊莲娜声边，尴尬地问道："刚才厉书在你耳边说了什么？"

"说他不会再离开我了。"伊莲娜不耐烦地回答他，趴在林君如肩头接着流眼泪。

这就是厉书的临终遗言？叶萧回头看着其他人，莫不是恐惧和惊慌的神色。钱莫争把秋秋带进厨房，他不想让她再看到死人了。

厉书的尸体依然躺在餐馆中央，叶萧又蹲下来仔细观察，想要找到厉书猝死的原因。照理应该把衣服剥光，仔细查看身体表面有无伤口的，但有那么多女生也实在不便。他细细检查了厉书的面部，翻开他的眼皮看了看，厉书的眼球居然变成了红色。叶萧过去也参与过法医检验，从未遇到过这种情况，实在是太不正常了。

然后，他又在厉书的左侧脖颈发现一个非常微小的红点。这是一个极容易被忽略的伤口，看起来就像是被蚊子咬的，或者是个被挤破的粉刺。

叶萧赶紧打开手电，几乎把眼睛贴在厉书脖子上，仔细观察那个小伤口——表面有一层暗红色的结痂，起码已经有几个小时了，绝非刚才断电片刻受的伤。

再看伤口的形状，只不到一厘米大小，边缘有锯齿状痕迹，像被某种动物的牙齿咬伤！

叶萧胆战心惊地站起来，紧张地看了看童建国，然后把他拉出小店，用耳语告诉他这一可怕的发现。

"什么？难道是吸血鬼？"童建国听了也大惊失色，立刻低声说，"此事千万不要声张，否则会把所有人都吓死的！"

他们回到潮州小餐馆里，两人共同抬起厉书的尸体，说要把他暂存在冷库，让其他人都留在原地不要动。

就这么给厉书"送葬"去了，叶萧和童建国艰难地抬着他，走到清冷无声的街道上。依然没有月亮也没有星星，只有两个活人和一个死人，组成一支奇特的出殡队伍。

转过几个街角到了冷库，这里已葬着导游小方和屠男，现在又添了一个新鬼。他们挑了个干净的冰柜，小心地将厉书塞进去。

出来后叶萧心里一颤，厉书会不会变成吸血鬼？但他立即又苦笑了一下，这些无稽之谈又怎能当真呢？

五分钟后，他们回到潮州小餐馆。大家的脸色都很差，在这刚刚死过人的地方，手足无措不知如何是好。

陷入困境并不可怕，最可怕的是失去一切希望，不知道自己该做什么。

叶萧环视了大家一圈，算上来路不明的小枝，旅行团总共只幸存十一个人，还丧失了所有的行李，绝望的气息缠绕着所有人。

"完了！彻底完了！"林君如哭丧着脸说，"我们已经与外面失去联络五天了！为什么还没有人来救我们？五天了！"

童建国随即打断道："别说这些该死的晦气话！"

"你太冷酷无情了吧？你有没有家人？有没有妻子、孩子？我妈妈还在台北等着我呢，平时每天都会和妈妈通电话的，现在她一定着急得要命，也许她已经飞到泰国来找我了，正在曼谷甚至清迈的警察局里！"

林君如的话引起了大家的共鸣，孙子楚心头也微微一跳，这几天最痛苦的并不是自己，而是远在上海的爸爸妈妈，只要一天没有他的消息，他们便会寝食难安辗转反侧，说不定也已通过旅行社和大使馆，飞到泰国来寻找自己了吧？

只有童建国面色铁青，那句"你有没有家人？有没有妻子、孩子？"深深刺痛了他的心，要比在他心口捅一刀子更令他难受，他狂怒地吼起来："对！我这辈子没有家人，也没有老婆孩子，我就是一个冷酷无情的人！"他说话的同时面部肌肉在颤抖，五十七岁的身体像头野兽，所有人都不敢再说话了。

还是玉灵打破了沉默："别再吵来吵去了，不管有没有人来救我们，今晚该怎么过？"

是啊，大本营已经被烧掉了，他们面临着无家可归的局面——何时开始他们已经把这里当家了？

"至少不可能住在这里。"林君如看着肮脏的小餐馆，根本就没有任何居住条件。

"我们必须找一个新的地方，就像对面的居民楼一样。"叶萧走出小餐馆，在街上向大家挥手鼓劲，"不要害怕！带上食物和随身物品，也许外面更安全些！"

于是，所有人都走到了街上，用手电照射着四周，阴冷的风从地底吹来，让孙子楚连打了几个冷战。

十一个人走在街上，像一支足球队的首发阵容，他们聚拢在一起——钱莫争抓着秋秋的胳膊，玉灵寸步不离小枝，叶萧和孙子楚走在最前面，童建国则在最后压阵。

夜雾渐渐弥漫了沉睡之城，一路往前走了几分钟，任何风吹草动都会吓到他们。林君如愤愤地说："该死！我们还是个旅行团吗？真像一群流浪的乞丐！两手空空沿路乞讨和盗窃。"

她刚说完这句话，小枝却骤然停了下来，玉灵紧张地问："怎么了？"

"它——来了。"这神秘女郎用气声幽幽地说道，仿佛在念什么咒语。

"谁？"

大家都停下了脚步，顶顶走到小枝跟前，用手电照着她的脸。

这时秋秋也开始颤抖，她靠在钱莫争的身边，指着路边的一堵矮墙，在昏黄的路灯照射下，一个白色的幽灵正行走在墙上。

是的，就是它！

这行走在墙上的精灵，转过头来盯着秋秋——那双宝石般的眼睛，包藏着令人生畏的气息。

那只神秘的猫。

月光，渐渐从浓云中钻了出来。

随着秋秋慌乱的叫喊，大家都看到了那只猫，在几尺开外的矮墙上，每一步都迈得那么优雅，浑身白色的皮毛，只有尾巴尖上有一点红色，如同黑夜里的火星闪烁——上午如幽灵般造访秋秋的，就是这只猫！

它的皮毛，它的四肢，它的耳朵，它的眼睛，在路灯下呈现一种诡异的美，墙上危险的行走使它无比诱人，这感觉既亲近又恐怖，像一部灵异电影中的场景。

秋秋一下子挣脱了玉灵，她有一种难以遏制的冲动，想把这只白猫搂在怀中，像对待自己的孩子那样温柔地抚摸。下午她刚失去了母亲，第一次感受到了孤儿的滋味，所以她也能理解猫的孤独，在这样凄凉的夜里，独自穿梭在无人的街道边……

她跑到矮墙边上，伸手想要去够那只猫，钱莫争飞快地跑上去："别靠近它！"

原以为猫这种敏感的动物会迅速逃跑，没想到它倒一点都不害怕，照着秋秋的方向跳上一棵行道树，爪子抓着树枝和树干，灵活地下到地面上。

它在墙边弓着身子，竖起尾巴悠闲地行走，每一步都悄无声息，还不时回头看看这群人。大家都感到十分奇怪，居然有胆子这么大的猫？也许它已经一年没见过活人，看到那么多人反而兴奋了？

这回是顶顶走在最前面，用手电照着前面的路。那只猫好像在刻意等他们，只要他们往前走两步，它也赶在他们的前面走一小段。顶顶索性迈开细碎步子，往前小跑了十几步，而猫也同样小跑起来，重心几乎贴着地面，仿佛随时都在准备扑击猎物。

它往前跑过了一个路口，身后跟着十几个人——这场景实在太奇怪了，凄凉的月光下四下寂静无声，一只猫领着一群人行走……

后面的人们像被催眠了，乖乖地跟随着这只白猫，抑或是被它的美丽引诱？猫骄傲地走了片刻，忽然转向路边一条小巷，那里面一盏路灯都没有，飘荡着一层灰色的雾气。

童建国仿佛突然清醒了，急忙拦着顶顶说："我们不能进去！人怎么可以被猫牵着走？"

"不，跟着它！"

秋秋又冲到了前面，却被钱莫争一把拉了回来。

叶萧凝神看了看小巷，月光下那只猫也停住了，回头来看着他们，两眼放射出幽幽的光。这目光让他有些恍惚，他躲避着转头看向小枝，却撞上了更诡异的表情，她眨了眨眼睛："跟它走吧。"

于是，叶萧带头走进小巷，那猫也识相地继续向前走，身后跟着一道手电光束。看不清两边的景象，只有几棵大树的影子，一只夜宿的飞鸟被惊起。

神秘的猫突然停了下来。前头是道半敞开的铁门，两边是高高的围墙，它回头绕着旅行团转了一圈，便悄然跳进了门里。

"这是什么意思？要我们也进去吗？"孙子楚忍不住说了出来。

顶顶立刻"嘘"了一下："轻点，别把猫吓跑了！"

还是叶萧第一个走进铁门，手电照出里面的院子，种植着一些盆栽的植物。

在忽明忽暗的月光下，孤独地立着一栋别墅。

其余人也小心地走进院子，聚拢在一处用手电向四周查看，很快看到了那只白猫。它轻巧地走了几步，迅速跳上别墅的台阶，像个T台模特般回过头来，让自己的美丽暴露在手电光中。

随即它走到底楼的门口，竟伸出前爪拍了拍房门，好像是访客来敲门了。大家都已目瞪口呆，只等待着别墅房门打开，已化作鬼魂的主人蹒跚而出。

几秒钟后，院里吹过阴冷的风，想象中的主人并未开门，那扇布满灰尘的神秘之门，竟自动地缓缓打开了……

猫又回头看了一眼，诱人的眼神里，是狡诈还是怜悯？它随即钻进门里的黑暗，把悬念留给了门外的人们。

十一个人都有些心慌，叶萧后退几步看着整栋别墅，建筑样式是最近几年流行的。冰冷的月光洒在屋顶，上下总共有三层楼，和国内的单体别墅没什么区别，但在这样的环境里，看上去却让人忐忑不安——沉睡之城里的沉睡别墅，似乎每一扇窗户里都有秘密，要将所有的闯入者吞噬。

他用手电照射底楼的窗户，因为长久没有人居住，全是一层厚厚的灰，无法看到里面的情况。只有底楼的房门虚掩着，露出一条诱人的缝隙，调动着所有人的好奇心。

就当顶顶要往里走的时候，叶萧赶紧喝住了她："这房子好奇怪，不要轻举妄动！"

"那你自己去露宿街头吧。"顶顶冷冷地顶了他一句。

她大步走上别墅的台阶，在门口犹豫了几秒钟，随后小心地打开大门——

淡淡的雾气涌了出来，如地宫内蛰伏的小黑虫。她下意识地蒙起口鼻，用手电照亮前方。光圈扫过黑暗的空间，依稀可辨蒙尘的沙发，布满蛛网的墙壁，寂静无声的电视机……

叶萧和孙子楚都跟了进来，三个人在玄关里，拿着手电上下左右扫射，看样子眼前是个宽敞的客厅。

他们在墙上摸索了一会儿，打开了电灯开关。头顶有砰砰作响的声音，像一颗窒息的心脏重新搏动，发出起死回生的剧烈闪烁。叶萧赶紧眯起了眼睛，双手做出自我保护的动作，似乎随时都会遇到危险。

半分钟后，头顶的吊灯完全亮了，光明重新降临此地。其余的人也都跑了进来，客厅很大，十一个人挤进来还绰绰有余，大家既害怕又兴奋地四下张望，小心翼翼地检查屋里每处细节。

这客厅将近三十平方米，摆放着沙发茶几等日常家具，还有三十多英寸的等离子电视机。虽然到处都是灰尘，但仍能看出现代化的装修，想必是富裕或中产阶级的家庭。

叶萧尽量打开所有的灯，不留下任何阴暗的角落。旁边紧挨着餐厅和厨房，厨房也颇为宽敞，灶台收拾得很整齐，除了厚厚的灰尘以外，完全不像居民楼里看到的那般乱七八糟。底楼还有个卫生间，抽水马桶里漂浮着一层蟑螂尸体，他立刻放水冲掉了。

叶萧仔细检查了一番，并未发现有特别之处。他回到客厅的正中，望着通往二层的楼梯，心里满是狐疑：

那个白色的幽灵——黑夜里的神秘之猫，是它带着他们来到这栋房子，此刻又隐匿到哪里去了？

顶顶和林君如开始擦沙发，费了好大的劲才除去灰尘，疲惫不堪地坐倒在沙发里。孙子楚还找到了一根鸡毛掸子，到处消灭着可怕的蜘蛛网。玉灵跑进厨房清洗烧水器，准备为大家烧开水喝。

"你们这是在干什么？"

林君如铁青着脸回答："大家都累极了，必须找个地方休息。"

"这里情况还不清楚，再等一会儿！"

叶萧走到楼梯口停顿了一下，童建国走到他身边说："我和你一起上去吧！"

"好！"他又扫视了其余人一圈，目光最后落在了小枝脸上，她的表情和眼神都有些怪异。他转头大声说，"留在原地都不要动，不要关门！"

接着他和童建国走上楼梯，手电光向黑沉沉的二楼射去，寂静的雾气里暗藏着什么预兆？忐忑不安地来到二楼，他们首先在墙上摸索开关，好不容易打开电灯，两人都下意识地挡了挡眼睛。

是条狭窄的走道，两边各开着一道房门，中间有个颇为豪华的卫生间。叶萧推开左边的那扇房门，同样先打开电灯。这是间宽大的卧室，摆放着一张双人大床，还有一些常用的电器和家具。收拾得还算干净，但关了一年的陈腐气味，让他赶紧蒙上了鼻子。

童建国进了右边的房间，和左面差不多的大小，但只有一张单人床。屋里有个巨大的书架，还有一张写字台，台上摆着一本英文的《亚洲考古年鉴》，看来这是主人的书房。匆匆扫了一眼书架上的书，便看到了《全球通史》《人类与大地的母亲》《罗马帝国衰亡史》《第一次世界大战回忆录》等历史书籍。

二楼还有一个露台，大约有十几平方米，抬头就是清冷的夜空。地上摆着一些花盆，里面的植物有枯萎的也有茂盛生长的。走到露台栏杆边上，童建国发现这里正对着房子的后院，月光照耀下是一片小竹林，还有一辆白色的小轿车。

此刻，叶萧已独自走上三楼，打开电灯，这里比二楼更小，只有一间卧室和一个阁楼，后面是个五六平方米的小露台，还有个简单的卫生间。阁楼中间的坡度很高，两边必须低着头走，里面堆放了不少杂物，看来是做储藏室用了。

卧室明显是女孩子住的，处处布置得温馨宜人。床头有不少明星海报和贴纸，粉色床单沉睡在灰尘之下，写字台上有机器猫和Hello Kitty。一台找不到电源线的笔记本电脑，上面摆着一堆玩具小熊，还贴满了亮亮的小星星。墙上镶嵌着一面椭圆形的镜子，让他想起几天前在城市另一边，那个茶花开的小院……

突然，灰蒙蒙的镜子里，映出一个细长的深色物体，正好挂在对面的墙上。

叶萧迅速回过头去，才发现那是一支笛子——挂在墙上的笛子。

沉睡之城，夜晚10点。

一支笛子。

空空荡荡的大房子三楼，卧室墙壁上悬挂着一支笛子。

叶萧的心跳莫名地加快，他紧张地走到墙边，小心翼翼地摘下笛子，寒冷迅速渗入指尖。这是一支中国式的竹笛，大约四十厘米长，笛管涂着棕黄色的漆，笛孔间镶着紫红色丝线，甚至连笛膜都很完整，薄如蝉翼地贴在膜孔上。

奇异的感觉渐渐弥漫全身，仿佛这笛子早已与他相识。双脚好像也不由自己控制了，他下意识地拿着这支笛子，走到隔壁的小卫生间里，用湿毛巾擦拭笛子表面的灰尘，并尽量保护脆弱的笛膜。

这时，身后响起一片零碎的脚步声，他惊慌失措地回过头来，却看到一个年轻女生的身影。

"小枝？"叶萧的神色有些不对，挥舞着手中的笛子说，"你怎么上来了？快点下去！"

几乎与此同时，顶顶从二楼跑上来了，匆忙地说："她自己突然上楼了，我们拦都拦不住。"

小枝则冷峻地盯着叶萧，准确地说，是盯着他手里的笛子。正当顶顶要走上来时，小枝却出其不意地上前一步，迅速夺走了叶萧手中的笛子。

"你要做什么？"叶萧完全没料到会这样，脸上一阵尴尬，就像警察被人抢走了枪。

小枝拿着笛子塞在身后，孩子气地微微一笑，闪身退入三楼的露台。叶萧和顶顶一齐追了出去，一阵夜风凉凉地袭来，让他们都打了个冷战。

月光下的小枝衣裙飘飘，宛如从天而降的仙子，她微微仰头，抬起手中竹笛，熟练地放到嘴边。

还没等叶萧反应过来，笛声已呜咽着响了起来——小枝瘦弱的身体里，迸发出强大的能量，气流旋转着通过喉咙，被柔软可人的嘴唇，送入狭长古老的笛管中。六根手指按着笛孔飞舞，气流化成幽幽的神秘旋律，笛膜也随之振动。音符回环激荡着冲出笛管，扑向目瞪口呆的叶萧和顶顶，迅速萦绕这栋沉睡的别墅，包围旅行团的全体幸存者。最后直冲云霄，笼罩整个天机世界。

这是首既豪迈又婉约的《出塞曲》，在这南国异乡的夜晚，格外能勾起人们的思乡之情。一曲终了，叶萧几乎已醉倒在笛声中了。露台上的美丽女子，似乎已与夜色混合在一起，变成风中的音乐幽灵。

忽然，外面响起一阵惨烈的狼嗥——又是那只狼狗，小枝豢养的宠物"天神"，它就在这附近的某个角落，在月夜下嗥叫着，酷似塞外苍狼。

在这空旷之处，静静的夜晚，笛声可以传到很远的地方。它一定是被这笛声吸引，一路追踪到了这栋别墅。

也许，小枝突然吹笛子的原因，就是召唤她的"天神"？

叶萧皱起眉头后退了半步，月光下她的脸庞有些模糊，只有一双诱人的眼睛，闪烁着聂小倩式的目光。

"你……你究竟是谁？"

这个问题自第一次见到她，便缠绕在叶萧的心底，如今却只知道一个名字（假设她真的叫"小枝"）。今夜这神秘古老的笛声，让叶萧再也无法抑制自己，他必须要得到一个答案，哪怕是一个虚假的答案！

"欧——阳——小——枝——"

四个字如同四颗子弹，相继射入叶萧的胸膛，让他倒在露台的刑场上。

但十秒钟后他就复活了，难以置信地睁大眼睛。难道孙子楚的猜测是对的？眼前二十岁的神秘女郎，就是那个最美丽的幽灵？

顶顶扶住摇摇晃晃的叶萧，随后冷冷地问小枝："好了，欧阳小姐，请问你家在哪儿？为什么来到这里？"

小枝的双眼却只盯着叶萧，向他靠近了一步说：**"我家在浙江省 K 市的西冷镇，大海与墓地之间的——荒村。"**

这句话再次洞穿了叶萧，他捂着自己的心口说："不，这不可能！不可能！"

"在天机的世界里，一切皆有可能！"

她将笛子放在胸前，就像古埃及女王手中的权杖。

"你说……你来自……荒村？"叶萧还不敢相信自己的耳朵，更不敢相信眼前的神秘女生，"荒村里的欧阳小枝？"

"五千多年前，有一群传说中与人类有着相同面貌的天神，来到东方的荒凉海岸，他们向北进发建立了辉煌的古玉国。繁荣大约持续了一千年，古玉国神秘地灭亡了。一小部分王族幸存下来，逃到当初祖先登陆的那片海岸。这些人延续古老的生活方式，在封闭的海岸度过了上百代，后来以欧阳为姓氏，成为此地的大族。而他们定居的村落，位于大海与墓地之间，故命名为'荒村'。"

"我，好像听过这个故事。"

"真的吗？"小枝并没有在意，在夜风中理了理头发，继续娓娓道来，"明朝嘉靖年间，荒村欧阳家出了个进士，皇帝感动于其母殉情死去多年又复生的故事，御赐了一块贞节牌坊，至今仍矗立在荒村的海岸边。"

"不，我只想听你的故事——欧阳小枝。"

她微微一笑，二十岁的脸庞分外妩媚："荒村的欧阳家族，几百年来不断遭遇变故，几乎没有一个能得善终。我就是这个古老家族最后的，也是唯一的继承人。我从小在荒村的老宅进士第里长大，屋里有扇屏风记录着家族的传说，爸爸在我小时候就教我吹笛子，所以每当我看到这种乐器，便有与它亲密接触的冲动。"

"你又是怎么来到这里的？"叶萧小心翼翼地审问着她。

"爸爸留给了我很多遗产，我在两年前离开了荒村，到遥远的泰国来留学读书。"

"奇怪，为什么要来泰国？大家不都去欧美读书吗？"

"因为我是小枝，是荒村欧阳家族的传人，请不要以普通人的标准来衡量我。"说完她骄傲地扬起头，仿佛有一道光自头顶射下，令她成为聚光灯下万众瞩目的人物。

"够了，你又是怎么来到南明城的？"

"我原本在曼谷读书，暑期去泰国北方旅游。我跟着几个欧洲背包客来到附近的大山深处。当背包客们离去之后，我却独自发现一处峡谷，中间是一条蜿蜒的公路。疲惫不堪的我，沿着公路笔直往前走，却发现前方是一条深深的隧道，还有全副武装的士兵保卫着。很奇怪，那些士兵居然讲中文，外貌也不像当地的泰国人，他们紧张地看着我，不准我踏入隧道一步。此时的我已经饿了两天两夜，当场就昏倒在他们的面前。"

顶顶终于同情地插了一句："真可怜。"

"当我醒来的时候，已经躺在了南明医院里。原来在我晕倒以后，士兵便把我送入了这座城市。这是个既熟悉又陌生的城市，身边的人都说着中文，像个中国南方富裕的小城，只不过还在使用繁体汉字。奇怪的是我过去从没听说过这里，怎么会平白无故在深山之中，有这样一座现代的城市？我对这里的一切都很好奇，决心留在这里生活一段时间。于是，我说自己是个无家可归的孤儿——"

"你为了留在这里而说谎？"叶萧的眉头皱了起来，现在谁也无法保证，她刚才的话不是谎言。

"事实上我也没有说谎，遥远的荒村已没有我的亲人了。有个看起来像官员的家伙，在详细询问了我的情况后，最终答应了我的请求，甚至给我介绍了一份工作！在一家叫西西弗的书店当店员，我拿到了泰铢的工资，还租了一个小房子住下，开始了我在南明城的生活。"

"这是个怎样的城市？究竟归属哪个政府管辖？"

"不，南明城不属于任何政府，在地图上也完全找不到，南明就是南明，是亚细亚的孤儿！"

"亚细亚的孤儿？"

小枝露出哀伤的笑容："可惜，我只在南明城里住了一个月，便发生了最可怕的事情，紧接着就是'**空城之夜**'！"

"空城之夜？"这几个字再度让叶萧心里一震，他着急地吼道，"告诉我，什么是'空城之夜'？"

"空城之夜"？

天机的事件进展至此，已离那个秘密越来越近了。

沉睡之城，沉睡别墅，三楼露台，欧阳小枝。

神秘的女孩沉默了半晌，目光冷冷地盯着他，嘴角微微上扬——

"不，我不能回答！"

她这句"不能回答"的回答，让叶萧将右手的拳头重重打在了左手的掌心。

当他再要继续追问时，顶顶轻轻拉了拉他的衣角："算了，强问是没有用的，今晚就算了吧。"

叶萧咬着嘴唇退回走道，语气渐渐柔和下来："快点进来吧，晚上在露台容易着凉。"

等小枝和顶顶都进来后，他关上了露台的推拉门，却看到玉灵也跑上来了。

"你怎么也来了？"

"我们都等你半天了！是童建国把我们叫上来的，他们正在收拾二楼的房间，现在要开始打扫三楼了。"玉灵看了看叶萧身后的小枝，满脸狐疑地问，"对了，刚才是谁在吹笛子？我们在楼下都听得陶醉了！"

小枝已把笛子藏在身后，闪躲进了旁边的卧室。

而叶萧也不作答，心里仍然全是刚才的问题，他匆匆跑到二楼，正好撞上了杨谋。

这英俊的男子刚成了鳏夫，整个人郁郁寡欢，他埋头拖着地板，仿佛成了家里的好好先生。林君如和秋秋在整理床单，钱莫争仔细检查着门窗，看来今晚是得睡在这里了。

叶萧走到底楼的客厅，童建国居然在收拾厨房，冰箱的容量大得惊人，里面的食物大多已坏了，只有少数真空包装的未过保质期。

几十分钟后，整栋别墅都被清理完毕，成为旅行团的临时旅馆。林君如与秋秋住在二楼的主卧室。钱莫争和杨谋两个同病相怜的男人，选择了二楼的小卧室，在单人床旁边又打了张地铺，并从储藏室里找到了席子和毛毯。小枝已坐在三楼卧室里，玉灵和她挤着同一张床。而在顶层的小阁楼里，也铺上了两床地铺，留给了伊莲娜和顶顶。

二楼和三楼的卫生间，都有淋浴设备，女生们先排队洗澡。钱莫争走到二楼的露台，仰头看着云中的月亮，他知道那条狼狗就在这附近，虽然他已关好了外面的铁门，但不知道院墙有没有狗洞。

心里又泛起一阵痛楚，几个小时前，在罗刹之国，他永远失去了黄宛然，并亲手将她埋葬在宝塔里。深深的内疚刺痛着钱莫争，昨天是对成立，今天是对黄宛然——在她年轻的时候，他违背诺言伤害了她，许多年后，她已不再青春年少，却毅然决然要摆脱过去，原谅他并跟随他去过新的生活。但为了拯救仇恨他的女儿，她死在了电闪雷鸣的宝塔下。

黄宛然是个伟大的母亲，而自己却是个胆小的男人！

这辈子究竟是怎么了？在四十年的生命里，究竟什么才是最宝贵的？作为摄影师的钱莫争，已经走遍了大半个世界，经历过最可怕的灾难，阅尽各色人种的女子，但到头来却没有一样属于他，他依然是飘零的浮萍，随时都会沉没在水底。

眼眶再一次湿润了，露台上的风吹过脸颊，却抹不去男人的眼泪。钱莫争把头发散了下来，黑色长发掠过肩头，那个已化为幽灵的女人，是否还能抚摸他的发丝？

身后悄然响起脚步声，他紧张地回过头来，却看到了秋秋的脸，他急忙低声道："你怎么出来了？快点回房间去！"

"我在等林君如洗完澡。"十五岁的少女淡淡地说。

她走到露台的栏杆边，望着别墅高墙外的黑夜。她的态度已柔和了很多，不像前两天对自己那样仇视，这让钱莫争的心里也好受些。

直到两天前才知道自己有个女儿，他却从没有过做父亲的心理准备，事实上他也从来没做过父亲。他不知道该如何面对秋秋，也不知道黄宛然是否把这个秘密告诉过女儿。虽然他很想和秋秋多说说话，但毕竟十多年来从没见过，他太不了解自己的女儿了，他甚至不敢像父亲那样与她说话，只是本能地想保护她免受伤害。

"你很难过？"倒是秋秋主动开口了。

房间里射出的灯光，正好照到了钱莫争脸上，红红的眼眶里藏着泪水。

钱莫争倒有些慌乱，不知该忍住悲伤装作坚强，还是该坦白承认自己的心情。

"你喜欢我的妈妈？"现在的少女果然什么都敢问。秋秋靠在栏杆边上盯着他的眼睛，"是吗？你在为她而悲伤，你心里还在想着她。"

他只能回避秋秋的目光，尴尬地说："大人的事情，你们小孩子不懂。"

"我已经十五岁了，不是小孩！"

秋秋依然盯着钱莫争，她到现在仍然无法确定，妈妈跟她说的是真是假。眼前这个长头发的男人，真是自己的亲生父亲吗？

她的耳边仍回响着宝塔顶层妈妈抱着她说的那些话——

"你的亲生父亲，就是钱莫争！不管过去发生过什么，要记住我们都是爱你的！"

那个时候的妈妈会骗自己吗？秋秋伤心的同时也忐忑不安。自己的身世真的那么复杂吗？难道从出生的那天起，自己就是妈妈的耻辱？可如果成立不是自己的爸爸，他为什么要不惜生命来救自己呢？

在这个荒唐的世界里，她究竟该爱谁？该恨谁？

痴痴地想了片刻，眼前忽然掠过一个东西，同时有股淡淡的气味飘入鼻孔，接着手背上有种奇异的感觉。

是一张脸。

走廊里射出的灯光，正好照到那张脸上，手背上的脸。

虽然只有几厘米大小，却在红色背景下分外妖娆，脸颊是粉色的，眼睛是蓝色的，眉毛是棕色的，嘴唇鲜艳如血，卷曲的长发竟然绿油油的。

秋秋万分诧异地看着自己的手背，那张脸已迅速变成了一个骷髅，背景也转换成漆黑，突显着一堆白骨，眼窝里还有鬼火荧荧。

转眼间骷髅又变成了美女，仍然化着浓艳的彩妆，雕像一般摄人魂魄。秋秋以为是幻觉，便伸手去触摸那张美人的脸，没想到在手指将要触及的刹那，美人又变成了可怕的骷髅。

不，那并不是十五岁女孩幻想的童话，而是货真价实的"**美女与**

骷髅"。

一只蝴蝶。

停在她手背上的居然是只蝴蝶，约有七八厘米大小，白色的头部有火红的触须，躯干和六足都是黑色的，一对大大的复眼正盯着她。

但是，最让秋秋震惊的是"美女与骷髅"——蝴蝶的两片翅膀。

左边是一张美女的脸。

右边却是一个骷髅头！

美丽与死亡共存于一只蝴蝶的翅膀。

黑夜的露台上，月亮始终没有出来，只有屋里的灯光照射，这"美女与骷髅"的奇异蝴蝶，似乎是传说中扑火的飞蛾，不顾危险地飞到十五岁少女的手背上。

钱莫争也目瞪口呆了。这确实是只活生生的蝴蝶，来自大自然的奇迹，绝非人工制造的装饰品。他忍不住伸手去抓，蝴蝶翅膀立即扇动起来，彩色的鳞片发出香气，迅速飞到了他们头顶。

"不！"秋秋痛苦地轻唤了一声，仿佛几小时前死去的母亲的灵魂，就藏在这鬼魅的蝴蝶身上。

它翅膀上的美女与骷髅，交替变幻着舞动，如一场来自地狱的表演，缠绕着这对冤家父女。

"难道是——**鬼美人？**"刹那间，钱莫争脑中闪过了这三个字。蝴蝶大胆地掠过他的眼前，那诡异的翅膀几乎扑到他的眉毛上，他不禁手脚冰凉。

秋秋下意识地靠到他身边："你说什么？"

"鬼美人！一种蝴蝶！这是探险家起的绰号，学名叫'卡申夫鬼美人凤蝶'，以发现者的姓氏命名。上世纪20年代，被发现于云南的一个神秘山谷中，左右两边翅膀图案不一样，左边是美女，右边是骷髅，合在一起就是'鬼美人'！"

"这么说来是非常稀有的蝴蝶了？"

钱莫争依旧盯着那只蝴蝶："'鬼美人'属于凤蝶科，据说这个品种早已灭绝，如果有活体就是价值连城的珍宝！"

"你是说有个无价的宝贝在我们面前飞舞？"

"没错！"

他的双手愈加颤抖，下意识地抬手要去抓"鬼美人"，蝴蝶却轻巧地躲过了他，如同一片彩色的叶子飘到屋顶上，消失在无边的黑夜里了。

"别让它走。"秋秋追到露台边上，仿佛又一次丢失了母亲。

钱莫争赶紧抓住她的肩膀，轻声说："别，别去追它！我曾经在云南的山谷里，潜伏拍摄了整整一个月，都没有发现这种蝴蝶的踪迹，没想到却在这里看到了，也许还会有更多的'鬼美人'出现。"

十五岁的女孩转过头来，喃喃自语："鬼美人？我喜欢这个名字。"

钱莫争摸着她的头发说："快点回房间里去吧，外面有危险，听话。"

他的口气终于像个父亲了，看着自己悲伤的女儿，他的泪水也忍不住滑落了。秋秋任由钱莫争抚摸着，却没有看到他的眼泪，低头诺了一声便回到房里。

星空之下只剩下他一个人，任凭风吹干自己的眼泪。

这是他们在沉睡之城度过的第五夜……

深夜，11 点 30 分。

沉睡的别墅刚刚苏醒，又将继续陪伴客人们沉睡下去。

底楼的客厅，叶萧和童建国站在门口，孙子楚则躺在沙发上睡觉。三个男人决定在这里轮流值班，保护整个旅行团的安全。

童建国微微打开厨房的窗，回到灶台前吞云吐雾。叶萧则不停地喝水，同时仔细查看屋子里的一切。所有的生活用品都在，电器都可以正常使用，电视机下面有台影碟机，柜子里藏着几百张光碟。

忽然，在客厅另一头的后门边上，传出"喵——喵——"的两声。叶萧立即警觉地跟上去，果然看到一条白色的影子，飞快地从门后面蹿出来，一眨眼就跑到了玄关附近。

又是那只神秘的白猫！

大门早已锁紧了，后门也锁得好好的，它肯定一直躲在屋里某个阴暗的角落中。当叶萧返身扑到玄关，猫又迅速蹿到了楼梯口，回眸盯了他一眼，便轻巧地跑上了楼梯。

不能让它上去！叶萧大步跳上楼梯，一步三个台阶地冲上二楼，只见到白色的影子一闪，它居然径直蹿上了三楼。

猫就停在三楼卧室门口，"喵喵"叫了两声。此刻叶萧也冲上来了，正当他要扑上来时，卧室却突然打开了，白猫从门缝里钻了进去。

开门的人是小枝，叶萧也不顾忌什么了，立刻推门闯了进去。玉灵惊慌地从床上坐起来，那只白猫竟一下子跳上了床。小枝却面带微笑地走过去，向猫伸出了纤纤玉手。叶萧有些看不懂了，便在房门口站定不动。

小枝离猫越来越近，猫却安稳地站在床上，丝毫都没有逃跑的意思。

"别害怕。"她的声音那样柔和，磁性而又温暖，能融化所有人的心，当然也包括这只猫的，"亲爱的，乖乖的，小猫咪——"

这只神秘莫测的白猫，甩动着火红色的尾尖，既不怕躺在床上的玉灵，更不怕逐渐靠近的小枝。

小枝的手触摸到它的头。这是柔软至极的皮毛，像有温暖的电流传遍全身，每一根毛都在摩擦皮肤，无数根猫毛如秋天的麦田，如风中大海的波浪，载着小枝的手心航行。

小枝的右手从猫的头顶一直摸到了骨头轻巧的背部，再摸着肋骨包裹的腹部，又礼节性地握了握它的前爪。最后，她将白猫搂进了怀中。

这美丽的动物全无反抗，乖乖地趴在她的臂弯内，享受着少女的胸脯。

小枝又低头在猫的耳边说了几句话，就像情人间的窃窃私语，叶萧和玉灵都没听清楚她说了什么。随后，她将猫放到了地板上，它满怀感恩地回头看了一眼，猫眼里闪烁着摄人魂魄的光。接着它飞快地从叶萧的双腿之间钻出去，跑出门口，等到他反应过来转身时，白猫早已经无影无踪了。

"怎么回事？这只猫听你的指挥？"

小枝低头走到门口，蹙着眉头回答："我——认识它。"

叶萧看了一眼床上的玉灵："对不起。"

随后，他把小枝拉出房间，来到三楼的露台，这样不会有人听到他们说话。

月光洒在两个人的脸上。他顿了顿问道："这只白猫，还有那条叫天神的狼狗，它们都是你养的宠物？"

"是……"小枝只说了一个字。子夜的风吹到她身上，让她抱住了裸露的肩膀。

叶萧立刻脱下自己的外套，披在她的身上，当双手触摸到她的皮肤时，冰凉的感觉让他心里一颤。他赶紧把手缩了回来，脸色也有些尴尬，回头望着别墅的屋顶，阁楼小窗户里还亮着灯。

看着星空下她二十岁的脸庞，这个来自古老荒村的女孩，欧阳家族最后的继承人，不知道是活人还是幽灵，也不知为何会来到他的眼前，仿佛命中注定的那个人，必在此时此刻来侵扰他的心。

一下子不知该说什么了，向来口拙的叶萧握紧了手心，额头竟在凉风中沁出了汗。虽然仅与她独处了几十秒钟，但那神秘的诱惑却扯碎了他，他嗅到一股淡淡的香气，那是小枝体内的气味——属于荒村还是南明？

小枝却大胆地靠近了一步，用超出她年龄的成熟眼神，盯着叶萧的眼睛："你害怕了吗？"

"不，我从来无所畏惧。"她的话似乎突然唤醒了叶萧，让他斩钉截铁地回答，哪怕只是一种自我鼓劲，"我继续问你——在2005年的夏天之后，南明城的居民就突然消失了，为什么只有你留在这里？"

"我已经回答过了，因为我不是普通人，我是荒村欧阳家的小枝，只有我无法消失。"

"只有你？"叶萧又一次盯着她的眼睛，仿佛在看一个外星人。

"你在看什么？"

近得能感受到她温热的呼吸，叶萧心头一阵莫名狂跳，好久都没这种感觉了，他只得低头回避道："不，你该回去睡觉了！晚上不要跑出来。"

她点点头回到走道，忽然转身说："你的外套。"

"不必还给我了，你自己披着吧，我没事。"

目送小枝披着他的外套走进卧室，叶萧才叹息了一声："该不该相信她的话？她究竟是人还是鬼？"

第三章 南泉斩猫

2006 年 9 月 28 日，子夜 12 点整。

叶萧依然在三楼的露台上，上身只有一件背心。反正他所有的行李都已在下午的大火中被烧光了，就连现金和护照也都化为了灰烬。现在他是个身无分文，且没有任何身份的人，不过是个可怜的流浪汉，孤独地流浪在这沉睡之城。

"你还不睡吗？"身后响起顶顶的声音，她不知何时也来到露台上，关切地问，"怎么穿得这么少，当心着凉。"

他淡然一笑："没关系，我心里很热。"

"你在这里干什么？"

"数星星！"叶萧仰起头看着星空，月亮已悄悄躲藏了，只剩下天上的群星。就像小时候在那遥远的地方，坐在沙漠边缘遥看北斗七星。

目光缓缓落下来，却突然停留在了屋顶上——他又看到了那只猫。

还是那个白色幽灵，修长美丽的身体，火红色的尾尖，阁楼窗户里射出的光，正好照亮了它的脸。

"又是那只猫？"顶顶也惊讶地问了一句。

白猫在屋顶闲庭信步，像是这栋别墅的"夜巡者"。

它的眼睛在黑暗中闪着幽幽的光，宛如黄棕色的琥珀——不，更像是宝石！怪不得要以猫眼来命名某种价值连城的宝石，这双眼睛是如此诱人，尤其在凄凉的深夜时分。

它正凝视着露台上的男女。

叶萧向屋檐走近几步，几乎与白猫正面对视，他越来越感觉这双猫眼，竟有些像小枝的眼睛！

同样美丽清纯而忧郁，又同样带着难以抗拒的诱惑，就像洛——丽——塔——

霎时他竟看得傻了，直到顶顶捅了捅他肩膀，他才发现屋顶上的猫已经不见了，像团烟雾消散在月光之下。

立时又惊出一身冷汗，叶萧紧张地问："它——它去哪儿了？"

"早就走了。"

他吁出一口长气，走到露台边吹着晚风，希望大脑能冷静下来："这只猫让我害怕。"

"你知道吗？它让我想起一个禅宗故事——南泉斩猫。"

"南泉斩猫？"

顶顶的长发被风扬起，她迎着月光侃侃而谈："唐朝池州南泉山高僧普愿禅师，世称南泉和尚。某天僧人们抓住一只美丽的白猫，谁都想拥有它，便起了争执。南泉和尚把刀架在猫的脖子上说：'大众道得即救，道不得即斩却也。'可惜无人回答，南泉和尚一刀下去，把猫斩了！"

叶萧眼前似乎闪过一片刀光，接着是猫的惨叫和鲜血喷溅："那不是犯了杀戒？"

"不久，赵州和尚从外面回来，知道了这件事，便脱下自己的草鞋顶在头上。南泉和尚当即感叹说：'那天你若在场，猫儿就得救了！'"顶顶说完停顿片刻，满脸严肃道，"自古以来，这便是难以理解的参禅课题，对此有许多不同的解释。今夜看到的这只神秘的猫，让我想起南泉斩猫的故事，仿佛它就是那只猫的灵魂，跨越千年在沉睡之城复活。"

"那只可怜的猫，无疑是一种象征。"

"我想——它象征着美。"顶顶的思绪越陷越深，眼中满是那双猫眼，"所有的人都追求美。但美是无限的，世界是有限的，无限的欲望与有限的世界之间，必然会引起冲突乃至争斗。"

"最简单的办法就是消灭这种美？"

"对！南泉和尚就这么做了。"

叶萧依然有疑问，盯着她的眼睛："但是，赵州和尚为什么要头顶草鞋？"

"是，这是南泉斩猫真正的难题，绝大多数人都表示不可理喻。我想这还得追溯到源头，那就是美——唐朝以胖为美，今天以瘦为美，美从来都没有标准答案，美只是人类的一种感觉。"

"嗯，就像蜜蜂要钻入花中是为了采蜜，老虎生了漂亮的皮毛为了威慑？"

"同一样事物，在不同的人眼中，有感觉美的也有感觉丑的，并不是事物本身有什么变化，而是欣赏的人不同。所以，美不是一样东西，而是一种关系，主体与客体间的关系。有人认为美是客观的，但我觉得恰恰相反，美是主观的，是精神的产物！"

"难道说——美的根源不在于美的对象，而在于主体，也就是人心？"

月光下的顶顶连连点头："毫无疑问，人心才是美的根源！这个人心不是指道德之心，而是指我们每个人自己的感觉。正因为美的根源在人的心中，如果人心没有美的概念，那么此人眼中看到的世界就无所谓美丑了。所以，人心各异，作为客体的美，以及追求美的过程也是各异的！"

"而在世俗的眼中，雪白可爱的猫也是美的化身，于是僧人们产生了争执？"

"南泉和尚认为争执的根源在于猫，必须除掉它才能消灭争执，所以他斩了猫。但赵州和尚不这么认为，他把草鞋顶在头上，以草鞋比喻主体精神上痴迷于美的痛苦。消除争执的关键不是除掉作为客体的猫，而是如何摆脱作为主体的人对美的痴迷。猫只是人类欲望的替罪羊。猫是无辜的，它的外形是自然天赋的，它的'美'不过是人类的感觉——**美的根源在于观察者的内心，由此产生的痛苦也来自内心，就算消灭了美的对象，但能消灭美在你心中的根源吗？**"

"不能！"

午夜，三楼萧瑟的露台上，叶萧仿佛面对一个传道大师，顶顶虽然只是个年轻女子，却有着无穷的力量。

顶顶按着自己的心口说："南泉和尚即便把猫处死，就真的能消灭他弟子们心中对猫的妄念吗？以猫作为象征的美永远存在于人们心中，不管猫是否出现，也不管猫是否被杀。美是千变万化的，但在你心中，美又是同一的，美的概念既可以抽象，也可以具象。抽象为美，它伴随你一生；具象为猫，同样可以在你内心活一辈子。"

"抽象为美，具象为猫？"

这句几近经典的话，烙印在他脑中——抽象为美，具象为女，合起来就是"美女"？

"亘古以来，就有一个梦想美，发现美，追求美，热爱美，乃至于痴狂于美，痛苦于美，最终毁灭美的方程式。许多自然或人类创造的美，都遵循这个方程式而被毁灭。"

"美的方程式？"叶萧觉得这个提法太新鲜了，"你是指人类历史上的各种灾难？十字军东征，美洲种族灭绝，两次世界大战，美国入侵伊拉克……"

"是的，比如我们身边古老的罗刹之国，辉煌的文明却沉寂千年；又比如我们脚下的沉睡之城，一夜之间竟人去楼空。难道罪过在美的事物身上吗？不，罪过在我们的心中，在于我们对美的欲望。"

听到罗刹之国与沉睡之城，叶萧又不免心头发颤——也许南明城变成空无一人的"死城"，便与人们对美的欲望有关？是人们无止境的欲望毁灭了这座曾经美丽的城市？

或者，南明城就是那只可怜的猫？被南泉和尚的命运之刀斩首，成为今夜的沉睡之城？

顶顶继续着她的布道：**"解决的办法既不是毁灭美，也不是放弃美，而是宽容美！我们所要承受的恰恰是我们自己。叶萧，请相信我，美，永远存在于我们的内心，饶恕它，也就是饶恕了我们自己！"**

沉睡的别墅。

凌晨，2点。

万籁俱寂，除了那只昼伏夜出的猫。

二楼的主卧室，两个女生正躺在一张双人大床上。秋秋一直闭着眼睛，不停地翻来覆去，不知是做噩梦还是睡不着，毕竟这十五岁的少女，刚刚失去了自己的母亲。

林君如悄悄地坐起来，打开床边的台灯，发现秋秋的枕边湿了一片，这是少女悲伤的眼泪，任何人都无法安慰。

可怜的孩子——想安慰又不想打扰她，林君如起身走到窗前。这间卧室有二十多平米，装修风格非常现代，衣橱里挂满了衣服，其中不乏欧美的名牌。从女装的款式来说，女主人应该四十多岁了。要是款式年轻又还合身的话，她就拿几件给自己用了——行李箱里的衣服都被大火烧光了，身上的衣服又被雨淋过，只能找了一件浴袍穿在身上，居然让自己有了几分性感。

窗边的写字台上，有男女主人的合影，果然是一对中年夫妇，看上去气质还不错，想必当年是俊男靓女。玻璃板下压着一张明星照，居然是上世纪 80 年代的邓丽君唱片海报。看到邓丽君甜美的笑容，林君如情不自禁地在心里哼起她的歌来……

在动身前往兰那王陵的前一天，旅行团还在清迈城里，当大家去游览寺庙时，林君如却独自离队，去了五星级的湄滨酒店。她在楼下仰望最高一层，也就是十五楼朝北的最右角。她悄悄走进湄滨酒店，假装是这里的住客，坐电梯到了十五楼，在 1502 房间的门口停下。她忐忑不安地站了几秒钟，闭上眼睛深呼吸，然后轻轻地敲响了房门。

林君如期望房门缓缓打开，露出一张熟悉的脸庞，给她一个最美的微笑，然后为她唱一首《千言万语》。

那个人的名字叫邓丽君。

1995 年 5 月 8 日，邓丽君在泰国清迈香消玉殒，去世前最后居住的就是湄滨酒店 1502 房间。

就是这个房间，林君如的眼前，湄滨酒店 1502 房间。

房门突然打开了！一阵阴冷的风吹出来，林君如并不感到恐惧，反而兴奋地睁大了眼睛。

然而，门里却是个女服务生，正在打扫房间。林君如只得尴尬地说明了来意，服务生并没有感到意外，经常有华人来寻访这个房间，甚至有人专门订住这间，不过得提前好久预订。

林君如用英文和服务生聊了几句，也许是接待过许多邓丽君的歌迷，服务生居然说得非常详细——邓丽君笃信佛教，多次在清迈度假拜佛，还带着法国小男友保罗同住。1995 年 5 月 8 日下午 4 时左右，邓丽君在 1502 房气喘病发作，酒店的医护人员对她进行了急救，又迅速把她送往医院，但仍无力挽回她的生命，去世时她享年四十三岁。

但服务生又对林君如说，也有目击的保安声称，邓丽君倒在电梯和楼梯间的过道上，之前和法国男友发生过激烈争吵，死前还喊了几次"妈妈"。她死后脸颊上还有个未消的巴掌印，在她被送去医院后，男友保罗竟然回房睡觉，直到晚上被警察叫起来。

林君如听完后气愤地想，这个男人不负责任到如此地步！

她又在楼道里徘徊了片刻，特意来到电梯和楼梯之间，邓丽君曾经倒在这里吗？她蹲下来抚摸着地毯，似乎感受到了一片体温，如电流走遍她的全身。

百感交集地走出湄滨酒店，林君如久久难以释怀，她走到附近的一座白塔，塔后面是座废弃的寺庙。附近居然有好几座庙，其中有些颇为荒芜，草丛中有残破的神像和木偶，宛如一座座坟墓。

几年前，她去看过邓丽君在台北的墓。

那是台北县的金宝山墓园，邓丽君的墓地占地约七十平方米。小花坛簇拥着邓丽君的塑像，她的披肩长发被风吹起，面对所有的后来人微笑。甬道前方就是邓丽君的墓，棺盖是黑色的大理石，雕刻着白色的玫瑰花环，还镶嵌着一张她的照片，许多祭拜者将鲜花放在上面。后面有她的卧像石雕，双手交叉胸前，台基雕着"邓丽筠，1953 — 1995"的字样，那是她的原名，右边石头上题着"筠园"两个字。

林君如的父亲是个军人，三十年前才来到台北，母亲是土生土长的台南人，当年他们谈恋爱时，常排队去买邓丽君演唱会的票。后来有了女儿又给她取名为林君如——名字里有个"君"字，也是因为两个人都喜欢邓丽君。林君如家里收藏了许多邓丽君的唱片，她从小听着邓丽君的歌长大，直到1995年5月的一天，她从电台里听到邓丽君去世的消息。林君如还记得那个晚上，她整夜躺在床上流着眼泪，耳机里传来邓丽君的"无言独上西楼，月如钩，寂寞梧桐深院锁清秋……"

那首歌似乎又回响在耳边，让林君如倍加忧伤，也许报名来泰国清迈旅游，正是为了来凭吊邓丽君，幻想在湄滨酒店的1502房间，再度见到那个迷人的微笑。

转眼间，深深的孤独感涌上心头。

此时，楼上突然传来一阵轻微的声音。她轻轻地打开房门，躲在阴暗角落中，看到一个黑影从三楼下来。走道亮着黄色的壁灯，可以看到是个年轻男子，手脚的动作都很机械，竟像个机器人似的，几乎不发出任何脚步声。

难道这是一间鬼宅？是过去主人不散的阴魂？林君如抑制着自己的恐惧，静静等待那个人（鬼）转过脸来。

终于，男子徐徐转过身来。

昏暗的壁灯光线洒在他脸上，林君如认出那人居然是孙子楚。

但他的表情极其怪异，双眼瞪大平视着前方，眼珠却仿佛不会转动，隔好几秒钟才眨一下。更奇怪的是他的动作，上半身如同僵尸，挺直了一动不动，脚底却踮着脚尖走路。林君如躲在黑暗里毛骨悚然，眼前的这个"孙子楚"，好像是中了某种诅咒，与平时好动贫嘴的那个家伙判若两人。

林君如大胆地走出去，站到孙子楚的面前，却发现他毫无反应。四目相距不过十几厘米，就算瞎子都能感觉到她了，可孙子楚的眼睛几乎不眨一下，视若无睹地继续往前走，就在他要撞到林君如的刹那，她急忙侧身闪到一边，让孙子楚继续通过。

当他要向楼下走去时，林君如又伸出右手，在他的眼前晃了一下，居然还是没有反应。

瞬间，她的脑中闪过两个字——梦游！

孙子楚现在的样子，完全符合梦游的症状，林君如忍不住抓住他的肩膀，用力地摇了摇他。

像一块石头落入平静的水面，孙子楚的头发像飞溅的水花摇动，他打了一个剧烈的冷战，几乎是从原地跳了起来，回头眨了眨眼睛。

看到了林君如，他像刚刚从梦中醒来，睡眼惺忪地问："怎么是你？"

"天哪，你不知道自己在做什么吗？"

"我？"孙子楚还没反应过来，看了看四周，又摸了摸自己的脑袋，接着把右手伸到林君如脸上，想要试试这是否是梦境。

"别这样！"她感觉他的手指一片冰凉，本能地退了半步。

"我还在做梦吗？我居然梦到你了？"

"不，这不是梦，而是你在梦游！"林君如压低声音在他耳边说，不想吵醒二楼其他的人。

"我已经醒了？怎么会在这里？"孙子楚露出恐惧的神色，他打开露台门大口呼吸，吹着凉风想让自己清醒，"我想起来了，我躺在客厅沙发上睡着了，然后做了一个梦，梦到有人在叫我，于是我走上了三楼，见到了一个小女孩，她给了我一把头发。"

说到这儿他立刻摊开左手，果然有一绺女孩的长头发。

"我见到鬼了？"他的手剧烈颤抖，随即长发落到了地上。

"不，你梦游了，你从来都不知道你有这个毛病吗？"

"我——我——"孙子楚战栗地摇摇头，迅速跑下了楼梯。

林君如摸着自己的脸，抬头看着二楼的天花板，他到底是梦游，还是灵魂附体？

凌晨，4点。

阁楼。

灯灭了，狭窄的窗户外漆黑一片，月亮也不知隐遁到哪里去了。

斜坡的屋顶呈人字形，只有当中可以直起身子，四周的低矮角落里，堆满了各种杂乱的物品。只有阁楼没有被好好打扫，简单铺上了席子和毛毯，伊莲娜和顶顶就睡在这里了。

据说阁楼是老鼠出没的基地——伊莲娜在美国最东北的缅因州长大，她的家位于一条公路的边上，后面就是大片的森林。冬天四处覆盖着厚厚的雪，路上几乎见不到一辆车。在与世隔绝的两个月里，十几岁的伊莲娜每夜都能听到天花板上传来的窃窃私语，那是一群老鼠在嬉戏，还是某些幽灵在叹息？

她对阁楼充满着恐惧，此刻却躺在沉睡之城的阁楼里，听着身边顶顶均匀的呼吸——她早已经睡熟了吧，只是自己怎么也没法睡着，因为担心老鼠会钻到她衣服里。但她又想起了那只猫，但愿它还在这栋别墅内，这样老鼠就不敢出来了吧。伊莲娜摸了摸自己的心口，郁积的伤感不停翻涌，鼻子又变得酸涩起来。

就在昨晚的子夜，她和厉书拥抱在一起，虽然细节都忘记了，但那种感觉仍残留在身体上。皮肤又变得滚烫起来，深呼吸了几下，仿佛与他交换着气息。就当她要触摸到他的身体时，他却一下子变成虚幻的影子，最后成为一具尸体，躺在寒冷的冰库中。

泪水，悄然从伊莲娜脸颊滑落，打湿了铺在地板上的毯子。

直到此时她才痛苦地发现，自己真的爱上了厉书，在这个男人化为幽灵之后。

她从没有为男人流过眼泪，也许他将深深地刻在她的心里，虽然只有过一个模糊的夜晚。

这个男人再也不会回来了，除非——作为永生不死的吸血鬼。

是的，当厉书死在她怀中时，虽然她已悲痛欲绝，但仍然察觉到了疑点——他的眼球竟变成了红色！还有，他的左侧脖颈上，有个极其微小的伤痕，只有细看才能发觉，像被什么人或动物咬出来的！

所有这些都指向了一样东西：那个潜伏在城堡里的恶魔，无数次出现在小说和电影中，恐惧阳光和十字架，黑夜里在墙上爬行，他的名字叫德拉库拉。

没错，罗马尼亚的德拉库拉伯爵，自布拉姆·斯托克的《德拉库拉》问世以来，他就成为了举世闻名的人物，在吸血鬼世界里大名鼎鼎。

她发现历书身上的秘密之后，却忍着悲伤和恐惧没有声张。伊莲娜不想让旅行团更乱，更不想因此暴露自己的秘密。

因为，她的母亲姓德拉库拉。

伊莲娜的祖父是从中国移居美国的俄罗斯人，父亲也是地道的俄裔，年轻时参加过越南战争。母亲却是罗马尼亚移民，结婚后就跟了父亲的姓，伊莲娜从未见过外公外婆，只知道母亲是虔诚的东正教徒。每逢星期天，全家都会开上一个小时的车，去东正教堂里做礼拜。

父亲在越战中受过重伤，一辈子都忍受着伤痛的折磨，他的脾气非常暴躁，时不时就发火摔东西。但据说他过去性格很好，开朗活泼，是很多人眼里的白马王子。只是从越南战场回来以后，父亲仿佛完全变了个人。他从没有说过自己在越南的经历，甚至连怎么负伤的都没说，只是整天沉默寡言，有时半夜做噩梦醒来，惨叫声能把全家人都惊醒。

他酷爱喝伏特加，经常在酩酊大醉之后动手打人，把老实的母亲打得遍体鳞伤。在伊莲娜十五岁那年，一个寒冷的冬夜，母亲又被醉酒的父亲打伤了。她伤心绝望地抱着伊莲娜，把伊莲娜带到了阁楼里——那是伊莲娜最恐惧的地方，却没有见到想象中的老鼠，只有一堆乱七八糟的杂物。母亲带着她来到阁楼的最深处，拨开几层废纸板，露出一幅古老的油画。

油画上是个三十多岁的男人，相貌还颇为英俊，面色苍白而冷酷，只有嘴唇是鲜红的。他的双目炯炯有神，留着一撮小胡子，穿着华丽的贵族服饰，身后似乎是黑夜中的城堡。

母亲抱着伊莲娜说："这就是我的祖先，德拉库拉伯爵！"

"《吸血惊情四百年》里的德拉库拉？"伊莲娜刚看过这部电影，这个吸血鬼给她留下了深刻印象。

"没错，我们是罗马尼亚最显赫的贵族，统治一块山区长达五百年。直到第二次世界大战，作为德拉库拉家族最后的继承人，你的外公孤身逃出了欧洲，隐姓埋名来到美国定居。虽然，我心甘情愿嫁给你爸爸，忍受他多年来的酗酒和殴打，但我不会忘记自己的身份，我们身上流着与人类不同的血液，我们是永恒的家族。"

"这么说我也是吸血鬼——德拉库拉的后代？"

母亲激动地点点头："我本来不想告诉你的，但是我已经做出了一个决定，会让你恨我一辈子的决定，所以我必须提前告诉你。"

"什么决定？"

母亲却没有继续说下去，而是默默带着伊莲娜离开了阁楼。

那晚，伊莲娜梦见了油画里的男子。

第二天早上起来，全家人发现母亲不见了，她甚至没带一件行李，孤身一人消失在大雪之中。

她只留下一张小纸条，上面写着一行奇怪的地址，那是罗马尼亚的某个地方，据说是祖先曾居住过的城堡。

警察局很快过来调查，如果是凌晨出走的话，一定会在雪地上留下脚印，可蹊跷的是连一只脚印都没有。由于大雪封闭了道路，昨晚公路上没有一辆车经过。于是，警方动用了直升机搜救，附近全是白雪覆盖的森林，却根本就没有任何人的踪迹。

伊莲娜的母亲就这样消失了。

再也没有回来过。

德拉库拉……

一个小时后。

沉睡的别墅，同一个阁楼。

睡在伊莲娜身边的顶顶，忽然听到某个细微的声音，那是自门外飘进来的，她不由自主地爬了起来。轻轻地打开阁楼门，那个声音仍然在继续，并引着她走向楼下。一步步走到底楼客厅，她看到叶萧独自站在门口，看到她却没有丝毫反应。她伸手拍了拍叶萧的肩膀，他竟然像尊雕像一动不动。

心跳莫名地加快了，难道整个别墅里的人都遭到诅咒了，变成了《天鹅湖》里的石头和动物？那个奇怪的声音又到了门外，顶顶小心地推开大门，凌晨的月光洒在脚下，视线竟是那样清晰。

突然，外面传来一阵响亮的声音，宛如春节时放的鞭炮——不，那是枪声，自动步枪射击的声音。

她紧张地靠在铁门后，按着心口。正当她想要转身回去通知大家时，铁门居然被人撞开了，一个人影倒在了她的面前。

顶顶恐惧地低头一看，才发现那人浑身都是鲜血，脑袋上炸开了一个窟窿，显然刚刚头部中弹了！

那人穿着士兵的迷彩服，手里还抓着一支 M16 自动步枪。同时外面的枪声仍在继续，似乎有几拨人在激烈地交火。又有一个人闯进门内，同样穿着士兵的迷彩服，他猫着身子躲避子弹，大声说："小姐，我来送你出去！"

还不等顶顶反应过来，那个士兵就用身体掩护着她，迅速将她拉出了铁门。她低着头小跑着，感到四周都是子弹穿梭，甚至听到爆炸的声音，保护她的士兵不时回过头，用自动步枪向敌人扫射。

浑身战栗着穿过枪林弹雨，不时听到人的惨叫声。突然前头的士兵全身一抖，便重重地摔倒在她的面前，他胸口喷出大量的鲜血，挣扎了几下便不动了。顶顶吓得魂飞魄散，立刻躲进街边的一个小店，她隐藏在柜台的后面，只露出眼睛盯着大街。

外面的战斗越来越激烈，几盏探照灯照亮了街道。许多士兵各自寻找着掩体，在街道两端互相猛烈射击，地面上留下十几具尸体。各种武器的声音交织着，甚至有人扛着火箭筒，将对面大楼炸出一个大洞。

这究竟是怎么了？一座没人的城市里，怎么会突然发生了战争？是什么国家的军队在打仗？还是突然爆发了第三次世界大战，这里成为最重要的战场？几发流弹打到了她身边，击碎了柜台边的收银机，身后墙壁上留下几处弹痕。

就在顶顶手足无措之时，一只手拍了拍她的后背，她飞快地回过头来，却见到一张没有脸的脸。

没错，没有脸的脸。

看不出那个人是男是女，没有鼻子没有眼睛也没有嘴巴，头上只有一团白色的肉。接着那团肉开始溃烂，变成豆腐渣一样的东西，稀稀拉拉地掉下来，还有几只蛆从里面爬出来。但那明显是个活"人"，还在继续向前走动，一路留下那些肮脏的东西。

那个"人"走到外面的大街上，突然一串子弹打中了他，他就像跳迪斯科那样，全身抽动了几下，然后便摔倒在地上死了。

顶顶目睹了这一切，几乎要把晚饭呕出来了。此时一发炮弹击中了这栋楼，整栋楼都摇摇欲坠了。她可不想被活埋在底下，急忙冲出了小店，沿着街角一路狂奔过去。这时满街都是枪声和流弹，火光照亮了黎明前的黑暗，空中又响起了直升机的轰鸣。

正当她要冲进一条小巷时，感到后背微微一热，什么东西迅速钻入身体……

一枚子弹。

眼前骤然猩红一片，像被泼上了一瓶红墨水，接着什么都听不到了，只剩下红色的无声世界，整个城市渐渐坍塌陷落，变成巨大的建筑废墟。

她看到了黑色的四翼天使，翩然降临到沉睡之城，抬起自己的身体向天空飞去。硝烟仍然在旷野中弥漫，月亮变成鲜血的颜色，在满目疮痍的断墙残垣之上，茶花正灿烂绽放……

在顶顶即将升到高空时，她再次睁开了眼睛，却见到阁楼黑暗的斜顶。

身下是硬硬的地板和毛毯，旁边伊莲娜还在睡着，她摸了摸自己的后背，早已是冷汗一大片了。她大口喘息着站起来，走到阁楼的窗户边，外面仍然是沉沉的黑夜，看看时间正好凌晨五点。

原来只是一个梦！

如释重负地吁出一口气，回想着梦中所有细节——实在太不可思议了，居然是城市里的战争，还有人浑身溃烂，最终自己中弹身亡，却被四翼天使接去了天庭，这个奇怪的梦预示着什么？

顶顶凝神想了片刻，忽然发觉窗外有一双眼睛——

棕黄色的宝石般的眼睛，闪着幽幽的光盯着她，正是那只神秘的白猫，站在阁楼外的屋顶上，隔着小窗的玻璃，那也是她的梦吗？

2006 年 9 月 29 日清晨 6 点。

天机的故事进入了第六天。

沉睡之城的黎明。

小枝仍然在沉睡。

玉灵已悄然苏醒。

晨曦射入三楼的窗户，她悄无声息地起了床。床边放着一本繁体版《聊斋志异》，正翻在《罗刹海市》这一篇，这是昨晚小枝入睡前看的书。而熟睡中的小枝，不知何时竟抱着一个小泰迪熊，就像躺在自己家里的小女孩。

玉灵下意识地摸了摸胸口，那铁链挂着的坠子还在。凭窗看着下面的小院，正好是别墅的背面，楼下停着一辆白色的轿车，挡风玻璃和车身上满是灰尘。

将窗户推开一道缝，玉灵贪婪地深呼吸几下，她又打开胸前的鸡心坠子，是那张美丽女子的相片。

"妈妈。"心底默默地叫着，伴随浅浅的伤痛——她对自己的妈妈一无所知，除了她的名字——兰那。

喉咙里又一阵难受，就像火焰熊熊燃烧起来，玉灵轻轻关紧窗户，蹑手蹑脚地走出屋子。看来其他人还没有起床，昨晚的折腾都让大家累透了，她无声无息地走下楼梯，想去喝一口白开水。

当她走到二楼过道时，旁边的房门突然打开，闯出来一个眼圈通红的男人。

他是杨谋。

玉灵见到他有些害怕，本能地往旁边一躲。而杨谋则呆呆地立定了，眉头紧锁有些尴尬。两个人都没有说话，沉默了十几秒钟。

"你——没有睡好？"还是玉灵打破了僵局，低着头往前走了一步。

"嗯。"他的眼圈不但发红，还有些发黑发紫，脸色苍白，看去像个瘾君子，"我没事。"

事实上他整夜没睡，一直睁着眼睛靠在墙上，回想几天来发生的事，如同电影倒带反复播放。

"你好像看到我特别害怕。"玉灵大胆地接近了他。狭窄昏暗的二楼走道里，他那年轻英俊的脸庞，仿佛一夜之间老了十岁。

"没有，我没有。"杨谋的回答轻得只有他自己才能听到。

"是不是因为我？"她继续大胆地问着，只是声音压得很低，怕吵醒别人。

杨谋只是低头回避："什么？"

"你妻子的死，是不是因为我？"

玉灵已猜出了几分端倪，她的聪明让杨谋无地自容，被迫抬头看着她的眼睛。这泰族女孩依旧如此迷人，眼睛像宝石闪闪发光，第一次在盘山公路见到她时，他便有一种奇异的感受。此刻他已无法再隐瞒了，嘴里喃喃地吐出一个"是"。

"对不起，非常对不起！"玉灵感到一阵难受，紧接着补充了一句，"我是在对你的妻子说。"

"不，该说对不起的人是我，一切都是我的错，完全与你无关。"杨谋到现在还不敢说出那天在水库偷拍她游泳的事，无论是对死去的唐小甜，还是对眼前的玉灵，他都无法面对这件事。

"那请你振作起来吧，虽然我知道你很悲伤，但既然我是你们的地陪，那我就有这个责任，让你们度过一个愉快的旅程，无论发生什么可怕的事情。"

虽然只是二十岁的女孩，但她口中的这些话却那么成熟老练，远远超出了她的年龄。

"好，我答应你。"杨谋忽然有些感激她，虽然歉疚无法消除，但与她相比，自己竟那么软弱与龌龊。

她也微笑着点点头，将手放到他的手背上，只停留了不到一秒钟，然后便轻快地走下了楼梯。

来到底楼寂静的客厅，叶萧正躺在沙发上熟睡着。玉灵悄悄地走进厨房，刚给自己倒了一杯水，旁边就闪出一个高大的身躯。

"刚才在楼上和谁说话？"

原来是童建国斜刺里走出来，差点把玉灵给吓个半死，她捂着胸口说："是杨谋，怎么了？"

"没，没什么。"五十七岁的钢铁汉子，表情却如此不自然，他指着杯子说，"口渴了吧，快喝吧。"

玉灵赶紧一口气把水喝完，轻声问："怎么没见到孙子楚？"

孙子楚在卫生间里。

他已经坐了超过半个钟头。缓缓地站起来，两条腿都麻得不能动了，宛如无数钢针猛刺着肌肉。当血液渐渐重新流通，腿麻的感觉消失之后，他仍然站在里面不出去。转头看着蒙了一层污垢的朦胧的镜子，只能看到一张脸的轮廓。

"你是谁？"

看着镜子里的自己，他却无法辨认清楚，甚至感觉那是另一个人，如此陌生又如此可怕，一直在黑夜里追杀自己，现在已把刀对准了自己的心脏。

他紧张地摸了摸心口，冷汗早已滴落下来——那些被追杀的梦，还有今天凌晨在二楼发生的事，难道全都是真的？

林君如居然说他在梦游！而他自己也说不清楚，怎么会像个僵尸一样走到二楼。感觉全部都是梦境，却又那么真实可信。当他被林君如叫醒时，确实是在行走，而不是躺着或靠着。根据她的描述和那时的感觉，一切都非常符合梦游的症状，他仿佛幽灵在楼里行走，自己却毫不知晓，并将在一场噩梦后将这些彻底遗忘。

不！孙子楚再次抱紧了脑袋，不敢相信这些是真的。他以为这些都只是往事，遥远到根本不会再记起了，遥远到全部从记忆中删除了。

但一切又重新开始了，那无休无止的噩梦！

没错，他曾经犯过梦游的毛病。从六七岁的时候就开始了，经常半夜开门出去，在外面转悠两个多钟头，直到被街道联防队员发现，作为走失的儿童送到派出所。第二天早上醒来以后，他才能说出自己家在哪里，被心急如焚的父母领回去。为此父母带他看了许多医生，担心他将来会不会得精神病，对他进行各种心理和药物的治疗——对于童年的孙子楚来说，这是比梦游更可怕的噩梦。在尝尽了各种苦头之后，终于在十岁那年，他被治愈了，父母连续三百多夜轮流盯梢，最后确信他的梦游症已经痊愈。

已经二十年过去了，他再也没有犯过梦游症，恐怖的噩梦远离了他，只是偶尔夜里惊出一身冷汗，然后又安安稳稳地睡去。

然而，几个小时前梦游症再度袭来，仿佛二十年的人生都白过了。他又成了那个小男孩，在黑夜里孤独地游荡着，接受不幸的灵魂们的召唤……

孙子楚重重地打了自己胸口一拳："该死的！"

是从什么时候开始犯老毛病的？刚来泰国的那几天，他每夜都混在酒吧里，不是和欧洲的美女游客聊天，就是跑去看通宵的人妖表演，几乎没在酒店里睡过觉。所以那几天是不可能梦游的。

唯一的可能就是从来到这里——沉睡之城后开始的！

仔细回想进入南明城的第一天，旅行团找到那个居民楼暂住，他并没有和叶萧住一间，而是和导游小方同屋。

小方？

就是那一晚，导游小方死了，神秘地死在了楼顶天台。

这是巧合吗？

额头的冷汗冒得更多了，孙子楚在狭小的卫生间徘徊，努力回想着那晚的事情。他记得自己早早睡觉了，然后做了一个奇怪的梦——

好像跟随着一个年轻男子，走出了黑暗的居民楼，来到清冷寂静的街道上。他走进一个古老的房子，却发现里面有成千上万的蝙蝠。他害怕地转身逃走，蝙蝠却在后面紧追不舍，就在一只硕大的蝙蝠扑到他脖子上时，他从噩梦中醒了过来。

然后他就发现小方不见了，走出房门到处寻找他。直到在楼顶天台，发现浑身糜烂而死的小方。

那晚有没有梦游？难道那根本就不是梦，而是真实的？他确实和小方的死有关系？或者就是自己干的？

想到这儿他拉扯着头发，脑袋几乎要爆炸了。赶紧把思维转移到第二夜，屠男失魂落魄地回到大本营后，是躺在他的房间里的。他就坐在沙发上渐渐睡着了，等到自己醒过来的时候，竟已在街边的一个宠物用品店里！一直都没搞清楚是为什么。后来就遇到了叶萧他们，一起回到大本营二楼，却发现屠男已经死了！

孙子楚无法解释这一切。为什么明明是和屠男一个房间，却在几百米外的地方醒过来，回来见到的便是一具尸体——现在回想一下，毫无疑问是他梦游了，睡着以后自己跑了出来，然后在宠物用品店醒来。

但在他梦游的时候，究竟还发生了什么事情？足以使屠男送命的事情？

天哪，自己究竟干了些什么？

嘴唇几乎要被咬破了，孙子楚感到彻骨的恐惧，这比自己要死了更吓人。虽然没人怀疑他，但小方和屠男临死之前，不都是和他在一起吗？经过这么仔细地分析，他们两个人的惨死，极有可能与自己有关。

难道凶手就是自己？

孙子楚再次看着镜子，那个人竟如此陌生如此丑陋，仿佛从来都没有见过——镜子里的人形容枯槁。他一向倚仗大学老师的身份，四处猎艳寻芳，卖弄知识自吹自擂，对他人滥施语言暴力，仿佛世上只有自己一个聪明人。其实他什么都不是，只是个半夜梦游的傻瓜加胆小鬼！

啪！

他重重地打了自己一个耳光，随后涨红着脸冲出卫生间。没想到叶萧正好在外面，两个人猛然撞在一起，倒在地上。当叶萧要一拳打下去时，才发现是孙子楚的脸，样子却与平时完全不同，眼睛瞪得几乎要突出来，脸涨得通红就像涂了狗血，嘴唇发紫不停地哆嗦。

"你怎么了？"叶萧将他拉了起来。

孙子楚闭上眼睛，绝望地回答："饶恕我吧。"

第四章 罪恶之匣

2006 年 9 月 29 日，清晨 7 点整。

沉睡的别墅渐渐苏醒。

玉灵在底楼的厨房准备早餐，冰箱里有些没过期的真空包装食物，液化气灶还可以使用。

叶萧喝了一大口热水，独自走出大门。清晨的空气如海风扑到脸上，湿润而浓郁地充塞鼻息，他仿佛坐在水底呼吸，肺叶里也满是湿气了。

先检查一下院墙的铁门，确定还可以很好地锁牢。回头再看看小院子，拥挤地簇着三层别墅。眼前是一团模糊的雾气，但能看清二楼和三楼的露台。与半夜里看到的感觉截然不同，如果说半夜里看它像是惊悚小说中的画面，那么此刻看它则像童话故事里的场景。

别墅旁边有条车道，叶萧缓缓地走了过去，绕到房子的背后。在一片不到十平方米的竹林前，停着一辆白色的大众帕萨特汽车。车门和车窗都紧锁着，污渍和尘埃让它变成了"灰车"，看不清车厢里还有些什么。

并没有后门或车库，墙后面就是别人家的房子。当他从另一边绕回来时，发现一个木头搭的小房子，高度只有一米多，里面铺着早就发臭的布，外边还有个奇怪的圆柱体，外形有些像消防栓。叶萧托着下巴想了想，才明白这是个狗屋，以它的规模和高度来看，肯定是给大型犬准备的。至于那个像消防栓的家伙，自然就是供狗狗撒尿的器具了。

他苦笑了一声绕到前面回到客厅。童建国已经把大家都叫下来了，许多人都还没有睡醒，躺在沙发上又闭上了眼睛。

"没这个必要吧。"叶萧到角落里对童建国耳语,"这几天都累得不成样子了,就让大伙再休息一下吧。"

"你放弃了?"

叶萧像是受到了侮辱,立刻扬起头说:"没有!"

"在这里的每一分钟都充满了危险,绝对不可以松懈,没有人会来救我们,除了我们自己!听我的没错。"童建国不紧不慢地说,随后又去叫大家吃早餐。

所有人都聚集到了餐桌上,林君如和秋秋打着呵欠,伊莲娜干脆仰着头小憩。玉灵把早饭放到了桌上,叶萧同时清点着人数——还好一个都没少。

短暂的睡眠让人无精打采,整顿早餐几乎没人说话。当大家陆续吃完以后,秋秋却盯着餐桌的玻璃台板不动了。

台板下压着一张地图——南明地图。

就在秋秋眼皮底下,是地图的正北方位置,她的视线落在城市的北缘,完全超出了市区范围,地图上显示为绿色的山区。一条弯曲的小路向上延伸,直到某个微小的黑点,她低头仔细看看,才发现那是个骷髅标记,下面印着两根交叉的白骨,宛如加勒比海盗的旗帜。

这个古怪标记的底下,印着一行数码:**A709**。

A709?

这一个英文字母与三个阿拉伯数字,如打字机敲打在秋秋脑中。没错,前天下午,也是在地图上,她发现了这个标记——A709。

"你在看什么?"

钱莫争以为女儿又发呆了,立刻转到她身边低头去看,秋秋伸手指了指那个标记,钱莫争也立时皱起了眉头。

很快,所有人都聚拢在地图前,童建国索性将玻璃抬起来,把地图抽出来仔细查看。

这个图标及数码确实很奇怪,也许是地图上的一个秘密记号,不能让普通市民知道的地方?可既然如此的话,就不要印在公开出版的地图上啊。

"你看这个标记的位置,处于地图的最北部边缘,我们是从最南端的隧道进来的,那么这个最北端的地方,或许就是南明城的后门?"叶萧皱起眉毛,却难掩心中的兴奋,"一个秘密的后门,只能用这种隐秘的方式来标记。"

"嗯，我们已经去过东面和西面，北面还是未探索的处女地呢，谁知道那里有什么！也许就是我们要找的逃出去的路！"林君如总算清醒了过来，她回头拍了拍孙子楚的后背，这家伙却像蔫了似的，傻傻地坐在原地不声不响。

"那还等什么？我们赶快去那里探路！"童建国立刻收起地图，把它小心地放在背包里面，"谁要跟我去北面？"

上午，8点整。

天空如覆盖着铁色面具，湿润的空气无孔不入，伴着风，在寂静的大街上如潮起潮落。

六个男女行走在这片潮起潮落间，打破了沉睡之城的安宁。行囊里有水和食物，还有手电筒和指南针，他们沿途"洗劫"了所有的超市，带上一切可能有用的物品。

一路向北。

童建国的手里摊着地图，目光仍落在最上端的标记——A709上。

他的身后是叶萧、杨谋、林君如、伊莲娜和玉灵，六个人排成长蛇阵，小心翼翼地向北前进，叶萧手里还攥着个铁扳手，以防野兽突然袭击。

五分钟前，他们走出了别墅，按照地图上的标记，去寻找逃出南明城的"后门"。

路边停着一辆克莱斯勒 SUV，车况看起来还不算太糟。童建国娴熟地打开车门，发动了车子。叶萧坐在他旁边看着地图，其余人都坐在后面两排，放下满是污泥的车窗，仔细观察着马路两侧。

油箱里的汽油足够用，车子很快开到南北方向的大街上，十分钟后，绕过街心花园的转盘。林君如看着那花园里的雕像，心里有种奇怪的感觉。经过电视台所在的大楼，车子开到南明城的正北方，一路上都没看到什么异常。

穿出最后一排建筑，又是一片杂乱的树林，道路变得弯弯曲曲，两边出现了大块的岩石。他们感到地势在渐渐上升，童建国加大油门开始爬坡，进入一条狭窄的山道。再往后看已见不到城市了，森林和峡谷将他们包围，又将通往"另一个世界"？

叶萧仔细看着地图，这条弯曲的小路，正好处于地图的正上方，看来这条路并没有走错。十分钟后，他们已经远远离开了南明城，山道转角处突然出现一座岗亭，迎面有道栏杆挡住了去路。

急刹车之后，童建国和叶萧都跳了下来。岗亭看起来很破烂，里面可以容纳一个人，没有发现其他的信息。他们将栏杆摇了起来，坐上车继续向山里开去。

前方的路更加艰难，车子不断地颠簸，在连续爬了一段陡坡之后，车子终于再也走不动了。童建国被迫拉起手刹，让所有人都下车，又给车轮后面垫上了石头。

再往上就只能靠走了，事实上已经没有路了。地图上的弯曲小道，到这个位置也消失了，"A709"就在这后面不远处。

林君如疑惑地看着四周，茂密的森林将他们覆盖着："这里怎么看都不像是南明城的'后门'啊。"

"上去看看再说吧。"

童建国领头往上爬去，其余人只得跟在他的身后，彼此手拉着手以免摔倒。至此已完全辨不清路了，杨谋拿着指南针，只看准正北方向，大家一路向前，直到头顶出现一道铁丝网。

铁丝网。

整整齐齐地拉在正上方，宛如一堵高墙，保卫着网里的世界。此时童建国就像个特种兵，隐蔽在荒草丛中，小心翼翼地探出头来。只见铁丝网的后面，竟是一片空旷的平地，将近足球场大小。他从叶萧手里接过铁扳手，将铁丝网打破一个缺口，率先钻了进去，其他人也紧随其后。

"天哪，这是什么地方？"玉灵吃惊地望着眼前的旷野。

这是一座高耸的山顶，却像被刀削过一样平整，几乎看不到一棵树木，只是边缘有些灌木和野草。脚下并不是岩石或泥土，而是异常厚实的水泥和沥青地，显然这里是人工建造的！

"这就是'A709'？"

伊莲娜拿起海拔测量器——从路边一家户外运动俱乐部里"借"来的，显示的海拔高度正好是 709 米。

原来 A709 的意思就是海拔 709 米的高地！

六个人兴奋地走到空地中央，眺望四周尽是莽莽群山。怪不得在城市里看不到，这是最隐秘的地方，就连地图上也只以海盗旗来标记。

地上画着许多白线，也许是经过的年月太久了，许多已经褪色模糊，但从远处仍能看出整体的轮廓，中间有几个靶状的圆环。童建国蹲下来沉思片刻说："我猜——这是一个直升机场！"

"直升机场？"

大家听他这么一说，再看地上的圆环标记，以及周围空旷的环境，直升机场几乎是唯一的解释了。

"南明城的直升机场？"叶萧却皱起了眉头，看着周围的铁丝网说，"为什么不把上来的路修好呢？难道要自己爬上来坐飞机？"

他的疑问让大家难以回答。伊莲娜径直向空地的另一端走去，那里有一排单层的房子，还有看起来很高大的仓库。

众人也一同跟了过去，穿过空旷的山顶空地，阴郁天空下的山风，吹乱了女人们的长发，也吹乱了男人们的心。

伊莲娜第一个冲到那排房子前，房子看起来已是破败不堪，几乎所有的玻璃都碎了，几处屋顶也已经没了，就连门板都不知哪里去了。小心翼翼地踏入敞开的门，头顶射下来清冷的光，仿佛照射在教堂的废墟上。屋子里面乱七八糟，还有黑糊糊的烧焦的痕迹，几十张生锈的钢丝床，裸露着扭曲的黑色钢铁。

这凄惨的山顶小屋，以及其中弥漫的一股陈腐的气味，让□□和林君如顿感恶心，她们急忙退出了房子，回到空地上大口呼吸。童建国也皱着眉头走出来，心里渐渐浮起不祥的预感，眼前一切都好像与自己有关，甚至似曾相识。

他和叶萧走向旁边的仓库，那高大的铁板屋顶，让人联想到壮观的飞机工厂。仓库的大铁门紧闭着，童建国在门口琢磨了片刻，突然从裤脚管里掏出手枪。

"你要干什么？"这家伙让叶萧心里一颤，他曾经与童建国抢夺过这把枪。

"请后退几步，当心跳弹！"说完童建国把枪口对准仓库大门的铁锁。

叶萧摇着头后退了几步，担心让女人们看到这一幕。

一声清脆的枪响，铁锁被子弹打成了两截。童建国迅速将手枪塞回裤管，顺势打开了仓库大门。

其他人都惊慌失措地跑过来，纷纷问刚才是什么声音。叶萧尴尬地回头说："别害怕，只是个旧轮胎爆了。"

这时仓库大门已完全打开了，只见里面腾起几米高的灰尘，大家被迫后退了十几步，蒙着鼻子等待烟尘散尽，才轻手轻脚地走进去。

光线射入巨大的仓库，渐渐照出一堆黑色的影子——扭曲的钢铁怪物。

是的，这家伙的样子太奇怪了，宛如美国科幻恐怖片里的"异形"。黑色的身体布满锈迹，狰狞的四肢伸向天空，地上满是废铜烂铁的零件，如同一具烧焦了的尸体。

六个人都露出厌恶的目光。杨谋捂着嘴巴说："不会是外星人的遗骸吧？"

童建国轻轻地靠近它，在一堆废铁中找到一些零件，以及几段破碎的钢铁螺旋桨片。他又大胆地钻进"怪物"体内，摸出一个破烂的飞行头盔。最后，他在一块钢板上发现了白色的五角星，那是美国军队的标志。

噩梦——多年前的噩梦又一次袭来，那个悲壮惨烈的夜晚，直升机螺旋桨发出巨大的轰鸣，强劲的风吹乱他的头发，探照灯自空中打到脸上，接着是一串红色的火焰，他的身体被撕成碎片……

黑鹰！

UH－60"黑鹰"直升机，以一位北美印第安酋长的名字命名，由西科斯基公司制造，最常见的美国军用直升机。

黑鹰坠落在他的面前。

童建国灰头土脸地钻出来，面色凝重地对大家说："这是一架美制黑鹰直升机，这里并不是民用机场，而是一个起降军用直升机的军事基地！"

"南明城的军事基地？"

"不，是美军基地。"

"美军？"美国女孩伊莲娜睁大了眼睛，"怎么会在这里？"

童建国却默不作声了，三十多年前他所在的金三角游击队，曾多次与美军特种部队交火，最常遇到的就是这种黑鹰！但这段隐秘的历史，还是让它永远被埋葬吧！

眼前这面目全非的直升机，显然在战斗中遭受重创，以至于无法修复并运回国。但这种情况下美军通常都会销毁它，为什么要留下这么多残骸？不知当时出了什么变故。

仓库墙上贴着一些海报，全是美国总统的形象，依次排列为尼克松、福特、卡特，最后一个是里根——从 20 世纪 70 年代到 80 年代，几乎所有的美国总统都在墙上了。

他们缓缓走出仓库，回到令人窒息的那排房子里，显然这里就是美军的营房。这回搜索更加仔细了，叶萧找到几个铁皮柜子，费了很大力气才打开，里面居然是美国报纸和杂志。厚厚的报刊散发着油墨味，许多几乎从未被打开过，几个人一齐把它们搬出来，摊在光线下细细查看。

最底下的是 1970 年的《纽约时报》，几乎一期都没有断过。最上面的则是 1983 年的一期《时代周刊》，封面是"今日克格勃——安德罗波夫窥探世界的眼睛"，十足的冷战时代的产物，就像这个沉睡的美军基地。

没有发现 1970 年之前的报刊，也没有发现 1983 年之后的，几乎可以肯定 A709 美军基地从 1970 年至 1983 年存在了十三年！

全世界却对此一无所知，除了这个基地的敌人童建国。

这十三年是美苏冷战最高潮的十三年，也是美国全面败退的十三年。虽然早已风水轮流转，但当年驻守于此的美国大兵们，绝想不到苏联竟如此之快地灰飞烟灭。

叶萧等人接着搜索，发现了许多美军遗留下来的东西，但没有发现武器弹药，也没有发现军用地图之类的重要资料。剩下来的都是些生活用品，甚至包括废弃的垃圾，显然有价值的东西早就被撤光了。

当众人在翻箱倒柜时，伊莲娜独自走到了房子最里侧。屋顶破开一个大洞，将这片角落照得通亮。在脱落了几片墙皮的裸墙上刻着一行歪歪扭扭的英文，翻译成中文大意是——

今天，我射杀了十三个俘虏，特此留念。

特种兵 伊万·瓦西里·阿姆索诺夫 下士

1972 年 7 月 4 日

这一天是美国的独立日。

但伊莲娜的目光，却聚焦在那个名字上：伊万·瓦西里·阿姆索诺夫。

因为，这是她爸爸的名字。

每个字母都是那么清晰，标准的俄罗斯式的姓名，在上百万美军士兵中，不会再找出第二个伊万·瓦西里·阿姆索诺夫了！

1970 年至 1973 年间，伊莲娜的爸爸确实在陆军特种部队服役，并在越南战场上度过了三年。

虽然这里并不是越南，但毕竟是在中南半岛上，对于搭乘直升机的特种兵而言，从这里飞到北越只要半个小时。

而越战并不局限在越南一国，整个印度支那三国甚至金三角，都曾经是各种武装的战场。美国人把基地设立在越南之外，反而更有利于他们的行动，那是疯狂的 70 年代，"现代启示录"的年代，让人变成杀人机器的年代。

"我射杀了十三个俘虏"——如此平静的语气，就仿佛打死了十三只兔子！伊莲娜不敢相信这是自己父亲写的字，但她又确信无疑，下面的签名，无论是字母的拼写还是笔迹，都毫无疑问属于她的爸爸。

也许，他也曾经是个魔鬼？

伊莲娜不敢再看那堵墙，抱着头退回到其他人身边。

叶萧警觉地拍了拍她："怎么了？"

但她无法回答，难以启齿这一切。此刻她终于明白了，爸爸为什么从不提越南的事，因为他可能从未到过越南！也明白了他为何经常因噩梦而惊醒，因为在这里的岁月本就是噩梦！以及爸爸为什么经常痛打妈妈，因为一旦沾上了罪恶的鲜血，就再也难以洗刷掉魔鬼的印记！

这个赐予自己生命的男人，这个生她养她怜她爱她，同时又令她无比仇恨的男人，一辈子都没有走出这场战争，也没有走出这片沉睡的基地。

忽然，她觉得爸爸很可怜。

上午，9 点整。

沉睡的别墅。

钱莫争不再外出探险了，他在楼上保护着秋秋，绝对不能再出现纰漏了。

最让人意外的是孙子楚，以往每次外出他都是最积极的，这次却像个胆小鬼，主动退缩留守了。叶萧虽然感到很意外，但看到他那副难看的脸色，便只得让他留下休息。大部队离开之后，孙子楚一个人坐在客厅里，空旷而寂静的大房子里，自己仿佛是个孤独的鬼魂。他痛苦地闭着眼睛，强迫大脑成为一部放映机，将最近几个夜晚的记忆，全都从头到尾地反复回放。

特别是那些梦——有的是那么虚幻，有的又是那么真实，甚至那么令人毛骨悚然！一格一格地变成慢动作，仿佛匕首一寸一寸地刺入心脏。

在孙子楚的心脏渐渐碎裂时，三楼房间里响起小枝的歌声——其实也没有什么歌词，只是轻声哼着一段旋律，周而复始的，那是陈绮贞的《小步舞曲》。

顶顶始终坐在她的身边，叶萧不让她离开屋子，嘱咐她要守护好小枝，这让她的心情有些烦躁。尤其是听到小枝哼歌，她就更坐立难安了，怎么说自己也是专业歌手，在她面前唱歌，不是班门弄斧就是挑衅。

"哼吧哼吧，我知道你闲着无聊！"顶顶起身走出房间，嘴里也哼出了旋律，那是她的《万物生》……

叶萧不让她跟着出去探路，这让她感到分外空虚，这栋房子好像变成了监狱，自己则成为孤独的女囚。她哼着歌来到底楼，看到孙子楚依然坐在沙发上，木头人似的闭目养神，根本没感觉到她的到来。

客厅寂静得让人发疯，顶顶刚想过去喝上一口水，便听到外面响起了敲门声。透过窗户看玄关外并没有人，是有人在敲外面院子的铁门。

孙子楚依然没有反应，也许是睡着了吧。顶顶疑惑地走出房门，轻轻地走到院子里，那敲门声还在继续，有某种特别的节奏，不紧不慢地撩拨着人的心。

大概是叶萧他们吧？照理说不应该这么早回来的，难道中途出了意外，全都逃了回来？

"谁啊？"她躲在门后问了一句，但那敲门声还在继续，却没有半句回答。

会不会是狼狗？可声音是从铁门上方发出的，明显是人的手指关节敲击，狼狗不可能做到。

犹豫了几秒钟后，顶顶打开了铁门。

门外站着一个人。

不是叶萧，也不是童建国，更不是杨谋。

是一个男人，一个陌生的男人，头发花白的男人，确切地说是一个老年男人。

老人看起来有八十多岁，雪白的头发还很茂盛，脸上的皱纹并不是很多，两颊透着淡淡的红晕，看起来气色很好，正是传说中的鹤发童颜。

他的身材高大而挺拔，穿着一件黑色的衬衫，一条绿色的裤子，昂首挺胸地站在门口，透出军人的阳刚气质，简直是不怒自威。

尤其是他的双眼，完全不像老年人的沉暮，反而比年轻人更有神，厚厚的眼皮下两道目光摄人心魄，直逼得顶顶连连后退。

为什么要以这种眼神看着我？她在心里虚弱地发问，因为我是一个不请自来的强盗？

没错，老人正盯着这个不速之客——擅自闯入沉睡之城，又窃居了他人房屋的外来者。

当她的目光和那双眼睛相遇时，她感觉自己要被完全压扁了，双手和双脚都在颤抖，刹那间她想起来了。

她见过这张脸！

从见到他的第一秒钟就掠过这个念头，却又无法想起是在哪里，但现在总算想起来了。

在——梦里。

那是几天前的凌晨，在沉睡之城的睡梦中，她被某个声音引到大街上，见到了一个老人，正是眼前的这张脸！

老人告诉她："罪恶之匣，已被打开。"随后她接到一个电话："Game Over！"

梦，就这样醒了。

此刻，梦中的老人，又一次站在她的面前，会不会依然是梦呢？或者整个事件就是大家集体做的一个梦？

顶顶狠狠掐了自己一把，却疼得差点喊出声来，而老人的眼神也微微一闪。

不，她甚至能感受到老人呼出的气息。她深呼吸了一口，鼓足了勇气问道："请问——你是谁？"

"你是谁？"老人迅速反问了一句，相当标准的国语，丝毫不拖泥带水，听声音像四十岁。

"我——"顶顶竟一时语塞了，她不知道该如何解释自己。只能下意识地回答，"我叫萨顶顶。"

"你在这里做什么？"

"不，我不是强盗！我只是……来泰国旅游……迷路了……旅行团迷路了……才来到这个地方……沉睡之城？"面对这个目光锐利的老人，她几乎语无伦次了，"这究竟是什么地方？为什么一个人都没有？到底发生了什么事？"

老人的表情趋于平静，淡淡地说："可怜的人，什么都没有发生过。"

当她皱着眉头琢磨这句话时，老人已转身离开了院子。

"等一等！"她立刻追了上去。

老人的脚步非常之快，完全不像是他这个年龄的人，很快他就走出小巷到了大街上。但顶顶绝不会把他放过，好不容易见到一个陌生人，原本以为小枝是这里唯一的活人呢，看来可能还有不少"幸存者"。

跟着追到大街上，老人却闪进了隔壁的小巷。当顶顶追进去时，小巷里只剩下满地的垃圾和落叶，再也见不到任何人的踪迹了。

小巷两侧有不少小门，里面就是深宅大院，她不敢踏入其中任何一间，只能向四周大喊："喂！有人吗？"

许久都没有人回应，老人就像一团空气，飘散在寂静的院墙间。

顶顶怔怔地站了半分钟，感觉自己的手脚冰凉，突然之间如此孤独无助。

她默默地转回头，沿原路走回别墅，重新关上院墙的铁门，脑中仿佛回放着那个梦。

梦中的声音在耳边挥之不去——

罪恶之匣，已被打开。

已被打开……

一步一顿地回到客厅，孙子楚居然还在闭目发呆，顶顶无奈地叹息了一声。回到三楼的房间里，却发现小枝不见了。

小枝不见了！

仿佛一盆冷水浇到了头上，顶顶这才惊醒过来，背后冷汗已湿透了衣服。她急忙寻找楼上的其他房间，包括阁楼和露台。钱莫争和秋秋还在，他们都没有看到过小枝。

她又飞快地跑下楼，把半死不活的孙子楚叫起来："喂，你看到过小枝吗？"

"我在哪儿？"孙子楚揉着眼睛，一副完全没有睡醒的样子。

顶顶几乎想要打他了，但她只猛地打了自己一下，又彻底查看了底楼，还是不见小枝的踪影。她心急如焚地跑出去，在院子里转了一圈，仍然一无所获。

最后，她冲到铁门外边，看着寂静的小巷，空旷的街道。

笼子已经打开，小鸟为什么不飞出去？

上午，9 点 30 分。

南明城北部的崇山峻岭间，童建国重新发动了车子，找了一处空地调头，沿着山路往下开去。其他人都已坐上了车，伊莲娜在最后一排，眼角含着泪水回过头，望着再也看不到的山顶——A709，那里有爸爸的青春，被铁丝网围困的基地废墟。

车子颠簸着下了山，惊险的道路让大家都捏着把冷汗，胃里也颠得难受。叶萧回想废弃的美军基地，怎么也无法与南明城挂上钩，难道这座城市就是为美军服务的？但这基地早在二十多年前就荒废了，南明城直到去年还生机勃勃，天机的世界还会有什么？

车子沿着来时弯弯曲曲的小路向南开去，又转过一个路口，上了大路。没多久杨谋突然喊道："停一下！"

童建国立刻急刹车，众人都往前猛地一冲。杨谋指着道路左侧说："电视台，我们得去那里看看！"

原来正好经过这个路口，南明城的最高建筑之一，电视台大厦就矗立在眼前。

玉灵坐在他后面说："我们不是上去过吗？就在进入这里的第二天。"

"是的，当时还没有电，我们只能使用蓄电池，准备用电视台的卫星天线与外界联络，却差点被雷电烧死。"杨谋已经跳下了车，仰望电视台的楼顶说，"但现在已经有了电！你知道电视台对我们最重要的是什么？"

童建国下车，摇了摇头："难道你要向全世界直播吗？可惜楼顶的天线已经烧毁了。"

"不，电视台里有大量的影像资料，记录着南明城以往发生的一切，我们可以去看看那些录像，就能知道南明城的过去，知道沉睡之城为什么会沉睡！"

"没错，这是个好主意！"叶萧立刻就明白了，电视台就是个资料库，一定会有大量的新闻录像，可以揭示一年前的"空城之夜"究竟发生了什么！

他第一个往电视台大楼走去，童建国和杨谋紧跟其后，三个女生也纷纷下了车。大楼里照旧黑咕隆咚，他们也找不到电灯开关，倒是电梯灯还亮着——上次他们爬了十几层楼的楼梯。

杨谋轻轻按开了电梯，两道门迅速打开，黄色的灯光闪烁之下，一阵白色烟尘飘扬出来。叶萧本能地堵上口鼻，眯着眼睛向电梯里看去，只见烟雾里隐隐躺着一个人！

林君如和伊莲娜都吓了一跳，差点惊恐地叫出来。只有童建国还纹丝不动，直到电梯里沉积了一年的烟尘渐渐散去。

确实是个人！

一个死去的人，尸体早已腐烂得无法辨认了，只剩下一堆肮脏的衣服，好像是套西装，包裹着一具可怜的腐尸。

在阴暗的底楼大厅里，只有电梯里亮着黄色的幽光，宛如教堂里的神龛祭坛，更像黑暗舞台上的唯一光圈，主角却是这个死去的人。

没有人敢走进电梯，只是怔怔地在外面看着，女生都躲到了男人们身后。叶萧习惯性地拧起眉毛。无法判断这个人的死因。究竟是被谋杀在了电梯里，还是因为刚刚走进电梯，就突然停电而无法开门，困在这钢铁棺材里活活饿死了？

总之，他很不幸。

电梯门缓缓地自动关上了，就让它永远埋葬这位死者吧。

"谁都不想变成这个样子吧？现在大家都听清楚了，绝对不能在南明城里坐电梯，再高的楼也得爬楼梯！"叶萧说罢走向了楼梯，大家也只能硬着头皮往上爬。

还好找到了每层楼的电源，打开电灯照亮走廊和办公室，许多沉睡了一年多的电脑也亮了起来。

三楼是直播大厅，灯光舞台一应俱全，能够容纳好几百人做节目。叶萧是第一次来到这里，此时杨谋打开拍摄用的照明灯，那强烈的灯光眩得他睁不开眼睛——

大厅仿佛一下子热闹起来，主持人就在旁边插科打诨，嘉宾和明星说着滥俗的话，梦想一夜成名的小女生，在选秀节目上流着廉价的眼泪，从台湾请来的评委互相争风吃醋，观众们举着偶像的牌子尖叫……

最终，走到灯光下的是叶萧。

他发现脚下是高高的 PK 台，站在对面与自己对决的，竟然是荒村的欧阳小枝。

这个二十岁的神秘女生，骄傲地扬起下巴，看似清纯无瑕的眼神，却足以诱惑任何男子。

她是毒药？

"吃下这粒毒药吧！"某个声音在耳边响起。

叶萧抓起的却是麦克风，说出一句软绵绵的选秀 PK 语录——

"我已经努力了！就算倒在 PK 台上也没有遗憾！感谢评委！感谢所有支持我的叶子！"

刚说完这句话，对面的小枝抬起手来，她竟握着一把手枪，黑洞洞的枪口对准他的眉心。

她微笑着扣动了扳机。

一颗子弹从枪管里飞出，径直钻进了叶萧的大脑，又从后脑勺冲了出去。

黑暗，覆盖了世界。

当他重新睁开眼睛时，杨谋又关上了大灯。叶萧独自站在舞台中央，面色苍白地看着四周，林君如奇怪地看着他："你怎么了？"

叶萧摸了摸自己的额头，除了汗水之外什么都没有，刚才的一切都是幻觉吗？为什么与自己站在 PK 台上的是小枝？

感觉像死过了一回，他走下舞台轻声说："我们去楼上吧。"

六个人离开直播大厅，从楼梯走上了第四层，走廊口挂着块牌子：新闻直播间。

玉灵还从没见过新闻直播间是什么样子，便快步冲了进去，差点被地上一堆椅子绊倒。童建国紧跟着打开电灯，只见空旷的房间里乱七八糟，只能依稀辨认出新闻直播的台子，还有一些固定摄像器材的机器，但上面架着的摄像机全被砸烂了，杨谋心疼地摸着这些机器，全都是价值几十万的好东西，是谁有这么大的仇恨，居然把它们都砸烂了呢？

地上尽是被掀翻的桌椅，有的地方还有暗红色的印迹，依然昏昏沉沉的叶萧，怀疑那是不是血迹。直播台上也惨不忍睹，零乱散落着各种小东西，几盏灯都被打碎了，包括旁边的监控电脑。这景象简直是一片狼藉，谁都无法想象，曾经有端庄美丽的女主播坐在这里，面对镜头微笑着播报新闻："观众朋友们，晚上好，今晚南明夜新闻的主要内容有……"

叶萧颤抖着仰起头，只见直播台后面的墙壁上，有几排明显的弹孔，有几处纸板都被打穿了。他低头在墙角搜索一番，果然发现了不少弹头，看起来是自动步枪射出的。

"这里究竟发生过什么？"玉灵惊慌地回过头，指着墙上一大摊的血迹，似乎有人被当场射穿了。

童建国闷着声音说："别害怕，那是一年前的事了。"脑海中似乎幻化出那幕景象，但立刻又被枪声打碎了。

林君如退到门口说："再上楼去看看吧。"

半分钟后，他们跑上了五楼，这里有深深的走廊，两边都是影像制作和剪辑的工作室。然而，每一个房间都遭到了破坏，许多昂贵的机器设备，变成一堆废铜烂铁，墙上还留下了累累弹孔。

"明显是故意破坏！"在电视台工作的杨谋，对这些景象深恶痛绝，"上次因为没有电，我们没逐层仔细查看，没发现这里的情况！"

叶萧仍固执地走进每一个房间，直到停在走廊尽头一扇不起眼的小门前——只有这道门是锁着的，他立刻抬脚把门踹开了，走进去一看，也是个小制作室，但这里并未被破坏过，有台电脑和一些简单的机器。

杨谋进来看了看说："这是个资料室，通常放一些备份的影像素材。"

说罢他打开了电脑和机器，硬盘里还储存着几十条素材，这一发现让他异常兴奋，大家都围拢在他身后。

几十秒后，小屏幕上渐渐出现了画面，闪烁的白光刺激着众人的瞳孔，大家全都目不转睛地盯着它。

一张脸。

屏幕上出现了一张脸，确切地说是一张腐烂的脸。

这个极具冲击力的特写镜头，让林君如和伊莲娜几乎呕吐了出来，就连童建国都皱起眉头，杨谋的手指在键盘上颤抖，叶萧却想到了进入空城的第一夜。

镜头缓缓地向后拉伸，整个身体都显露了出来，这是个死得悲惨至极的男人，倒在一个阴暗的角落里，白色的灯光打在他脸上，就连镜头都有些微微晃动，显然摄影师也感到了恶心。

这条素材就到这里为止了，大家没有听到任何声音，杨谋说这是个简单的图像素材，不知道为什么声音被消掉了。

紧接着，第二条素材出现在屏幕上，那是一个年轻女子的脸，她化着淡妆穿着职业套装，正对着镜头侃侃而谈——可惜仍然听不到声音，就像在演哑剧一样，她神色非常紧张，身后的背景是堵墙，镜头也有些摇晃，看来是电视台的现场直击，主持人或记者在对镜头直播。后面不时走过忙碌的人，大多穿着奇怪的制服，叶萧认得这是南明城的警服。

第三条素材，还是"无声电影"，白天的南明城街道，十几个男人拿着棍子，追打一条凶猛的狗——但不是小枝的那条大狼狗。晃动的镜头显示了真实生活的残酷性，那条狗就这么被活活打死了，狗血喷溅在马路上，尸体被迅速拖上一辆汽车。

这幕场景让林君如真的呕了出来，她趴到墙边吐得一塌糊涂，这才后悔早餐吃得太多了。

伊莲娜搀扶着她，感到不可理喻："真是疯了！干吗要杀狗？"

"这些画面肯定与'空城之夜'有关！"

叶萧让杨谋查了查这三条素材的时间，全是 2005 年 8 月 25 日至 29 日间拍摄的。

那是南明城最后的疯狂？

他们又打开了第四条素材，画面里出现了一个圆形的大厅，阶梯呈螺旋形一直转到底下，每一层都有座位。对面墙上挂着巨大的剑矛护卫日月图，那是南明城的徽记，看起来庄严肃穆。许多人坐在大厅里，个个穿着都很正式，围绕着中央的那张桌子。有个中年男人走到桌子边上，他的表情异常焦虑，说话似乎声嘶力竭，看来有强烈的表现欲。在他讲话的同时，围坐着的人们也没闲着，纷纷站起来起哄，可惜听不到声音，否则一定会很精彩。那个人说到一半时，终于被其他人赶了下去，另一个更年轻的抢占了舞台，他意气风发地开始演讲，说到激动处口沫横飞。但不知从哪里飞出来一只高跟鞋，不偏不倚地砸中了他的额头，饶是他额头坚硬没有被砸破，也应声倒地不敢再起来了。接着是一个浓妆艳抹的女子，一只手提着高跟鞋，气势汹汹地杀了上来，巾帼不让须眉地抓住话筒，连珠炮似的一顿猛说。只可惜在叶萧等人眼里，全都成了精彩的哑剧。但未待她说上几句，又有一个男人冲了上来，竟一拳将她打倒在地。这幕"全武行"令人不禁哑然失笑，林君如立时想起了台北"立委"们的肢体大战。镜头默默地记录着一切，整个场面大乱，许多人冲到台上群殴，高跟鞋与公文包齐飞，鲜血共鼻涕一色……

画面在"精彩"的时刻中断了，众人都已看得目瞪口呆，这大概是南明城的市议会吧，究竟在辩论什么生死攸关的话题，让这些"精英"们斯文扫地大打出手？

杨谋深呼吸了一下，打开第五条素材——屏幕上显出了黑夜，街道上路灯很亮，不知从哪里射出了强光，镜头随之转向天空，竟有一架直升机在盘旋，打出探照灯扫射地面。镜头又摇晃着转向前方，出现一队全副武装的士兵，钢盔迷彩服自动步枪，很像电视里见到的美军，但探照灯打到士兵们脸上，明显是华人相貌。士兵们都非常年轻，神情严肃地走在街上，端着枪像是进入了战争状态。摄像师紧跟着士兵们，镜头快速移动上下摇晃，让叶萧等人感到一阵头晕。有几次镜头几乎天旋地转，扫过街边紧闭的窗户，但就是看不到一个居民。如果有声音的话，说不定会听见激烈的枪声，还有摄影师本人剧烈的喘息声。

就当大家看到最紧张时，画面突然又中断了。

玉灵背后都流下了冷汗："这是怎么回事啊？"

"不知道，但南明城里肯定有过军队，我们不是在山里发现过军火库吗？"童建国皱起眉头催促道，"后面还有录像吗？"

杨谋迅速打开第六条素材，却是一个五十多岁的男人，面对镜头坐在桌子前，像是在发表报告或讲话。他穿着西装，表情严肃，嘴角缓缓嚅动着，可就是听不到一个字。童建国急得用拳头砸了一下墙壁："怎么还是没声音！"

"这些素材都是备份，也可以看作是剪下来的废料，我也不知道为什么声音被消掉了。"

就在杨谋焦虑地回答时，屏幕里的画面突然变了，镜头直接切到了新闻直播室，美丽的主播正面对镜头播报，突然花容失色神情大骇，随即狼狈地趴倒在地上，谁都没见到过这种新闻画面，几乎同时，后面的背景板上多了几个弹孔，能清晰地看到子弹打穿了墙壁，还有许多碎屑飞溅。接着几个士兵闯入画面，用枪托砸烂了直播间的台子，最后一只手伸到镜头前，画面立刻就变成了黑屏。

"天哪！有人闯入了电视台，中断了新闻直播。"林君如抬头看着大家，想起了刚到曼谷的那一夜，"简直就是政变！"

"我们在楼下的直播间里，看到的惨不忍睹的现场，显然就是他们干的。这些人不但砸了直播间，还上来把电视台的资料一扫而光，只是忽略了这个不起眼的房间。"

叶萧拧起眉头说："他们一定想隐瞒什么！会是什么阴谋呢？"

他立刻又想到了"空城之夜"，再看看这屋子里的其他人，个个神情焦虑不安。

杨谋打开了第七条素材，画面显得凌乱不堪，镜头晃动得让人想吐，林君如再次闭上眼睛退后："不，我不想再看了！"

接下来又放了十几条素材，全是支离破碎的镜头，有的干脆是几分钟的黑屏，还有对着天空的无意义的画面，依然没有任何声音。

当这些素材全部放完之后，他们仍然没有看明白，这些影像信息虽然震撼，却无法解释"空城之夜"到底发生了什么变故。

狭小的屋子让叶萧喘不过气来，他解开衣领走到外面，靠在墙上咬紧嘴唇。

沉睡的别墅。

顶顶在敞开的院门口徘徊，已经是十一点多钟了，她不再畏惧什么狼狗野猫，只盼望出走的小枝可以回来——也许只是奢望了，她后悔不该冒失地出门，更不该放松对小枝的看管，一切都因为自己的疏忽，这么简单的任务都没完成，怎么才能向叶萧交代呢？

两个钟头前，梦中的老人竟出现在了眼前，顶顶觉得这又是一个命中注定的瞬间，某种信号刺激着脑神经，促使她不顾一切地追赶老人。

但最致命的错误发生了——她没有把铁门关好，就在顶顶冲到大街上时，小枝已悄悄地下了楼，而孙子楚还像个死人在闭目养神，小枝就从他眼皮子底下溜走了，轻松地逃出敞开的大门，消失在了沉睡的城市里。

顶顶绝望地握紧拳头，真想立刻暴打孙子楚一顿，但这些都于事无补了。她明白小枝的重要性——不管她是否是荒村欧阳家的传人，只有她才知道南明城的秘密，她也是旅行团解开谜团，逃出生天的最关键的钥匙！

丢失了小枝，就等于丢失了掌握自己命运的钥匙，他们将在更黑暗的海洋里漂流，直到在暗礁上撞得粉身碎骨。

而且，叶萧比其他人更看重小枝，也许是她身上有股特别的气质，她既纯洁又邪恶的眼神，能融化男人也能点燃女人。

想到这里心里愈加恐惧，顶顶真想飞到天上去，用卫星遥感寻找小枝的踪影，哪怕掘地三尺都要把她找回来！

这时，前头响起了汽车的声音，顶顶下意识地闪到路边的阴影里，只见一辆克莱斯勒SUV，车身布满了尘泥，径直开至小院门口停下。

童建国、叶萧、杨谋、林君如、伊莲娜和玉灵依次从车上下来，发现院门大开立即紧张起来，顶顶这才从旁边出来，低着头说："我在这里。"

"怎么回事？铁门怎么会开着？"叶萧注意到了她的脸色不对，抓着她的胳膊问，"发生了什么？"

顶顶的嘴唇已经发紫了，她害怕地抬起头来，不敢看叶萧的眼睛，颤抖着说："小枝……小枝……她……"

叶萧握紧了拳头冲进别墅，其他人也都疲倦地走进去，半分钟后他又冲了出来，显然是孙子楚告诉了他一切。

"我不是嘱咐过你吗？无论如何都要把小枝看牢，怎么会让她跑掉的？"在沉睡之城压抑了数天后，他终于火山爆发般发作了，第一次冲着顶顶大叫大嚷，"小枝是我们出去的关键，是绝对不能让她逃走的，难道你还不明白吗？"

"对不起，我已经尽力了。"顶顶几乎要哭出来了，她靠在铁门上仰头看天，无法忍受叶萧此刻的发作——往常他都是平静得近乎冷漠，任何危险都不会让他如此激动，没想到他却为了一个小枝而失态！

难道那个来路不明的女孩，在他心里就这么重要吗？

"我们每个人都在尽力！但只要谁稍微犯些错，就可能危害到所有的人。上午好不容易有了新的发现，可你居然把小枝放跑了，今天的一切努力都白费了！"

"你说够了没有？"顶顶开始反击了，她从来都不是逆来顺受的人，盯着他的眼睛说，"我也有发现啊，那个老人，我们从没见过的老人，他也是南明城里的人吧？他也是很重要的线索吧。"

"老人？只有你一个人说见过他，谁能够证明呢？"叶萧摆出了警察的架势，还要她提供人证和物证了，"不会是你的幻觉吧？还是你故意把小枝放走了？"

这最后一句话让顶顶彻底懵了，她实在想不到他竟会说出这种话："什么？你说什么？你在怀疑我？"

叶萧知道自己的话说得太重了，但碍于面子，他不置可否地退了一步。

"不，你是在侮辱我！"她的脸被气得通红，好像这几天的生命都白白度过了，一切的希望与幻想都宣告破灭，她面对的只是一块无情的石头，石头！

顶顶心如刀绞地走回别墅，发现所有人已聚在客厅了，玉灵和林君如在做午餐。

十分钟后，叶萧脸色铁青着回到了客厅，大家在餐桌前吃起了用真空包装的食品加工成的午餐。相比早餐又少了一个人，昨晚可怕的感觉再度蔓延，尤其是失去了亲人的秋秋、钱莫争和杨谋。

"什么是'空城之夜'？"为了打破沉默，伊莲娜提出了这个更为沉重的话题。

"南明城里空无一人，是一次突发事件的结果，而不是渐进的废弃过程。你看街边的店铺里面，依然摆满了各种商品，甚至收银台里的现金都还在。还有居民家里的情形，仿佛主人刚刚出门去上班。想想我们平时即便是短途旅游，也会把家里收拾一下吧。所以，一定有个时间点，一个非常重要又难以想象的时间点，就在整整一年之前的某个夜晚，全城人都消失得无影无踪——这就是'空城之夜'！"叶萧滔滔不绝地说了这么多，目光扫到顶顶的脸上，又马上躲开，闪到另一边。

"今天我们在电视台里，本来有机会发现秘密的，可惜所有的资料都被破坏了。"杨谋无奈地摇了摇头，"也许只有小枝知道，但是她又不见了。"

"必须要找到她！不惜任何代价！"叶萧的话斩钉截铁，"不管有没有人来救我们，我们自己都不能放弃希望。"

"下午就去寻找小枝？"

"是的，午餐以后大家准备一下，依然是上午出去的人，我们必须要把小枝找到！"

就在叶萧看时间的关头，童建国代替他发号了施令："三十分钟后，准时出发吧。"

第五章 鬼美人

2006 年 9 月 29 日，中午 12 点整。

沉睡之城。二楼的卧室。

秋秋还在底楼的客厅，林君如一个人锁紧了房门，想要从主人的衣橱里寻找一件合适自己的衣服——原本带的十几件衣服，全被昨天下午的大火烧光了。但她挑了半天，只有几件运动装适合自己，其余都是四十岁左右中年女人的衣服。她皱着眉头换上衣服，想到是别人穿过的心里就不舒服。

林君如整理完衣服后，发现墙角有一台唱片机，上世纪 80 年代生产的那种。她记得小时候家里有过一台，便好奇地接上电源，没想到唱片机还可以放。旁边有一沓胶木唱片，都是二十多年前的老歌了，放到今天可算收藏界的精品。

随意抽出其中一张老唱片，上面印着繁体汉字——"《异域》电影原声音乐大碟"。

"异域"？这名字听起来有些耳熟，林君如小心地将唱片放到唱片机上，但愿这么多年它还没有霉变。

只等待了不到十秒钟，唱片机已传出了声音，一段异常凄凉的前奏，接着是一个高亢悲怆的男声：

风太大了
难道只是为了吹干眼泪

雨太急了
仿佛真是为了洗去哀伤
山太高了
难道只因早已无处可躲
河太宽了
仿佛注定永远无法渡过

家太远了
难道只是因为时间因为距离
梦太长了
仿佛只是为了绝望为了逃避
死太多了
难道真是为了仇恨为了生存
爱太短了
仿佛只是为了分别为了回忆

鲜血浸透了土地也开不出花
永远短暂如彩虹抓也抓不住
我们没有家
我们没有家
孤儿是我们的名字
回家是梦里的呼唤
太远了我们的家

居然是王杰的声音！如他一贯的风格，苍凉而激昂，充满了悲伤和绝望，每一个节拍都仿佛子弹，深深射入林君如的心窝。

最后的高潮部分是合声，一遍遍重复着"我们没有家"，仿佛是一群流浪汉的呼喊。

她记得这首歌的名字，就叫《家太远了》。

听着王杰凄凉悲壮的歌声，林君如感到眼角有些酸涩，忧伤如细菌传染到她身上，接着化为眼泪即将坠落。

家太远了——自己不也离台北的家太远了吗？

不但是林君如自己，旅行团里的每个人，都离"家太远了"！

或者，本来就没有家。

"孤儿是我们的名字，回家是梦里的呼唤。回家！回家！回家！"她在心里大声呼喊着。

唱片继续播放着下一首歌，依然是王杰的声音，罗大佑填的歌词，最后那段是——

"多少人在追寻那解不开的问题，多少人在深夜里无奈地叹息，多少人的眼泪在无言中抹去，亲爱的母亲这是什么真理。"

林君如痴痴地坐倒在床上，听王杰唱着罗大佑的歌，她的脑中闪现出了爸爸的脸——

十多年前在台北的家中，某个潮湿闷热的傍晚，电台里响起这首歌，人到中年的爸爸突然定住了，任何人叫他他都没有反应，等听完这首歌的全部旋律，他竟已泪流满面了！这个曾经的军人，钢铁一般坚强的男人，却在一首歌面前那么脆弱，不知道有多少哀伤，被罗大佑的歌词撩拨出来，泼洒在一个孤独的岛屿上。

她轻轻抹去自己的眼泪，过去一直无法理解爸爸为什么会被这首歌深深感动，但此刻她身处沉睡之城，看着唱片上的"异域"两个字，似乎隐隐明白了一些。

异域——遥远南方的异国地域，会属于他们吗？

这时，门外响起一阵急促的敲门声，玉灵在外面喊道："为什么把门锁起来？我们要出发了，你准备好了吗？"

心里微微一惊，才发现时间已经到了，林君如赶紧关掉了唱片机，把唱片重新放回角落，匆匆打开了房门。

下午，1点整。

到哪里去寻找小枝？

他们坐上克莱斯勒 SUV，童建国从驾驶座上回头看着大家，叶萧茫然地望着林君如，林君如转头看着伊莲娜和玉灵，直到最后一排的杨谋。

"第一次发现她是在哪里？"

杨谋的提醒让叶萧开窍了，第一次见到小枝，不就是在南明体育场附近吗？还有那座茶花开的院子，她会不会逃回去了呢？也许那里便是她藏身的巢穴。

"往西北方向开！"现在轮到叶萧来指挥了。

童建国发动车子离开别墅，驶向那片更为陌生的空间。

被困在沉睡之城的几天里，叶萧已默默记下了许多街道，不用看地图就能找到方向。随着车子开过半个城市，他心里浮起一种异样的感觉，不单单是因为失踪的小枝，也是因为他在旅行团里唯一的朋友——孙子楚。

他的变化实在太大了，午餐时半句话都没有说，简直成了一个木头人。上午小枝的逃走，孙子楚也负有很大的责任，仅仅责备顶顶是不公平的。叶萧在出发之前，将他拽进底楼的卫生间，紧锁上门轻声地问："发生了什么？你一定有事瞒着我！"

"对不起，我太累了，太累了……我只想休息一下，休息……"

"你瞒不过我的！"他像在审讯犯罪嫌疑人，狭小的卫生间变成了审讯室，镜子前的灯光正好合适，让孙子楚无处遁形。

他仰头看了看叶萧的眼睛，随后把头埋到水槽里，打开水龙头猛烈地冲刷，清凉的自来水刺激着头皮，仿佛潜入深海即将窒息。

还是叶萧把他拉了起来，用毛巾擦干他湿漉漉的头发，语气也柔和下来："说吧。"

"我……我怀疑……"孙子楚终于鼓起了勇气，但还是结结巴巴，"害死小方和屠男的凶手……就是……是……"

"是谁？"

青紫色的嘴唇颤抖许久，绝望地吐出一个字——

"我。"

"你？"叶萧又皱起了眉头。

卫生间的灯光照着孙子楚的脸，他就像个等待枪决的死刑犯。

"是的，就是我，我怀疑是我干的！"

"你这是在自首？"

说出来之后，孙子楚的胆子反倒大了："对，昨晚我发现自己在梦游，这毛病我小时候有过，但二十年都没再犯过了，没想到在这里又犯了。我感觉从来到沉睡之城的第一夜起，我每夜都没有停止过梦游，我就像个幽灵穿梭在黑夜里，而醒来后自己却一无所知！"

"你觉得你在梦游中杀了导游小方和屠男？"

"是的，你再仔细回想一下，在这里的第一晚和第二晚，我都在哪里。"

叶萧低头细想了片刻："没错，发现小方尸体的那个清晨，我就问过你做了什么。还有屠男死去的那晚，我和顶顶带着小枝回来，居然在半路上发现你一个人在游荡。"

"你杀了我吧。"孙子楚抓着他的胳膊，几乎是用企求的口气说道。

"我不杀人，更不杀懦夫。"叶萧淡淡地回答他，随后打开了卫生间的门，他不想让别人产生误会——两个男人躲在卫生间里说悄悄话。

此刻，汽车已驶入城市西北端，叶萧的脑袋依然涨得发昏，如果孙子楚真的在梦游中杀人，如果其余的一切都是意外，那么所谓的阴谋是否就不存在了？

也许所有的阴谋都只是他们的臆想？

那么"空城之夜"又是什么？

就在他胡思乱想之际，把着方向盘的童建国突然问道："前面该走哪条路？"

叶萧猛地摇了摇头，这才看清了前方路口，他确定曾经来过这里，"左转过去就是那天晚上抓到小枝的地方。"

车子转进一条幽静的小路，来到一座孤独的花园前，大家跳下车来。隔着木栅栏，园里一片美丽的茶花散发出阵阵神秘的花香，刺激着每个人的鼻子。

这已是叶萧第三次到这里了，他第一个跨过栅栏走进去，走上茶花簇拥的小径，来到荒凉的小洋房前。相比这栋布满灰尘的屋子，他们昨晚住的别墅，已算是豪宅了。

他们走进古旧的房门，走廊有几扇窗户被打开了，与叶萧上次来时不太一样，起码明亮了很多。他感觉有些奇怪，立刻提高了警惕，也许小枝就在这里？

还记得上次来的布局，叶萧伸手推开一道房门，窗户正好面对花园。但让他感到惊讶的是，现在屋子里干净了许多，墙边放着一张木床，上面铺着枕头和睡袋。

"奇怪，上次这里什么都没有，现在肯定有人住在这里。"林君如也来过这里，她摸了摸睡袋里面，却吓得跳起来说，"居然还是热的！"

空屋子里的热被窝？

这一发现让大家都很兴奋，也许几分钟前还有人在睡觉，听到外面花园的动静，便迅速钻出被窝逃跑了。

刚才究竟是谁睡在这里呢？难道小枝逃出来后，回到这里睡午觉？叶萧奇怪地摇摇头，总觉得不太可能，她不至于大意至此吧。

屋子中间有张桌子，并没有蜡烛点燃过的残迹，童建国试着打开了电灯，果然已不需要烛火了。伊莲娜走到那面椭圆形的镜子前，镜子已经被擦得干干净净，镜面可以清楚地照出她的面容，同时还有另一张女子的脸庞——这是镜子里原本就有的图像，看起来酷似梳妆的小枝。

睡袋里的人是镜子里的幽灵？

"看，这是什么？"杨谋在房间的角落里，发现了一堆真空包装食品的袋子，看来这里住的并非不食人间烟火的仙女。

叶萧蹑脚走出屋子，往走廊的更深处走去，他发现头顶的天窗都打开了，可以看清房子里的一切。

忽然，他听到了某种声音，极其轻微的脚步声，并感觉到人的气息。

童建国等人也跟了过来。

他做手势示意大家噤声，几乎踮着脚尖往前走去。推开最后一道房门，叶萧终于看到了那个人，从温暖的被窝里逃出来的人。

是"他"，而不是期望中的"她"。

他是法国人，他的名字叫 Henri Pépin——亨利·丕平。

一张苍白而惊恐的脸，正对着同样惊讶的叶萧。

没错，第一天在公路上发现的法国人，欧洲旅行大巴里唯一的幸存者，他随他们一同进入沉睡之城，却在光明重新降临的刹那，趁乱离开了旅行团，消失在神秘的黑夜里。

就在亨利失踪三天之后，大家几乎都要把他忘记时，他却出现在了这茶蘼花开的洋房里。

他只穿着一件衬衫，衣衫零乱，想必几分钟前刚从被窝里钻出来，慌不择路地躲进了这间屋子。

"亨利！你怎么会在这里？为什么要离开我们？这几天你到底是怎么过的？"叶萧激动得有些过分了，竟脱口而出一连串中文，而亨利根本就听不懂。

其他人也都看到他了，伊莲娜立刻用英文复述了一遍，但亨利只是恐惧地摇头。

就在叶萧向法国人走来时，亨利却像猴子一样跳到了旁边，双手抓住一扇敞开的窗户。

"No！"叶萧大喝了一声，却无法阻止法国人跳出窗户，敏捷地钻进外面的花园里。他绝不会放过亨利的，以同样快的速度翻出窗户，大喊着追赶法国人。

"等一等！"

童建国等人扑到窗口，只见叶萧的背影一闪，便消失在荒草与花丛中了。

而亨利已经翻过了木栅栏，竟然跑得像兔子一样快，沿着一条小巷狂奔而去。叶萧不甘示弱地跳出花园，同时大喊着："Stop！"

十米、九米、八米、七米……

他们的距离在逐渐缩小。风在耳边呼啸着，叶萧如同子弹穿破空气。他再也无所顾忌了，眼前的亨利不过是他冲刺的目标，也许他并不是在追逐，而是要摆脱某个紧跟自己的东西，它的名字叫——厄运。

又穿过几条寂静的街道，不知急转过多少个弯，就当他要抓住亨利的衣服时，却一个踉跄重重摔倒了。

刹那间眼前一黑，心里狠狠地咒骂了自己一声。虽然额头刺骨地疼痛，他仍然迅速爬起来，头晕眼花地张望四周，却再也见不到亨利的影子了。

眉头有股热辣辣的感觉，伸手一摸才发现全是鲜血，原来刚才在地上磕破了。他任由鲜血从额头流到脸颊，就像一个在台上受伤的拳击手，依旧愤怒地朝敌人咆哮着，尽管他不知道自己的敌人是谁。

或许，就是他自己。

受伤的拳击手，受伤的公牛，受伤的角斗士，鲜血淋漓满身伤痕，跌倒在地即将惨遭屠戮，瞬间脑中闪过无数个类似的画面。周围的目光有鄙夷也有尊敬，他在嘘声与掌声之中挺起胸来，仰天长啸："有种你就出来！该死的！"

喊完后嗓子都哑了，额头的失血让他眼冒金星，脚下发软地后退几步，靠在一棵大榕树上大口喘息着。等到伤口不再流血，他擦了擦脸上的血痕，视线几乎变成红色了。

没人，没有人再能跟上来，童建国他们都不见了，就连自己也不知道这是什么地方。

他记不清刚才跑过了几条路，转过了几道弯。一路上疯狂地追赶亨利，完全没注意旁边的情况，现在已经彻底迷路了。

终于缓过劲来了，叶萧孤独地往前走了几步，他不再指望那些同伴了，就这样在街头流浪吧，无论亨利还是小枝，无论死人还是活人，无论过去的还是现在的，宁愿所有都是一场梦游。

路边又一个破败的花园，几朵不知名的花在野草中绽放，他随手触摸着一片花瓣，忽然有两片翅膀飞了起来。

他见到一张美人的脸，接着又是一个骷髅，美女与骷髅不断变换，那是蝴蝶的一对翅膀。

原来花上停着一只蝴蝶，左右翅膀上的图案居然不一样，左边是美女，右边是骷髅。

困顿的叶萧立刻睁大了眼睛，他第一次见到这种奇异的生物，天机的世界如此不可思议。

蝴蝶竟然飞到他脸上，大胆地停留在额头的伤口上，好像在帮他舔舐血痕。

他一动不动地站在原地，任由"美女与骷髅"的蝴蝶停在额头，淡淡的香气飘落到鼻息间。

几秒钟后，蝴蝶离开了他的额头，像两幅美丽的油画，消失在一片沉默的屋顶后。

鬼美人。

时针走过了下午两点。

几条街区之外，童建国等人还在寻找叶萧，他扯着嗓子大喊了几声，声音随即被四周的空旷吞没。

"到底去哪里了？"林君如走到十字路口的中心，亨利与叶萧都无影无踪了，"刚才他穷追不舍的，也不知抓住亨利没有。"

伊莲娜紧咬着牙关问："会不会出事了？"

"应该不会有事，他根本就没看路吧？就算抓到了也未必找得到我们。"童建国说着上了车子，让大家都回到车上，一路缓缓开着寻觅叶萧的踪迹。

这附近全是些小路，两边都是相似的院落，见不到店铺和较高的楼房，看起来都是一个样子，很快他们自己就兜得迷路了。

"亨利为什么要逃跑呢？"伊莲娜依然百思不得其解。

林君如淡淡地回了一句："当然是心虚呗，这家伙一上来就很奇怪，我早就怀疑他不是好人了！说不定他吹的那套东西，全都是假的！"

"你说他就是潜伏在我们之中的内奸？"

"极有可能，所以他才会没命地逃跑。"

"少说两句吧。"童建国烦躁地猛踩了一脚油门，他也不管东南西北了，照着一条小路笔直开去。

几分钟就开出去很远，时速加到了六十公里，这么一条小路，大家都心惊胆战，担心稍有不慎就会撞上路边的建筑，玉灵着急地喊道："快点慢下来！"

童建国重重踩下了刹车，因为前头已经没有路了，又一条奇怪的"断头路"。

车子在路的尽头停下，迎面是一道高大坚固的铁门，两边是三米多高的围墙。墙顶有铁丝网围绕着，看样子很可能带电。墙外空出将近十米宽的空地，全都铺上了沙子，寸草不生。

车上的五个人都下来了，疑惑地望着这堵高墙，这森严的气派简直像监狱，铁门上涂着黑色的油漆，外面还挂着块停车的标志牌，下面写着两个繁体汉字——**"禁區"**。

"禁区"？

杨谋小心翼翼地走近铁门，发现门边还开着一道小窗户，透过坚固的玻璃，可以看到里面有许多监控设备。他用力拍了拍门，却感到铁门下沿微微动了动，再继续用力往里推，才发现铁门并没有被锁死。他急忙招呼其他人来帮忙，五个人共同用力推动铁门，门轴发出吱吱的转动声，大家都把心提了起来。

终于，铁门打开了。

里面是条宽阔的大道，两边是灰色的楼房，看起来很神秘的样子。大门里面有个警卫室，安装着闭路电视的监控系统，墙上还挂着一套南明警服。

童建国注意到了保险柜，奇怪的是柜子并没有上锁，打开一看居然有三把手枪，旁边还有几十个弹匣！用手摸了摸全都是真家伙，他不想让其他人发现，又赶紧把保险柜锁了起来。

这到底是什么地方？如果是普通的企业或部门，何至于要用手枪来保卫？他仔细检查着警卫室，在一个不起眼的角落里，发现了一张彩色的图纸，上面标着一行文字——**"黄金城示意图"**。

"黄金城？"

玉灵等人也凑过来看，先是想到了夜总会的名字，然后是——金库？

南明城的金库？所以要武装警卫来保护，还有这么坚固的铁门和围墙，以及完善的监控系统。

虽然这里一个人都没有了，但或许还会有黄金留下来？

想到这儿林君如打了个激灵，不管这设想是真是假，也不管该不该顺手牵羊，起码可以见识一下金库吧！

这下大家都兴奋了起来，快步向大道的更深处走去。两边都是静悄悄的房屋，他们随意打开一道房门，里面却是空荡荡的，也不像是金库的样子。

走到底才看到个巨大的房子，像是厂房或仓库，大门紧紧地关着，他们从边门走了进去，却看到一条长长的走道。打开电源，里面一长串灯亮了起来，还听到空气交换机的声音。

看着没有尽头的走道，他们想起了罗刹之国，那大金字塔下黑暗的甬道。入口处拦着一根横杆，旁边有个岗亭像是检查哨，挂着块"请出示证件"的牌子。

杨谋在岗亭边仔细看了看，发现居然还有指纹按钮，只有指纹对上的人才能进去。这道关口还有个扫描门，任何人通过这道门，都会在后面的电脑里"现出原型"，就和机场里的安检门一样，甚至比那个还要先进，任何金属都会被探测出来。看来这通道的安保措施极其严格！

他们小心翼翼地通过扫描门，接着就感到地势在往下倾斜，越来越深像进入地下了。不祥的感觉笼罩着五个人，童建国在最前头紧锁眉头，将右手垂在身体一侧，随时准备拔出手枪。

转过一个直角弯后，出现了一部宽敞的电梯，看起来足够容纳二十几个人，显然是装货用的。打开电梯门，里面很干净，灯光显示一切都很正常。

"不，我们不能进去！"杨谋看到电梯就有些发抖了。

但美国女孩伊莲娜轻蔑地说："那你可以在外面休息，我们倒要看看下面有没有黄金。"

"先让我想想——杨谋和玉灵留在上面吧。"童建国看着伊莲娜和林君如说，"我们坐电梯下去看看！"

玉灵担心地说："会不会有危险？"

"我想我们可以冒这个险，这里曾经戒备森严，各种设施都非常完备，只要有电就应该安全。"童建国将有力的大手放在玉灵的肩上轻轻拍了拍，"你们留在这里也要当心点，等我们上来。"

说罢他就钻进了电梯，伊莲娜也迅速地跟进去，林君如还有些犹豫，却被伊莲娜一把拽了进去。

电梯门又缓缓关上，随着一声奇怪的巨响，三个人感到明显的下沉，宛如降入地狱的深处。

林君如紧张地深呼吸，幸好电梯里有排风系统，不断吹进的凉风缓解着她的情绪，她靠在电梯内壁默默祈祷，希望不要死在这暗无天日的地下。

显示屏上出现深度的数值，从十米迅速下降到了二十米。电梯一路降了半分钟，直往地底越来越深，连童建国也沉不住气了，直到最后显示一百米！

"天哪，我们等于下降了几十层楼的高度！"大胆的伊莲娜也恐惧了，地下这么深，压力会很大，人随时都有窒息的可能。

电梯门幽幽地打开了，外面是条岩洞般的通道，童建国第一个走了出去，感到一阵凉风吹到脸上，看来这里的通风系统非常完善，丝毫没有地底一百米的感觉。

两个女生紧跟着他。两边仍是明显的人工开凿痕迹，但又不是真正的甬道，头顶有钢铁的支架，反而更像煤矿的坑道。

伊莲娜摸了摸岩壁说："这里是矿道！怪不得要在地下一百米。"

"是什么矿呢？"童建国想到了国内那些吞噬人命的煤矿，不过这里看起来很安全，也没有那种难闻的瓦斯味，至少可以排除煤矿的可能。

沿着矿道继续往里走，伊莲娜不断抚摸着岩壁，可以明显看到一条矿脉，她的表情越来越兴奋，不禁跳起来说："God，这是一座金矿！"

"金矿？"

"是，我参观过加利福尼亚的老金矿，是 19 世纪废弃的坑道，也有这些开采过的痕迹，尤其是岩石里残存的金矿脉，和这里几乎一模一样。"

林君如激动地问道："我们能不能在这里淘金？"

"这些矿脉都早已被采空了，至少我们是淘不出金子了。"

她继续往里仔细搜索着，并没有丝毫黄金的踪迹，可能埋藏有金子的地方，全都已经被掏空了。三个人走了十几分钟，一直来到矿道的最深处，却再也看不到矿脉的迹象了。

"和加州的废弃金矿完全相同，采到一盎司黄金都不剩了！但从这个矿道的规模来看，这里曾经蕴藏过丰富的黄金，而只要几公斤黄金就能让人成为暴发户。"

"显然这里远不止几公斤。"

林君如已经难以想象了，或许整个东南亚都再没有这么大的金矿。想象自己置身于曾经的黄金堆中，仿佛来到了基督山伯爵的秘密藏宝地。

可惜，黄金早已经被人挖走了！

"所以才会有高墙和铁门，还有武装警卫的保安系统，还有那个'黄金城示意图'，这里想必是南明城最重要的地方，甚至是重兵把守的要害部门。"

"也可能是南明城一切财富的来源！"

林君如突然跪在地上，小心翼翼地摸着岩石，奢望能发现一粒金砂。

"别找了，有的话早就被采空了，不会留给你的。"伊莲娜无奈地摇摇头，"我们还是上去吧。"

童建国点点头，一把将林君如拉了起来，三个人离开开采一空的矿道，一边想象这里当年的景象，除了艰苦而危险的开采外，是否有过你死我活的争夺，为了一粒金砂不惜手足相残？

胡思乱想着回到电梯，他们又坐上那口移动的棺材，从地底一百米回到人间，林君如苦笑着说："虽然没挖到金子，起码也大开了眼界。"

从电梯里出来，杨谋和玉灵还等在外面，他们两个显得很尴尬。

童建国冷冷地说："底下什么都没有，我们快点离开吧！"

迅速走出地下通道，他们回到天空底下，告别了阴森的"黄金城"。

下午，3点整。

"鬼美人"不见了。

叶萧重复地转了好几圈，终于渐渐走出那片街区。蝴蝶消失了，亨利消失了，小枝消失了，童建国等同伴消失了，所有人都消失了，接下去连自己也要消失吗？

他找了个水池洗了把脸，将脸上的血迹洗干净，但额头结痂的伤痕还很明显，像盖着一枚紫色的印章。

眼前的道路越来越宽，穿过几个路口之后，两边的店铺多了起来，街边竖立着许多广告牌，有大型的餐馆和超市，还有许多品牌专卖店，从班尼路到堡狮龙到阿迪达斯。这里是南明城的主要商业区吧？果然街心有拦路的墩子，往前便是步行街。

他缓缓走到马路中间，额头又一次疼痛起来，该不会是摔成脑震荡了吧？精神随之而恍惚起来，紧接着便听到身后响起声音，那是几个女生在互相说话。还没等他回过头来，又听到左边一个小孩在哭泣，随即听到右边有一对男女在打情骂俏，说的枕边情话让他感到耳根子都热了。

不，他闭上眼睛不敢再看，蒙起耳朵不想再听。但四周却愈加嘈杂，仿佛偏偏要与他作对，各种声响铺天盖地，几乎要把他的耳膜震破了。

当叶萧重新睁开眼睛时，身边竟全都是人流，一派汹涌热闹的景象，男女老幼各色人等，都趁着周末来逛街了。不时有人撞到他的胳膊，又有人从对面横冲直撞而来，他只能尴尬地躲避。空中飘过几个热气球，下面挂着"南明床上用品，全场七折大酬宾"的横幅。街边有一座宏伟的大楼，镶嵌着金光闪闪的"新光一越广场"六个大字，无数时髦男女进进出出，门口的音响里传出周杰伦的《七里香》……

在此起彼伏的人潮之中，只有叶萧是个孤独的异类，他茫然失措地站在中间，像个迷了路的十二岁男孩。周围是一张张陌生的脸孔，没人认识他也没人和他说话，偶尔有人目光与他相撞，但又马上厌恶地避开。

世界疯了吗？

叶萧捂着自己的额头，这些人都是从哪里出来的？难道他们从来都没有消失过，只是与这个中国来的旅行团分处两个不同的时空，互相之间无法见到而已？实际上沉睡之城只是凝固的瞬间，抑或所有的生命都已被隐身，也可能旅行团都被集体催眠，得了传说的障目症？所有人都无法看到真实的人，事实上他们才是游荡的鬼魂，飘荡在真实世界的周围，却以为堕入了无人之城？

不，是自己疯了吧！

他猛然摇了摇头，对着迎面走过来的一个男人问道："请问这是哪里？"

男人皱起眉头避让开来，钻进旁边的人群不见了。

叶萧又转头问旁边的一个女子："今天是几月几号？"

"神经病！"女子像见了瘟神一样躲开了。

他绝望地往前走了几步，又遇到一对年轻的情侣，试着问道："我能问一下时间吗？"

男的抬腕看了看表说："3点15分。"

总算有人肯回答他了，叶萧接着问："是几月几号？哪一年？"

"2005年8月13日，你从火星来的吗？"男的冷笑了一声，就要搂着女友离开。

叶萧却拉住他问："南明城究竟怎么了？你们都是从哪里来的？"

"讨厌！"那女的终于不耐烦了，拽着男友往边上躲去，还轻声嗔怪道："不要随便和陌生人说话！这个白痴明显是喝多了。"

"等一等！"叶萧着急地还要去拉他们，那强悍的女人已经扬起手，一记耳光打在了他脸上。

随后那女的又抛下一句话："流氓！"

周围的人都停下脚步，像看精神病人一样围绕着他。叶萧茫然地转了一圈，面对这么多或嘲讽或冷漠的目光，仿佛被万箭射穿了心脏。

又过了几秒钟，所有的声音都沉寂了下来。身边的那些人都一动不动了，宛如一尊尊雕塑，叶萧痛苦地仰起头来，高声道："你们都不要再看我了！你们都给我消失吧！"

他刚说完"消失吧"三个字，那些人竟然真的消失了，一个个化为无形的空气，就连影子都没有留下。在不到半秒钟的时间内，整条步行街上已空无一人，周围的店铺也不再有音乐，天上的广告热气球也无影无踪了。

南明城再度沉睡。

叶萧醒来了。

空旷的街道上只剩下他一个人，世界恢复了死一般的寂静，步行街尽头是沉默的远方。路边的商店积着灰尘，橱窗里的模特一动不动。就连门口挂着路易·威登广告的新光一越广场，也像座巨型坟墓一般冷清。

没有人……没有人……全都是幻觉？全都是臆想？

还是一场豪华的派对，对他的一场捉弄？

梦，碎了。

"喂！喂！"叶萧扯开嗓子大喊，"有人听到我的话了吗？你们都躲到哪里去了？你们快点给我出来啊！我命令你们出来！"

他的声音飘散到空气中，传出去很远又弹回来，就像刚才围观人群的嘲讽。

而那些人却是那么陌生，又那么冷漠，尽管就在自己身边，却没有一个人能说上话。

他们存在与否，对自己来说又有什么区别呢？叶萧悲伤地望着天空。其实不单单是在沉睡之城，在北京在上海在香港在纽约在世界上任何一个地方，都会遇到这样的瞬间——汹涌的人潮与你无关，身边所有人都是陌生的，他们不会关心你的悲伤你的欢乐。他们是冷漠的无情的，每个人看到的只是自己的脚下，关心的只是自己的食欲与性欲，每个人都活在自己的世界里，自私自利贪得无厌，仿佛其他人从来不曾存在过！

所以，他人的存在对你来说没有意义，你无法与他人交流和沟通，在伟大的 21 世纪，你永远是个陌生人。

生活在空无一人的沙漠里，与生活在繁华拥挤的都市里，其实并无二致。

你身边的人随时都会消失，或者早已经消失了！在别人的眼睛里，你也随时会消失，或者早已不存在了。

想到这里叶萧哑然失笑了，原来南明城并没什么可怕的，我们生活的每一座城市，本来就空无一人。

今天这个世界，无论走到哪里都是沉睡之城。

下午，3 点 30 分。

沉睡的别墅。

阁楼，角落里堆着许多杂物的阁楼，阳光自狭窄的天窗射入，洒在萨顶顶的后背上。她正弯腰清理着这些物品，有废弃的床单毛巾，破旧的家电摆设，淘汰了的餐具厨具，有些看起来已经用了十几年，上面长了一层厚厚的霉菌，真不知昨晚是怎么在这里睡着的。

中午与叶萧吵过一架后，顶顶的情绪就越发低沉，见到任何人都觉得烦。钱莫争在底楼守着客厅，孙子楚回二楼睡觉了，秋秋也乖乖地躲在二楼，她便跑上阁楼整理杂物。其实也算是没事找事，就当是在破烂堆中自我虐待，让郁闷的心情转移掉。

墙角躺着一堆旧书，最上面的是《楚留香传奇》，接下去是《大旗英雄传》和《绝代双骄》——竟是上世纪 80 年代台湾出的古龙武侠小说全集，几乎囊括了古龙的全部作品，每本书里都有精美的插图，可算是非常稀有和珍贵的版本。古龙全集下面是梁羽生的《萍踪侠影》、卧龙生的《飞燕惊龙》、温瑞安的《四大名捕》，最底下那本居然是还珠楼主的永恒经典《蜀山剑侠传》！

看来这房子的主人是个武侠小说迷，可为什么要将这些书藏在阁楼里呢？可能是怕孩子看到影响学业吧。没想到旁边还有一大堆琼瑶的书，从《窗外》到《我是一片云》再到《几度夕阳红》，除了《还珠格格》之外又是全套！这肯定是女主人的藏书，想当年她必是琼瑶的忠实读者。

书里散发出的阵阵霉味让顶顶捂起鼻子，在这堆武侠小说与言情小说里，她突然发现了一本很特别的书，封面就是一张黑色的牛皮纸，什么图案和设计都没有，只印着四个白色的隶书大字——

马潜龙传

马潜龙？

这个名字是那么陌生，印在黑皮书上显得格外扎眼，这闻所未闻的人怎么会有传记？

顶顶将这本书捡了出来，看品相是这堆旧书里最新的，奇怪的是封面上只有书名，却没有作者署名，书脊下方印着"南明出版公司"，是南明本地出版的图书？

心底泛起一种奇异的感觉，顶顶小心地捧着这本《马潜龙传》，回到天窗下的白光里，黑色的封面隐隐有些反光。翻开第一页，版权页上印着 2000 年 10 月出版，首印数为 10000 册——在这小小的南明城里，几乎家家户户都有一本了。

第一章叫作"人生的起点"，顶顶屏着呼吸读出了第一段——

> 每个人的人生都是不同的，每个人人生的起点，也是各不相同的。
>
> 不同起点的人生，却可以走到相同的地方，拥有相同的归宿，这就是所谓的"命运"。
>
> 马潜龙（1920 – 2000），他的一生曲折而伟大，虽然最终被埋葬在这片土地上，但他从没被命运束缚，反而改变并创造了命运。
>
> 然而，临终前他说过一句话："命运就像一条大河，永远川流不息。我们每一个人，终生都浸在这条大河中，只能不断

地向前游去，不断地接受沉浮。人能做的不是改变自己的命运，而是发现自己的命运，就这么简单！"

这段文字，深深刺激了顶顶。原来命运并没有想象中那么神秘，它更像是我们曾经走过一条路，回头看看才知道经过了哪些地方。我们并不能改变走过的路，但又必须勇敢地往前走下去，抵达未知的前方——不管是你向往的目的地，还是偏离目标的那条岔路，只有曾经走过曾经哭过曾经笑过，你才会发现自己的命运。

她又翻到下一页：

这就是马潜龙的人生，充满传奇、悲壮和创造，无法将任何人的命运套到他身上，因为他本身就是一个奇迹。

这样传奇的人生的起点，自然是我们民族最悲惨的岁月——1920年，军阀混战的大地硝烟弥漫，贫穷到极点的苏北农村，某个雷电交加的夜晚，一个普通的男孩诞生了。

男孩出生后不久，父亲就被军阀部队强征为壮丁，战死在中原的战场上。年轻的母亲受尽了苦难，在男孩五岁那年遭遇饥荒，竟活活饿死在自家的茅草房。孤苦伶仃的男孩，被一户远房亲戚收养，渡江逃荒到了上海，寄居在苏州河边的棚户，过着饥寒交迫的童年。

穷人家的孩子没有机会读书，他八九岁就去做童工，在上海中国公学的食堂打杂。但这男孩与众不同的是，会常藏身在窗台下，偷听中学生们上课，经年累月，居然自学成才，掌握了许多知识。有一次，偷听讲课的他被老师意外地发现，为他的悲惨身世和求知欲望而感动，这位老师决定资助他在中国公学中学部读书。

这位老师同样也来自贫苦的农村，他的名字叫沈从文——当时已是著名的作家，其时正好在中国公学担任教师。沈从文还给男孩取了一个名字：马潜龙。

从此，穷苦男孩的命运就此改变，历史上多了一个叫马潜龙的人物。

沈从文离开上海北上之后，仍然继续资助马潜龙读书。作为中国公学最穷苦的学生，少年马潜龙经常受人欺负，但他从来都不反击，总是默默地承受。为了买作业簿和铅笔，他依旧经常去打零工，黑夜借着别人家的灯光读书，竟成为全校成绩最好的学生……

接下来的几页，全是马潜龙少年时光的记叙，顶顶很快就读到了第二章"投笔从戎"——

1937年，"八一三"淞沪抗战爆发了。

这成为马潜龙人生的第二个转折点。

8月，中日军队在上海地区展开激战，整个宝山、闸北、杨浦均成为惨烈的战场。适逢国军88师驻扎闸北地区，十七岁的马潜龙放弃了报考大学的计划，投笔从戎投军参战。每名参军的青年，都要写下自己的姓名，唯独马潜龙写得一手好字，正巧被88师的孙元良师长看到，便要收他入师部，但马潜龙认为既然到了前线，就得先上阵杀敌，若大难不死再回师部。

（按：88师孙元良师长，黄埔军校毕业的国军虎将，1944年独山战役立下大功。后辗转去台湾定居，著名影星秦汉乃其子。）

马潜龙被编入88师262旅524团，当晚参加了虹口公园附近的战斗。作为前线的普通士兵，十七岁的马潜龙第一次面对战争，近得可以看清日本士兵的脸，子弹呼啸着从耳边掠过，敌机在空中投下炸弹，每时每刻都有战友死在身边。这地狱般的战场，使一个少年迅速成长为男人。

10月，大场阵地在惨烈的拉锯战后失守，国军被迫全线撤出上海，88师被命留守断后。孙元良师长决定留下一个团，由262旅524团副团长谢晋元率领，死守闸北苏州河畔的"四行仓库"——这就是著名的"八百壮士"。

所谓"八百壮士"，实数不过四百余人，马潜龙成为其中的一员。他经历了四个昼夜的战斗，几乎从未合眼休息过，亲手击毙了数十名日寇，并迎接了童子军杨惠敏送来的青天白日旗。

10月30日，孤军接受统帅部命令退入租界，被困于胶州公园的集中营。不久，马潜龙被孙元良秘密营救带往师部，开始了转战大江南北的艰难岁月……

后面的文字简直就是一部中国抗战史，马潜龙随军参加了南京保卫战，在混乱的大撤退过程中掉队，差点落到日军的手中。他躲藏在人间地狱南京城中，目睹了惨无人道的南京大屠杀，并奋力救出了许多条人命。后来独自逃出了南京，参加了另一支国军部队。不久，他在万家岭战役中立下军功，成为团部的一名中级军官。接下来的武汉会战等数次战役，都有马潜龙的身影，才二十出头已经身经百战，他的身上留下了累累弹痕。

接下来是第三章"远征缅甸"——

1942年，中国远征军组成，进入缅甸协助同盟国军队抵抗日军。

二十二岁的马潜龙，作为团级军官随军入缅，这成为他人生的第三个转折点。在遥远的缅甸丛林中，他与全体将士忍受了各种苦难。英美军队溃退之后，中国远征军腹背受敌，遭受了重创。我军被迫向荒凉的野人山等地撤退，戴安澜将军即在撤退过程中殉国。

马潜龙又一次担任了断后的任务，他率领一支数百人的国军残部，在缅北掸邦地区与日军激战，拼死掩护大部队撤退。在三天三夜的血腥战斗之后，将士们几乎全部阵亡，马潜龙本人也被日本飞机炸伤，倒在山谷中不省人事。

五十多年后，马潜龙曾经回忆过那段经历："死亡是什么？在那个时刻我仿佛进入一条隧道，黑色森林中的隧道。我飘浮在隧道的上方，可以看到战死的将士们，他们一个个从地上爬起来，扛着枪无声地走向远方，去另一个世界继续战斗。当他们全部离开之时，我仍然飘浮在空中，无法行动无法喊叫也无法流泪。刹那间我感到如此孤独，为什么不和他们一起走？为什么要把我一个人留下？当我再次醒来时，战场已是腐尸遍野，许多战友的尸体被野兽吃掉了，而我却奇迹般地活了下来，就连伤口都已自动愈合，我这才明白命运并不打算让我死去，因为我还有其他使命。"

马潜龙死里逃生之后，只想尽快回到国军部队。但茫茫的丛林无路可走，沿途的部落又语言不通。他只能独自穿越缅北大地，渡过几条大江大河，翻过数座崇山峻岭，一路上以打猎果腹，与虎狼熊豹搏斗，风餐露宿形同野人。但在人迹罕至的丛林中，无法找到回国的道路，他茫然地走了三个月，来到一片险要的山谷中。

这是一片荒无人烟的世界，让人绝望到想要自杀！马潜龙决心忍受一切苦难，珍惜并保全自己的生命，只为那个冥冥中的使命。当他饥寒交迫地穿过丛林，见到辉煌的古代遗址时，不禁泪流满面地跪倒在地。

这就是今天南明城外的罗刹之国遗址。

在丛林中流浪了三个月的马潜龙，衣衫褴褛长发披肩，目瞪口呆地注视这片沉睡的废墟，宛如顷刻间从原始社会步入了文明世界。

这是不为人知的另一个世界，已经在山谷中隐藏了数百年，据说还保存着某个古老的秘密——罗刹国王的宝藏，就像西方传说中所罗门王的宝藏一样神秘。

马潜龙很快又发现了遗址外的盆地，四面都被群山紧紧环抱着，除非开凿隧道方能自由出入，几百年来都没有人类踏入过。盆地底部平坦开阔，有一片繁茂的树林和草地，土地肥沃适合种植各种作物，简直就是一个世外桃源。

他就独自生活在这里，从1942年到1945年，整整三年的时间，就像海岛上的鲁滨逊，没有任何人陪伴他（鲁滨逊还有他的星期五）。关于马潜龙在深山中的三年，他自己并没有详细叙述过，更没有第二个人清楚，我们所知道的也仅限于此。

这三年的神秘经历，被许多人牵强附会到了神话般的程度——有人说马潜龙在罗刹之国的地下沉睡了三年，一觉醒来，第二次世界大战已结束了；也有人说马潜龙在废墟中发现了一个地洞，那是古人穿梭时空的机器，由此他去了四千年前的埃及，遇到了犹太人的首领摩西，并和摩西一同带领犹太人出埃及渡红海抵达迦南地。更有人说马潜龙遇到了外星人，被带上太空船，去"天顶星"生活了三天，相当于地球时间的三年，回来时窃取并带回了外星球的科技。

这些传说都过于神乎其神，并不足信，谁都不知道马潜龙的这三年究竟是怎么度过的。

2000 年 5 月，在马潜龙去世前一个月，南明电视台的记者就这个问题采访过他，他的回答居然是——

天机，不可泄露！

我们所能确知的是，1945 年的春天，马潜龙终于走出了山谷，途中发现了一个日军的秘密基地。他找到了由孙立人将军率领的远征军，并指引我军消灭了潜伏的日军，立下了重大战功，因此升为团长……

接下去还有十几页，叙述了马潜龙与孙立人将军的交往，以及与盟国英美军官的来往，甚至还有一次是向蒙巴顿元帅汇报工作。

最让顶顶惊奇的，自然还是那鲁滨逊式的三年——马潜龙隐居的地方，竟然就是南明城的前身，这片群山环抱的盆地，还有八百年前罗刹之国的废墟。

原来，第一个发现此地的现代人，正是这个有着传奇经历的马潜龙，他究竟还发现了什么？今后他的命运还会与这里相关吗？

顶顶聚精会神地读下去，第四章的名字叫"泪别家国"……

第六章 旋转木马

2006 年 9 月 29 日，下午 4 点 06 分。

南明城的另一端，孤独的男人走在无人的街上。穿过那条曾经繁华的大路，是寂静无声的林荫道，两边的树冠遮盖天空，加上阴冷沉郁的天色，暗得就像通往罗刹之国的丛林小道。

叶萧依然没有找到同伴们，他拖着沉重的步伐，数着路边一棵棵大树，脑中回忆着几天来的一切——旅行团是 2006 年 9 月 24 日下午，几乎也就是这个时刻进入南明城，现在是 9 月 29 日，总共只经过了五个昼夜，却已牺牲了七条生命！

第一个是导游小方，接着旅行团的司机，然后就是多嘴的屠男，还有死在鳄鱼口中的成立，第五个是可怜的唐小甜，第六个却是最不该死的黄宛然，昨晚是即将说出秘密的厉书。

但厉书绝不会是最后一个！

下一个会是谁？叶萧抓着头发靠在树干上，仰头只看到茂密的树叶，而自己的记忆也仅限于这几天。

他仍然无法回忆起从 9 月 10 日开始，直到 9 月 24 日中午 11 点之前的一切。

这半个月的记忆空白，也许隐藏着一些最致命的信息。

记忆！该死的记忆！他曾经引以为豪的记忆，如今却可怕地断裂了，就像脑子被挖掉了一大块。

叶萧缓缓追溯着记忆，从一个月前想到三个月前，又想到整整一年以前，接着是三年、五年、十年……

就像一个倒退着行走的人，重复曾经路过的风景，只是心情已截然不同了。

十年前，叶萧考入公安大学读书。去北京读书让他感到摆脱了束缚，并明确了他的人生目标，那就是穿上警服成为一个强者。他的专业是刑事侦查，不仅学习了侦查学和犯罪心理学，还学过一部分法医学，参与过几次尸体解剖。公安大学几乎是男人的世界，为数不多的女生成为了稀有资源，他却有幸得到了其中一个的垂青——她的名字叫雪儿。

雪儿，也是第一个让他知道什么是彻骨疼痛的人。

再往前推到二十年前，叶萧的父母都在新疆生产建设兵团，他独自在上海的祖父祖母家中长大。他从小就没有多少朋友，除了后来成为作家的表弟。与表弟一起谈论想象中的战争，是那时候唯一的乐趣。

谁都想不到多年以后，因为表弟的那些小说，叶萧一不小心成了著名警官。常有小说读者慕名而来，让他只能非常尴尬地回避。别人总以为他无所不能，任何案件或神秘事件都难不倒他。但人们越是这样期待，他心头的压力就越大。许多个夜晚他都感到气喘心悸，但依然强迫自己一定要完成任务。他觉得自己就像一根钢丝，正被越拽越长越拽越紧，随时都可能被拉成两段。

就是那种感觉——在天机事件的起点，叶萧在旅游巴士上醒来，随大家来到那个村口，看到古老诡异的傩神舞。当有人在铜鼓声中举起利剑时，他感觉自己被劈成了两半……

仿佛身体的左右两半已经分离，各自朝不同的方向走去，痴痴地迈了几步之后，耳边忽然响起了什么声音。

先是一段舒缓的旋律，接着是一个男人沧桑的歌声——

　　　　是否这次我将真的离开你
　　　　是否这次我将不再哭
　　　　是否这次我将一去不回头
　　　　走向那条漫无止境的路

　　　　是否这次我已真的离开你
　　　　是否泪水已干不再流

是否应验了我曾说的那句话

情到深处人孤独

多少次的寂寞挣扎在心头

只为挽回我那远去的脚步

多少次我忍住胸口的泪水

只是为了告诉我自己我不在乎

是否这次我已真的离开你

是否春水不再向东流

是否应验了我曾说的那句话

情到深处人孤独

居然是罗大佑的《是否》！

这声音带着几分无奈和悲怆，在毅然决然地离别时，又是那样孤独和寂寞，然而这样的痛楚，却只能默默地埋在心间，永远都无法言说。

离去的那个人是孤独的，留下的那个人又何尝不是？

叶萧已分成两半的身体，瞬间又重新合二为一了。他晃了晃脑袋注视四周，昏暗的林荫道两边，并没有其他的人影，只有罗大佑低沉的嗓音在颤抖。

最后一句"情到深处人孤独"——没有比这句更贴切的了！当我们以为自己拥有别人的时候，以为爱情就在眼前可以紧紧握住的时候，其实内心会更加孤独。

也许是人类的本能，我们渴望拥抱异性的身体，耳鬓厮磨情意缱绻，倾听彼此的心跳，共同入梦度过漫长的黑夜。

渴望拥抱的原因，在于我们极端地害怕孤独，因为人的心灵生来就是孤独的。该死的孤独！但它又是我们注定无法逃避的，像影子一样纠缠着每一个人，摧残着每一个人。

当我们越来越陷入感情，彼此占有越来越多，孤独的恐惧就越是强烈。

所以，情到深处人孤独。

《是否》放完后又重复了一遍，叶萧竟也跟着罗大佑哼唱起来，整条林荫道似乎就是个大卡拉 OK 厅。

终于，他找到了声音的来源——隐藏在行道树后，一家寂静的音像店。灰尘积满了店铺，玻璃门上贴着五月天新专辑的海报，不知什么原因音响自动播放起来，便是这首罗大佑的《是否》。

歌声仍然在继续，叶萧不忍心关掉音响，打断这些永无答案的"是否"，他只能选择默默地离去，回到寂寞的大街中心，如歌词中"走向那条漫无止境的路"。

随着他越走越远，罗大佑的歌声也越来越轻，直到变成想象中的回声。然而，孤独的感觉丝毫未曾减少，反而难以遏止地扑上心头，如潮汐将他整个吞没了。

谁都无法驱散他的孤独，谁都无法让孤独驱散他。

叶萧想起一个人。小枝……

蝴蝶。

一只蝴蝶，两只蝴蝶，三只蝴蝶，十只蝴蝶……

难以想象，城市中会有这么荒凉的地方——野草丛中的蝴蝶越来越多，围绕着不知名的野花。伊莲娜伸手去抓蝴蝶，在几乎触到翅膀的刹那，却又让它轻巧地逃过了。都是些常见的蝴蝶，以白色黑色粉色的为多，简直有上百只在翩翩起舞。

在南明城西北角的一片街区，两边全是被拆除的建筑废墟，当中夹着一条荒芜的小径，几乎见不到一棵树木，全是半米多高的野草，正好没过人的膝盖。往四周望去全是这种景象，很远很远才能看到楼房，有的地方只剩下了围墙，门口挂着"南明中华机械厂"或"南明忠孝印刷厂"的牌子。

"这里是南明城过去的工业区？"林君如像跋涉在麦田里，走过一片片丛生的野草。

"怎么衰败至此呢？"杨谋有些不祥的预感，"不要再往前走了，叶萧不可能在这里的。"

他们从曾经的金矿出来，依然在到处寻找叶萧，也包括亨利和小枝，但始终都没见到他们的踪影，一直走到这片荒凉的地方，此刻已近下午五点钟了。

"可是这些蝴蝶真的很奇怪，为什么这么多聚在一起呢？"玉灵伸手指向前方，前方还有更多的蝴蝶向同一个方向飞去，仿佛要赶在日落前回家。

童建国在最前面又快走了几步，发现前头有栋斑驳的房子，完全不像是年轻的南明城所有，而像是从上世纪 30 年代的上海搬来的。

房子底楼有个门洞，长满野草的小径延伸至门洞前，里面黑糊糊的完全看不清。

五个人小心翼翼地走到门口，仰望高大坚固的建筑，好像面对沉睡之城的古老城门。

成群结队的蝴蝶飞入门洞，前后相连绵延不断，如一支蜿蜒飞行的大军。它们是要奋不顾身自投坟墓，还是要获得第二次生命？

童建国、杨谋、林君如、伊莲娜和玉灵，他们全被这场面震慑住了。蝴蝶从他们的头顶飞过，铺成一道彩色的桥梁，延伸到黑暗的门洞深处。

"God！"伊莲娜屏住了呼吸，几只蝴蝶从她发梢上掠过，"这是什么地方？"

"蝴蝶公墓！"

他们的身后响起一个熟悉的声音，五个人惊讶地转过头来，看到了一个白衣飘飘的女郎。

荒村的欧阳小枝。

她似幽灵飘浮在小径中，野草覆盖着她的裙摆，许多蝴蝶正从她身后飞来，她的肩头甚至停着几只粉色的凤蝶，在黄昏的沉睡之城的角落，宛如传说中的蝴蝶公主。

"你？你怎么在这里？"林君如睁大了眼睛。他们下午出来的目的，不正是为了寻找失踪的小枝吗？此刻却踏破铁鞋无觅处，得来全不费工夫。

小枝的嘴角带着神秘的微笑，她在蝴蝶的伴同下走过草丛，来到童建国等人的身边，共同面对黑暗的门洞。

"你说这是蝴蝶公墓？"杨谋盯着小枝的眼睛问道。一只蝴蝶就停在她的眉毛上。

小枝轻轻挥手赶跑了蝴蝶，柔声说："传说每个城市都有一座蝴蝶公墓，隐藏在城市边缘的某个角落，顾名思义就是蝴蝶埋葬之处。"

童建国摇摇头说："太荒唐了！"

但小枝丝毫不为所动，沉着地说道："我们平时极少目睹蝴蝶之死，因为它们会在寿命将近之时，飞入蝴蝶公墓等待死亡降临。蝴蝶公墓是城市的另一个中心，是幽灵们聚会的地方，是地狱与天堂的窗口。"

最后一句话震住了所有人，就连四周的蝴蝶们也散开了，纷纷挤入门洞躲避着她，仿佛她正带着网兜来捕猎。

"什么？地狱与天堂的窗口？"杨谋又低头沉思片刻，"南明城不就是地狱吗？哪里来的天堂？"

就在他说完这句话的时候，又一只蝴蝶掠过他的头顶，淡淡的异香涌入鼻中，他不由自主地抬起头，看到了美女与骷髅。

是一对蝴蝶的翅膀，左右两边各有不同的图案，一边是美女一边却是骷髅，美艳无比又令人恐惧。此刻其他蝴蝶都不见了，荒野中只剩下这么孤独的一只，它几乎悬浮在空中，仿佛向他展开一个微笑，转眼就飞到了门洞口。

杨谋痴痴地往前走了几步，他从未见过这种奇异的生物，难道梦到了庄周化身的蝶？他伸手去触摸那美女与骷髅，背后却传来小枝的警告："不！不要碰它！"

童建国等人向前走来，玉灵快步走到杨谋身后，抓着他的肩膀说："小心！"

看着玉灵美丽的眼睛，杨谋颤抖了片刻，他已为这双眼睛失去了妻子，还会为这双眼睛失去什么？

他猛摇了摇头，再次注视着那只蝴蝶，它才是真正完美的精灵，跨越阴阳两界的天使。

"这是'鬼美人'！"小枝冷冷地吐出的这几个字，瞬间让其他五个人都呆住了。

"鬼美人？"杨谋依旧盯着这只蝴蝶，翅膀上的"鬼"和"美人"，实在是太贴切的形容了，"我喜欢这个名字。"

伊莲娜摇着头问："这究竟是什么蝴蝶啊？"

"非常稀有的蝴蝶，只栖息在南明城附近。几千年前它就出现在了古书中，许多南方民族都曾将它奉为神灵。但'鬼美人'在中原人眼中，却代表着灾难与邪恶，只要看到它便会遭遇不幸。"小枝冷冷地说出一段话。

他们盯着门洞口的"鬼美人"，它要回到蝴蝶公墓去了吗？

"也许那不过是古人的臆想，"林君如本能地后退了两步，"人们在

'鬼美人'的身上，寄托了对美丽的向往和对死亡的恐惧。"

"其实，古希腊神话中也有'鬼美人'，传说是特洛伊战争中美女海伦的化身，俄狄浦斯恋母杀父的故事也与它有关。中世纪的基督教会，将'鬼美人'认定为异端的化身，并大肆捕杀这种蝴蝶。"小枝喋喋不休了一大段，越说越让大家心里发颤，"可能是因为环境的变化，大多数'鬼美人'都已灭绝，只有极少数幸存在一些秘密的山区，比如沉睡之城。"

话音未落，那只"鬼美人"似乎听懂了她的话，扑起翅膀往门洞的深处飞去，转眼就消失在黑暗的深渊中了。

"别！你别走！"杨谋绝望地大喊着，似乎那只蝴蝶就是唐小甜，已在大火中重生为"鬼美人"。

就在他要冲进可怕的门洞时，小枝第二次警告："危险！绝对不能进入蝴蝶公墓！"

但他仍然执拗地要往里走，玉灵从身后紧紧抱住了他。也许是地陪的责任心，也许是某种超出工作关系的情感，使她再也不顾忌其他人的存在，在他耳边轻声说："你不要进去，不要进去啊！"

"放开我！不要抱着我！"杨谋狂怒了起来，回身重重地一把推开了玉灵，"我就是要去蝴蝶公墓，去找我的'鬼美人'！"

没等到童建国上来拉他，杨谋已决然地冲入门洞，童建国本能地在阴影前停住了脚步。

"不要！"玉灵倒在地上嘶喊着，她头发散乱，像个可怜的孩子。

伊莲娜扶起她轻轻地说："他不值得你这样。"

门洞的阴影已完全吞没了杨谋，他像投入坟墓的野鬼，消失在沉睡之城的黄昏。

剩下的五个人站在门外，面面相觑不知该怎么办，玉灵回过一口气来说："我们要进去救他，快点跟我走。"

但童建国把她牢牢按住了："不，你留在这里，还是让我进去吧。"

"谁都不要进去！"还是小枝打断了他们，她冷艳地站在门洞口，渐渐昏暗的光线遮不住她诡异的眼神。

"我才不信什么'蝴蝶公墓'和'鬼美人'的鬼话。"童建国摸了摸裤脚管里的手枪，掏出兜里的手电筒。

"请你为大家考虑一下，这里只有你一个男人，如果你进去不能出来的话，只剩下我们四个女生该怎么办？"

这句话倒让童建国停住了，他回头看了看可怜的玉灵，还有其他几个女生，自己是唯一的男子了。他在门洞口踌躇了片刻，拧起眉毛盯着小枝的眼睛，她究竟是从哪里来的？怎么会突然出现在这里？又是怎么知道"蝴蝶公墓"与"鬼美人"的？

时间——就这么在僵持与犹豫中流逝，凉风掠过废墟上的野草，四周已不见一只蝴蝶，只剩下这些惊恐的人类。

滴答……滴答……滴答……

突然，一阵脚步声从门洞里传来，沉闷而带有深深的回响，宛如井底溅起的水波，泼向门洞外的所有人。

大家都下意识地后退了几步，直到某个人影浮出黑暗的世界。

一个血做的人，浑身上下都是伤痕的人，一路狂奔一路流着血的人，浑身的衣服都已被撕碎，仿佛刚刚遭遇过酷刑拷打。

他刚跑出门洞便摔倒在地上，黄昏下，难以分辨他血肉模糊的脸。童建国推开其他几个女生，抹了抹他脸上的血污，才看到一张英俊而苍白的面孔。

果然是杨谋。

童建国用力摇了摇他的身体，却完全没有反应；又探了探他的鼻息，竟已感觉不到呼吸了；再摸了摸他的颈动脉，同样一点动静都没有。童建国的心沉到了水底。

林君如和伊莲娜都闭上了眼睛，玉灵却伤心地扑到杨谋身上，只有小枝默默地站在一边，像个冷眼旁观的天使，目送死去的灵魂去另一个世界。

杨谋已经不会再醒来了，细小的伤痕布满他的全身，那是蝴蝶蜇咬的痕迹，剧毒已流遍他的血管，彻底摧毁了他的心脏。

他死了。

杨谋是第八个。

面对旅行团里第八个牺牲者，所有人都近乎崩溃了。童建国的嘴唇在颤抖，双手沾满了血，他放手让杨谋躺在地上，野草覆盖了渐渐变冷的尸体。玉灵难过万分，她感觉杨谋与唐小甜夫妻的死都与自己有关，跪在死者的身前伤心地哭泣，却无法挽回飘逝的灵魂。

最后，他们将杨谋就地埋葬了，在蝴蝶公墓外的野草丛中，挖了一个浅浅的土坑，将杨谋放入泥土的怀抱。

一座小小的坟墓立在黄昏中，四个同伴在旁边默哀了片刻，又有不少蝴蝶翩翩舞动在墓前，此情此景如一幅惨淡的水彩画。

安葬好杨谋，童建国缓缓退后，向四周眺望，却突然发现不对劲。

小枝——小枝不见了。

就在这致命的荒野里，他们四人因杨谋之死而手忙脚乱时，小枝却无声无息地消失了。等到大家反应过来，她早就不见了任何踪影，宛如幽灵消逝在蝴蝶公墓之中。

小枝又一次跑了！

傍晚，6点。

黄昏中沉睡的别墅，旅行团新的大本营。顶顶仍在阁楼上看书，孙子楚在二楼睡觉，秋秋悄悄走下了楼梯。

中午起她就窝在楼上，无聊中打开尘封的电脑，发现竟有一款自己常玩的赛车游戏。秋秋强迫自己暂时忘掉丧母之痛，对着屏幕疯玩了一下午。好久都没有这么疯过了，以前黄宛然严格监管着她，不许十五岁的她碰电脑。现在突然成了"父母双亡"的孤儿，再也没有人会管她了，心底却感到莫名的失落。

一直玩到手指抽筋似的酸痛，赛车不知道翻了多少次，秋秋才筋疲力尽地关掉电脑。可一旦闭上眼睛，黑暗中就浮现出妈妈的脸，她从高耸入云的宝塔尖上坠落，微笑着与女儿永远作别。

"不！"秋秋难过地睁开眼睛，轻轻走出这间该死的卧室，来到底楼寂静的客厅。

"你怎么下来了？"在客厅里守了几个钟头的钱莫争，关切地回头向女孩走来。

秋秋本能地往后缩了缩，还是被他有力的大手抓到，硬生生地拉到沙发边坐下。

"我……我也不知道。"面对长发披肩的摄影师，秋秋怯生生地回答，不敢去看他的眼睛。

"那就陪我坐一会儿吧，我也感到很无聊。"钱莫争看着客厅的玄关，探路的人们毫无音讯。整个下午他都像个雕塑守在这里，虽然困倦已极，仍强迫自己保护其他人。

两个人在沙发上呆坐了几分钟，十五岁的少女终于抬起头看着他。心底那个疑问越来越大，撩得她血管都快燃烧起来了。

秋秋不想再反复揣测了，冷不防地问道："你是我的爸爸吗？"

"什么？"钱莫争怔了一下，万万想不到秋秋会问出这个问题，"你问什么？"

"我的亲生父亲究竟是谁？"

少女的眼睛紧盯着他，钱莫争嘴唇开始发颤了，也许她的妈妈已经说过了？可他还没有准备好，究竟该怎么向女儿说出真相？抑或永远都不要说出来，为黄宛然保守那个秘密，对女儿只是默默地关心？他发现自己竟是那么怯懦！

"请告诉我！"秋秋继承了母亲的坚强，固执地紧追不舍，"无论是Yes，还是No！我只需要你的一个回答！"

咄咄逼人的女儿，让钱莫争已无路可退，不管秋秋将怎样看待自己，那个秘密的泄露已无法挽回——

"好！我承认！我就是你的亲生父亲！"

客厅又寂静了下来，窗外的夜色正渐渐侵入，沉睡之城将记住这句话。

秋秋也沉默了十几秒钟，脸上的表情是那样复杂，她转头轻声苦笑道："谢谢。"

这么一个轻描淡写的"谢谢"，却让钱莫争的心瞬间崩溃了。他已准备好了被女儿痛骂，甚至是被当作骗子挨耳光，此刻却目瞪口呆了半晌。

"不，你应该恨我！"他低下头痛苦地忏悔，完全不像四十岁的男人，"对不起！对不起！"

"我只想证实——"秋秋已经有些哽咽了，捂着嘴巴说，"证实妈妈说过的话是真的。谢谢你亲口告诉我真相。"

"当然，当然是真的，我才是你的亲生父亲。这个秘密只有你妈妈知道，她已经隐藏了十五年，她不想再隐藏下去了。但请不要责怪你的妈妈，她是一个伟大的母亲，为你忍受了许多痛苦，直到生命的最后一刻。"

"不要再说了。"

钱莫争却无法让自己停下，越发悲戚地说："一切都是我的错，我是个失败的男人，从没有尽过父亲的责任，甚至十五年来都不知道你的存在，直到几天前才知道真相——不，我根本不配做一个父亲！相比之下我真的很佩服成立，他养你爱你那么多年，最终为你付出了生命，他才是真正合格的父亲。对不起，秋秋，真的很对不起你！我不敢对你说出这些话，尽管我现在也非常非常爱你，可是这爱来得实在太迟了。"

他边说边抓着自己的长发，在苦笑中流下了眼泪。却没想到秋秋伸出手，轻轻拭去他脸上的泪水。钱莫争感激地抓住她的手，什么话都说不出来了。

秋秋瞪大眼睛，嘴角颤抖着说："妈妈死去以后，你就是我唯一的亲人了，请你不要离开我。"

"好，我保证再也不会离开你了，我的上半辈子是一个错误，我已经害了你的妈妈，我不会再让你受到任何伤害。我们将永远在一起，我亲爱的女儿。"钱莫争一把将她搂到自己怀中，用温暖有力的大手抚摸她的头发，忽然尝到了父亲的滋味。

"爸爸！"秋秋在他怀中轻轻叫了一声。

少女的声音宛如猫叫，却让钱莫争听得真真切切——这辈子第一次有人叫他爸爸，这感觉竟然如此奇妙，似乎把他全身的血肉都融化了。

"我亲爱的女儿。"他也激动地对秋秋耳语，将她抱得更紧了，毕竟十五年前他们就该如此拥抱。

父女俩的泪水共同奔流，打湿了彼此的肩头，也打湿了封闭着的心。

……

突然，院子外响起急促的敲门声。

钱莫争依然抱着女儿难分难舍，但敲门声越来越响，他被迫放开秋秋说："等一等，坐在这里不要动！"

他擦了擦脸上的泪痕，小心翼翼地走到铁门后，在夜色里问道："是谁？"

"我们回来了！"

明显是童建国的声音。钱莫争赶紧把铁门打开。外面停着一辆克莱斯勒 SUV，童建国、玉灵、林君如、伊莲娜，四个人惊魂未定地回到大本营。

"小枝还没找到吗？"等他们走进客厅以后，钱莫争才发现又少了两个人，"叶萧和杨谋怎么没回来？"

童建国等人一回到客厅，就疲倦地大口喝着水倒在沙发上，只有玉灵沮丧地回答："叶萧失踪了，杨谋——死了。"

"什么？杨谋死了？"钱莫争赶紧搂住秋秋，以免孩子受到惊吓。

是的，杨谋死了。

半个多小时前，杨谋死在了蝴蝶公墓——城市的另一个中心，幽灵们聚会的地方，地狱与天堂的窗口。

夜色，完全笼罩了沉睡之城。

月亮，渐渐爬上茂密的榕树枝头。

叶萧，依然走在那条漫无止境的路上。

现在是晚上7点，他整个下午都在南明城里游荡，除了自己以外，没看到一个人影，也没有任何生命的迹象，仿佛同伴们都从不曾存在过，仿佛自己只是个孤魂野鬼。

虽然还没忘记他的目标——小枝，绝望却已缠绕着他全身。其实他知道回大本营的路，只要走到城市中央的那条大道，就能回到大本营。但他已无法忍受坐以待毙的感觉，无法面对所有的同伴们，自己居然这么脆弱不堪，只配孤独地流浪在月光下。

路边个别小店亮着灯，叶萧已不奢望会有所发现。但当他转过一个狭窄的街角时，却感到灯光里闪过一个影子。

这细微的闪动刺激了他的眼睛，或许是出于警官的职业本能，他借着行道树的掩蔽向前快走了几步。这是一家寂静的小餐馆，看招牌是经营港式烧味的，在店前昏黄的灯光下，蹲着一只白色的精灵。

居然是那只白色的猫！

叶萧揉了揉眼睛，确认自己并没有看错，这只猫通体都是白色的，只尾尖带有火红色的斑点，猫眼在灯光下闪着幽幽的绿光。

又是它——分明就是指引他们到别墅的那只猫，神秘而邪恶的家伙！

猫眼在盯着叶萧，又是那挑衅的眼神，抑或是火热的诱惑，要把他的魂勾到夜的深处。

他缓缓往前走了几步，距离白猫还有两米远时，它突然起身拐入一条马路。叶萧跟在后面加快脚步，但他哪里追得上轻盈的猫，一眨眼它就没入街边的阴影，再也看不到踪迹了。

叶萧茫然地四处寻觅，小路上只有零星的灯光，根本看不清猫的所在。心底立刻焦虑起来，他烦躁地挠了挠头发，忽然看到远处的路灯下，有一个小小的模糊的影子。

他一路快跑着冲上去，白猫果然就蹲在那里，气定神闲地等待他靠近，并在他即将抓到自己时，弓身向前蹿了出去，没有给警官一丁点机会。

猫始终与他保持着距离，又在没入黑暗无从寻觅时，及时地出现在前面的灯光下。它又一次扮演了引路者的角色，带着叶萧穿过三四条街道，来到一片完全陌生的地带。

那里有一片茂密的树丛，中间开着一道大门。在门里高大的树冠后，还藏着一个黑糊糊的建筑物，看上去不像是普通的楼房，更像是教堂或工厂之类。

白猫优雅地"踱"进了大门，叶萧小心翼翼地跟上去，掏出手电照着门口的牌子——**"古堡乐园"**。

他轻声念了出来，这名字让他摸不着头脑，但犹豫片刻还是走了进去。里面是错落有致的树林，当中有几条小道，手电光线难以照远，月光下能看到远处是一栋孤零零的建筑。

隔着绿色的草地与护城河，叶萧看到了一座吊桥，还有黑暗中的狭长窗户，建筑顶端的圆塔与墙垛。

一座城堡。

他不敢相信自己的眼睛，眼前居然有一座城堡！在月光下它分外显眼，明显是欧洲中世纪的建筑风格，简直是从法国某地搬过来的，他站在吊桥边愣了十几秒钟，终究还是不敢踏入堡内。

因为他感到了杀气。

一股藏在城堡深处的杀气，或者说是一种腥膻之气，某种秘密的生物隐身于其中，邪恶而致命。

等叶萧往后退了几步，才发现那只白猫早已不见了。他又等待了片刻，那神秘的动物依然没有现身，难道是找哪只猫偷欢去了？

就在他茫然无措之时，却听到几丝奇怪的声音，从旁边的树丛深处传来。像是某种机械的运动声，还伴随着一种似曾相识的旋律。

叶萧立即举起手电，循声向树林里走去，穿过那些茂密的枝叶，那旋律越来越清晰，渐渐勾起他儿时的回忆。

终于，他穿过重重树林，眼前出现一片明亮的灯光。

刹那间他目瞪口呆。不可思议！第一反应是告诫自己这纯属幻觉，因为他根本不敢相信，自己居然看到了一组巨大的旋转木马！

旋转木马——

无比华丽的童话世界，几十匹木马上下起伏，随着底盘转动而纵蹄驰骋。自顶棚打下五颜六色的灯光，照亮了每一匹漂亮的木马。不知从哪里放出了音乐，那是儿时每次坐旋转木马，都会听到的叮叮当当……

叶萧怔怔地站在那里，如入梦境，他仿佛已变成了十岁的男孩，正重温童年的经历——不，这并不是梦，而是确确实实就在眼前，他甚至能感到木马旋转时带起的风，夹着尘土和油漆的气味，直扑到他的脸上。

没错，这是一组旋转木马，正在迅速转动的旋转木马。

叶萧忽然明白了，所谓"古堡乐园"就是主题公园或游乐园。那座城堡连同这旋转木马，都是主题公园的游玩项目。它也许已经沉睡了一年，却因为电力的恢复而再度转动。

不，是复活。

木马们复活了，它们欢快地在音乐中奔跑，虽然从来都未跑出这个圆圈。

就在其中一匹木马上，坐着一个女孩。

她像刀一样扎入叶萧心底，随后沁出淋漓的鲜血——骑在旋转木马上的女孩，她的名字叫小枝。

是的，叶萧看到她了，寻找了一整个下午的女子。

她就骑在温柔的马背上，双手环抱着木马的脖子，在梦幻的灯光下不停地旋转。木马上的女孩如此诡异，是十年前就骑在马背上的幽灵，还是未来将要降临的外星来客？一切都是那样不真实，尽管叶萧确信这并不是梦——除非在沉睡之城里的一切都是梦。

如果世上的童话是真的，那她就是世上童话里最美的公主。

如果沉睡之城也是真的，那她就是沉睡之城最幸福的女孩。

月光如洗。

从开满茶花的小院，到"鬼美人"的蝴蝶公墓，小枝一路流浪到古堡乐园，骑上童话中的旋转木马。她享受地骑在木马上，转头看着不速之客叶萧，丝毫没有恐惧和惊慌，反而在音乐中微笑着。从旋转的木马上看过去，叶萧也在不断转动，他们就像两颗相对运动的星球。

木马……木马……木马……木马……

某个声音在大脑里呼喊，他再也无法抗拒自己的记忆，音乐牵着他的衣领往前奔去，直到小枝的"坐骑"转到他跟前。

仿佛身体已不属于自己，他伸手抓住木马的尾巴，跳到转盘上紧跟着跑了几步，便翻身跨上那匹木马，坐在小枝的背后。

此刻，世界随着木马一同旋转起来。叶萧双手向前绕过小枝，牢牢抱住木马的脖子，将小枝整个人拥在怀中。

他的胸膛是那样温暖，紧紧贴着小枝的后背，小枝没有任何的反抗，转过头看着他的眼睛。两个人近得只隔了几厘米，互相能感受对方的呼吸。周围一片斑斓，就连胯下的木马也有了生命，变成黑夜草原上狂奔的骏马。

不，她不是他的洛丽塔，她是他的祝英台。

叶萧忘记了所有的记忆，只剩下十五岁那年暑假的一段时光——他和班里最漂亮的女孩去了游乐场，他们坐在同一匹旋转木马上，青春年少豆蔻年华，期望时间就此不再流逝，就这样在不停的旋转中度过一生。

当他穿越时光的废墟，这个最漂亮的女孩，此刻已经在自己怀抱中了。他们共骑着白色骏马，穿过沉睡之城的黑夜，逃出恶魔的陷阱，向属于他们的天堂奔驰而去。

叶萧紧紧抱着小枝，紧紧抱着想象中的爱人，紧紧抱着失去的时光。

旋转木马，将旋到哪年哪月？

夜晚7点。

新的大本营。

幸存的人们聚集在餐厅——童建国、玉灵、伊莲娜、林君如、钱莫争、秋秋、孙子楚、萨顶顶。

叶萧生死未知，这里只剩下八个人了，他们围坐在餐桌旁，自上而下的灯光打在他们脸上，个个愁眉不展，如在进行最后的晚餐。玉灵和林君如简单做了晚饭，但很多人都吃不下去，尤其是顶顶听说叶萧失踪以后，绝望地仰起头说："没有他，我们什么都做不了。"

"不至于吧！"童建国冷冷地回了一句，他向来觉得自己才是旅行团的领导者，"叶萧并不像我们想象中那样有本事，他也是个平凡的人。"

"是，他自己也是这样说的。"顶顶不甘示弱道，"但他身上藏着一股力量，永远都不会放弃的力量，这是我们这些人都不具备的。"

这时钱莫争出来打圆场了："别担心，我相信叶萧会化险为夷的，以他的那股执拗脾气，说不定还在找小枝呢！"

"但愿他永远都找不到小枝！"林君如愤愤地说道，"只要有了她，马上就会死人！为什么我们整个下午都没找到她，偏偏到了蝴蝶公墓她才出现？显然她对那里非常熟悉，既然是如此诡异的地方，为什么她要跑到那里去？"

伊莲娜也点头附和道："有道理！杨谋死的时候，她为什么会失踪？只有做贼心虚才会逃跑，说不定那就是她布下的一个陷阱！"

"从一开始我就怀疑小枝。不知从哪里钻出来的，为什么全城人都消失了，只留下她一个？她是我们中最危险的，是我们中的特洛伊木马。"

在对小枝的口诛笔伐中，他们结束了这顿人丁冷落的晚餐。

为了打发寂寞的漫漫长夜，伊莲娜打开客厅的电视机，从柜子里翻出几张碟片，调试一番就变成了家庭影院。她选了一张《蝴蝶效应》塞入影碟机，大伙挤在沙发上看了起来。童建国没有心思看碟，从抽屉里拿了一包男主人的长寿烟，走到客厅门外吞云吐雾起来。

林君如早就看过《蝴蝶效应》了，她困倦地回到二楼卧室，倒在床上深呼吸了几口。早就后悔不该参加这次旅行了，难道只是因为父亲的遗憾？为了多年前男人们的眼泪？她支撑着爬起来，回到中午用过的唱片机边上，又翻出了那些旧唱片。

又是那张"《异域》电影原声音乐大碟"，底下还叠放着一张唱片海报，林君如小心地展开海报，上面居然印着刘德华的头像，他穿着一身笔挺的军装，明显还不到三十岁，风华正茂英姿勃勃。

这张刘德华的海报，终于让她想起了电影《异域》。刹那间她领悟了许多，这座沉睡在遥远的中南半岛荒无人烟的森林中的城市，不就是中国人的"异域"吗？这些生活在南明城的中国人，注定永远漂泊在异域他乡，家太远了！也是王杰那首歌的悲怆，所有亚细亚的孤儿们。

正因为刘德华主演了那部电影，他成为南明城最大的偶像，所以刘德华的巨幅广告牌被摆放在南明城入口处最醒目的位置！

是的，林君如已经一点一滴地回忆了起来——十多年前的那个夜晚，父亲带她去看那部电影，她完全没看懂电影的情节，只记得那些悲伤的音乐，以及刘德华英俊的脸庞。而父亲却流了两个钟头的眼泪，泪水甚至落到女儿手上，她在他的怀中感到他不住地颤抖。去看那部电影的多是中老年人，电影散场时不少人擦着泪水，仿佛那些悲惨的故事还没有结束。

当然，"异域"故事还没有结束，回首望故乡的眼泪还在流淌。

林君如的眼角莫名地湿润了……

第七章 催眠

2006 年 9 月 29 日，晚上 7 点 09 分。

旋转木马，转到此时此刻。

叶萧与小枝，转到童年时光。

转到荒村的进士第，转到大海与墓地之间，转到那座孤独的老房子，转到病毒肆虐的上海一夜……

前世就认识了吗？木马高低起伏地载着他，像乘着汹涌澎湃的海浪，怀抱着一只滑溜溜的美人鱼。

是他的小枝。

黑夜里的古堡乐园，重重树林隐藏的天堂，音乐如永不落幕的舞曲，五颜六色的灯光编织着梦幻，在最诡异的一匹旋转木马上，骑着一对深深相拥的男女。

叶萧的脸颊几乎贴着小枝的腮边，这样的耳鬓厮磨并不陌生，仿佛他们早已相识多年，这温柔美好的瞬间，不过是重复往昔的片段。

去他的沉睡之城，去他的旅行团，只愿小枝永在怀中，只愿彼此永不分离。

愿此刻永留。

小枝也配合着他的温柔，侧着脸靠着他的胸膛，抚摸他额头上新近的伤疤。只是她的脸颊冷冷的，像一块储藏多年的冰。

忽然，她幽幽地叹息了一声："你抱着的人是谁？"

这句话，仿佛一下子击碎了短暂的美好梦境，将他重新拉回到冰冷的沉睡之城。他侧过头来，痴痴地看着小枝的眼睛。不知是因为头顶的光线，还是旋转中的晕眩，刹那间视线有些模糊，竟看不清近在咫尺的美丽脸庞。

奇怪，如此简单的问题却如此难以回答，嘴角随着木马而颤抖，叶萧感到脑子里闪过一道白光，几乎撕裂他的身体。

不，他居然看不清抱着的人是谁！

小枝失望地摇了摇头，冷冷地说："你以为你抱着的人是雪儿吗？"

"雪儿？"

这两个字再度蒙住了叶萧的眼睛，眼前只剩下一条黑暗隧道，他骑着马在隧道里飞奔，隧道最深处射出白色的光，笼罩着一个美丽的影子。

叶萧终于看清了她的脸，她的名字叫雪儿。

他的雪儿。

曾经不可磨灭的爱，曾经无法抚平的痛，曾经不能愈合的伤，曾经难以干涸的泪。

叶萧骑着白马来到雪儿跟前，她依然栩栩如生面带微笑。他伸手将雪儿拉上马，让她坐在自己的身前，双臂环抱她在怀里，深深地吻她。

然而，当他重新睁开眼睛，却发现雪儿已经不见了，眼前是另一张陌生的面孔。

她是小枝。

不，他的雪儿已经永远不能回来了。

刚才的一切都是错觉，完美的世界已然崩溃，包括拥抱在自己怀中的小枝。难以抑制的悲戚涌上心头，叶萧仰天看着顶棚，任由灯光刺激着瞳孔，就让木马带着自己旋转到地狱去吧！

突然，他心底打出一个大大的问号，盯着马背上的小枝："你怎么会知道雪儿的？"

"我什么都知道。"她淡淡地回答了一句。

几缕发丝飘到叶萧的脸上，他摇摇头说："不，不可能的，你不会知道雪儿。"

"你还想念她吗？"

这还用得着回答吗？刚才在木马上紧紧搂着她的感觉，就是思念雪儿的错觉，仿佛雪儿又回到了自己身边，两个人共同骑上旋转木马，奔向那片永无烦恼的草原。

但叶萧强忍着悲伤，用男人坚硬的口气说："想念——又有何用？她早已死去多年，在云南西双版纳的边境，离这里不远的一个地方。"

"也许，她还会回来？"

"是幽灵吗？"叶萧苦笑了一下，"对不起，我不相信这些。"

说罢他跳下了旋转木马，但依旧站在大转盘上，有力的手抓住小枝的腰，沉着地说："下来吧！"

小枝倒是没有反抗，乖乖地由他搀扶下了木马。木马仍然在奔腾着，只是已没有了骑手。

"跟我回大本营吧，答应我不要再逃走了！"

他紧紧抓着小枝的手，不容她有反抗的机会。她低头轻声说："可是，他们不会放过我的。"

"什么意思？"

"你的旅行团同伴们，他们不会相信我的话，也不会容忍我的存在，我是他们心中的女妖。"小枝说这番话时就像受了委屈的小女孩，完全没有了刚才的咄咄逼人。

叶萧却挺起胸膛说："放心，我一定会好好保护你的，不会让任何人伤到你一根毫毛！"

"真的吗？"

"我叶萧从不食言。"

"你敢发誓吗？"

这句话又像个小女孩了，叶萧无奈地笑了一下，仰头看着月亮说："我对天上的明月发誓，叶萧必将保护小枝，不会让她受一点点的伤。"

"真是个好男人！"也许她想到了张镐哲那首《好男人》，毕竟是二十岁的女孩，又用撒娇的口气说，"还要一生一世哦！"

"好的，一生一世，我都不会让你受伤！"叶萧盯着她的眼睛，郑重其事地说出了誓言，完全没想到说这句话的后果将是什么！

"谢谢。"女孩微笑了一下，竟带着几分羞涩。

接着他拉着小枝的手，打起手电穿过树丛，离开黑夜中的古堡乐园，向沉睡之城的另一端走去。

旋转木马，依然在地狱与天堂间转个不停。

夜晚，7点30分。

大本营别墅的阁楼。

顶顶独自坐在顶灯下，天窗外挂着一轮小小的月亮，仿佛将所有的光线都恩赐给了她。

几分钟前，当大家聚拢在客厅看《蝴蝶效应》时，她悄悄走上顶层阁楼，打开下午没有看完的那本书——《马潜龙传》。

虽然，旅行团里又死了一个人，她却没有前几天那么焦虑，好像恐惧已奈何不了自己，反倒想要深入了解这座沉睡之城。

下午看到了马潜龙在二战期间的传奇，立下大功晋升为团长，接着就是第四章"泪别家国"。

马潜龙从 1946 年至 1949 年的经历，书中大多语焉不详，仅寥寥数笔就带过了，只说他在孙立人将军麾下带兵，参加了多次重要的战役。在战斗中马潜龙再度身负重伤，在南京的医院里休养了半年。当他伤愈出院之后，便不幸随部队败退千里，从南京一路退到了云南。直到 1950 年初春，在云南边境的莽莽丛林中，他带着数千残兵败将，面向北方的故乡跪倒在地，痛哭流涕祭拜先祖，然后撤到了国境线外。

接下来第五章叫"异域孤军"。

这些四处流浪的中国军人们，绝大部分再也没有回过故乡。他们抱着早已绝望的信念，在炎热潮湿的崇山峻岭中生存了下来。这片土地贫瘠而险恶，当地民族闭塞而落后，只能靠种植贩卖鸦片为生。这就是大名鼎鼎的"金三角"。

他们处在各方的包围之中，被迫与别国的政府军交战，经常弹尽粮绝而无后援。无数人葬身在他乡的泥土中，再没有十年前远征缅甸的无上荣光。当短暂的和平来临，除了少数去台湾的人以外，他们永远留在了这片"异域"。

有人成为当地政府的雇佣军，有人以种毒贩毒为生，有人则成立了独立王国。老兵们在此娶妻生子，落地生根，繁衍着中国人的后代，也留下中国人的坟墓。

马潜龙在晚年回忆过这段漫长而痛苦的岁月："1950 年到 1970 年的二十年，是我人生中最苦闷的年月。最早的几年，我带着数千名老部下，在泰缅边界的山寨中扎下根来。几乎每年都会有激烈的战斗，一个个多年的战友在我面前倒下，让我的心也一起流血。我们坚持到了 1958 年，台湾终于派遣飞机来接我们了，但我却放弃了去台湾的机会，我手下的老兵们也没有一个离开我，愿意跟随我做田横五百死士。回首故乡的山河，依然是泪眼朦胧，我们望眼欲穿却再也无法见到。就这样我们在异域漂泊了二十年，当别的部队都开始贩毒或做雇佣军时，我却坚持不沾染这些东西，带着士兵们垦荒种地，宁愿粗茶淡饭也不愿同流合污。但是，这片土地太过贫瘠了，出产的五谷难以下咽，无法养育我的老弱病兵，以及他们与当地人通婚而繁衍的子孙。到了1970年的春节，我们几乎已陷入了绝境，有的人开小差逃去其他部队，甚至有下级军官阴谋哗变，我忍痛亲手枪毙了三个人，才暂时平息了事端。但我知道这样下去没有出路，我必须为大家找到一个方向，渡红海，出埃及！"

顶顶看到这里不禁眼眶红了，再看天窗外的那轮月亮，是否也照着北方草原的故乡？

接着，她翻到第六章，"开天辟地"。

1970年春天，马潜龙带领一支小部队，前往他在二战期间隐居的那片山谷。他仍然记得那条秘密的道路，穿越茂密的丛林和陡峭的山峦，通过传说中的罗刹之国，抵达了神秘盆地。小部队里有几个有经验的工兵，他们全面勘测了盆地的地质情况，并在某处发现了一处宝藏——金矿！

那是一个蕴藏量极丰富的金矿，虽然埋在地下深处，但盆地的溪流中含有金砂，使得他们很容易就发现了。这个发现给了马潜龙希望，他制订了一个周密而完美的计划，派遣工兵部队寻找四周最薄弱的山口，果然在盆地南缘的一块悬崖上圈定了开采地。他们调来了大量炸药炸开山体，并动用数百人挖掘隧道。

这条无比漫长的隧道，用了三年的时间才大功告成，一切都在秘密之中进行，严格封锁着消息。1973年的夏天，马潜龙对他的部队和眷属们发表讲话，要带他们去开创新的生活。老兵连带眷属总共几万人，带着各种武器和生产设备，从那条一线天的峡谷进入隧道，终于进入这片迦南地！

开始大家不理解为何要迁移到这么闭塞的地方，但当黄金不断从地下开采出来，马潜龙用黄金换来了粮食、衣服、武器、美元等等，大家都感到重获新生，万分卖力地建设起了家园。马潜龙到曼谷秘密聘请了一位华裔设计师，请他为新城全面规划和设计。又经过三年的艰苦建设，一座现代化城市拔地而起，成为真正的世外桃源。

马潜龙给这座新城取名为"南明市",以纪念同样流亡到西南边疆之外的南明王朝,也是希望子孙后代不要忘记祖先们来自何方。城市中央的广场也被命名为"南明广场",而那座仿造故宫太和殿的"南明宫"正是马潜龙的办公室。

1980年,南明城确立了自治城市的地位,马潜龙成为首任执政官。

顶顶看到这里,才明白了南明城的由来!从第一次踏入此地,这个谜团就始终缠绕着大家,现在终于通过这本旧书轻而易举地解开了。

一切都因为这个马潜龙,他实在是个了不起的人物!

继续翻到第七章"域外南明"。

开头是这样写的——

> 中山先生的最高理想,便是建设一个大同社会。他用了毕生的时间来奋斗,还是没有实现这个目标。他的后继者们用了更长的时间,仍离那理想中的世界相去甚远,革命尚未成功,同志仍须努力!然而,马潜龙却在这域外的群山间,创造了一个真实的"大同社会"。身为中山先生的忠实信徒,这是他终生最引以为豪的事。

整个80年代,南明城地下源源不断出产的黄金,给全城人创造了巨大的财富。马潜龙设立了一个委员会处理财政,先是广泛地开展基础建设,各种商店、学校和居住设施,以及城外的水库和电站逐步齐全。整个南明城实行免税政策,因为依靠黄金收入已足够支持自治政府运作了。人们积极地从事各种商业活动,通用泰铢等货币,自由开设工厂和企业。

但是,一切对外交通和贸易都掌握在政府手中,在南明隧道的两端有重兵把守,只有自治政府的车辆才能进出。如果有人要离开南明城,必须经过严格审批并交纳押金,除了自治政府的派遣人员外,每年出城的不超过五十人。

许多人都不满马潜龙的政策,认为这将使南明城在封闭中窒息,甚至回到闭塞的中世纪。但他一贯坚持己见,压制任何反对的意见。1985年,火药桶终于爆炸,他非常信任的一名亲信,在开会之前将一枚定时炸弹安放在桌子底下,爆炸时当场炸死了两个人,马潜龙本人则被炸伤。

这意外的变故并未击垮马潜龙，他迅速控制了局面，粉碎了整个的叛乱阴谋，有七名同案犯被捕并处以死刑，只有行刺的主犯侥幸逃脱，并被永远驱逐出南明城。

经此事件后，所有隐藏的反对势力被一举消灭，马潜龙的威信力反而大增，他在自治议会上发表讲演说："我希望建设一个真正的大同社会。但在整个地球实现大同之前，我们必须采取保护措施，用坚固的外壳来保护我们的城市。20 世纪的世界是肮脏的，只要走出南明隧道几公里，便是完全不同的天地，那里的人们在自相残杀，在种植可以消灭全人类的花朵，淫欲和贪婪横行霸道，富者和强权者统治着一切，穷人们被榨干了每一滴血。这是一个多么可怕的世界！只要对外开放那么一点点，只要一点点！我们就会像失去保护的温室花朵，立刻枯萎凋零！永远都要提防人的私欲，这片桃源必须隐藏起来，绝不能为外界所知道，否则便是我们毁灭之时！"

在短暂的争议之后，大多数居民都赞同了马潜龙的观点，并遵守这些严苛到不合理的规定。南明城仿佛一株深山中的盆景，秘密地茁壮成长起来，并保持了十多年的稳定，再也没有发生过暗杀或政变等事件。到 2000 年，全城人口竟已超过了十万。

在数十年的岁月中，马潜龙积累起了无上的权威，南明城的兴衰荣辱几乎全系于他一身。在四年一度的执政官选举中，马潜龙连续四届当选执政官，掌握南明城的行政大权，直到 1996 年，他以七十六岁高龄退休。

在第七章的最后，作者以自豪的笔触描述了 2000 年的南明社会——

自治议会：由一百名议员担任，每三年换选一次。

执政官：一名，由全体议员投票选举，每届任期四年，可连任多届不限。

其下有警察局、税务局、工商局、市政局、卫生局、邮政局等机构。

自治军队：由执政官指挥，拥有一千名士兵，以及各种先进武器，包括三十辆布拉德利步兵战车，三架黑鹰直升机，一架阿帕奇直升机。

司法机构：高级法官一名，中级法官十名，陪审团若干人。

监察机构：高级检察官一名，中级检察官十名。

《南明自治法典》：以法德大陆法系为蓝本，结合东方传统法系。为防毒品渗入南明，法典严禁吸毒贩毒，违者一律处以死刑。

1999 年度，南明城 GDP 总量为 15 亿美元，其中黄金收入占 55%。

接着就是《马潜龙传》的最后一章，"人生的终点"。

2000 年，马潜龙正好八十岁，他已退休了四年，隐居在南明城一栋小屋中，再也不问政事。他本有机会回祖国看看，却因种种原因未能成行，这成为他终生的遗憾。许多人劝他写回忆录，将他毕生的传奇经历写下来。他却婉言谢绝，说生命中总有许多不能言说之事。

作者依靠各种零星的记载，包括大陆早期的各种文件和报纸，又专门申请赴台北查找档案，才大致了解了马潜龙六十年前的军旅生涯。至于逃亡到金三角以后的经历，则来自许多老兵的口述。整部传记写了整整十年，但仍有许多内容不够完整。尤其是 1942 年到 1945 年，马潜龙在这片原始盆地的最初经历，只要他本人不开口，便永远不会有人知道。

2000 年 9 月 9 日，马潜龙在寓所中突发心脏病逝世，享年八十岁。

十天后举行出殡大典，南明城万人空巷，都来为他送行，他的骨灰被保存在南明宫中，等待将来能魂归故土。

随着马潜龙的去世，南明城的历史翻过了一页，属于他的时代结束了。

南明城将仍然遵从他的治城之道，还是会走上一条新的道路？

《马潜龙传》的结尾没有给出答案，这本 2000 年秋天出版的书，最终在顶顶的叹息声中，画上了最后一个句点——

只有走到生命的最后一天，我们才能真正了解自己的命运。

看完这句颇有哲理的话，她合上书本沉思默想了片刻。在沉睡的别墅顶层的小阁楼里，月光与灯光共同洒在顶顶额头上，她仿佛进入另一个人的人生。

突然，楼下发出一声枪响！

夜晚，9 点 20 分。

沉睡的别墅，底楼客厅。

电视屏幕上打出《蝴蝶效应》的片尾字幕，挤在沙发上的人们松了一口气。一百多分钟过去了，这部电影并未驱散大家的恐惧，反而加剧了他们的不安全感，尤其是刚去过蝴蝶公墓的伊莲娜和玉灵。

孙子楚一直双眼紧盯着屏幕，他已深深陷入了剧情中，看完后出了一身的冷汗。秋秋始终坐在钱莫争身边，让大家搞不懂他们什么关系。为什么前两天秋秋对他还像仇敌一样，今晚却完全改变了态度。童建国几乎没怎么看，一直警觉地守在玄关处，偶尔到厨房查看一下，特别留心门外窗外的风吹草动。

突然，院门外响起沉闷的敲门声。童建国冷不防地打了个激灵，他立刻示意大家不要慌张，随后小心翼翼地走出房门，来到院墙的铁门后，大声地问："谁？"

"是我！叶萧！"

果然是叶萧的声音，童建国又惊又喜地打开铁门，只见一对男女互相搀扶着站在月光下。

叶萧和小枝。

童建国再度看到小枝的脸，还有她那略带邪恶的眼神。她毫不畏惧地闯入别墅小院，手挽在叶萧的臂弯里，仿佛杀手莱昂的小情人。

相比黄昏时分在蝴蝶公墓，小枝显得更加美艳动人，浑身散发着诱惑的气息，五十七岁的童建国也痴痴地站住了。

叶萧也显得英姿勃发，带着沉睡之城的公主，旁若无人地闯入客厅。

一阵冷风随着小枝的裙摆吹入玄关，大家先感到脖子后冷飕飕的，接着回头看到了那张诱人的脸。

伊莲娜第一个霍地站起来，颤抖着喊道："You！"

其他人都瞪大了眼睛，仿佛蝴蝶公墓中的鬼美人再现，正目光高傲步履轻盈地前来赴宴。

此刻的小枝，已与他们第一次见到的那个小枝，彻彻底底地判若两人了！

第一次见到她时，她脸色苍白，神色惊恐，长发披肩，处处透着忧郁与纯洁，不敢与他人高声说话，极力回避男人们的视线，宛如不食人间烟火的仙子，又似坠落凡尘的悲伤天使。

而现在的这个小枝，却分明是"一树梨花压海棠"的洛丽塔，脸颊红润唇色艳丽，甚至带有几分哥特与朋克感，大胆野性欲望蓬勃，目光扫过之地花朵枯萎，眼神直指之处月光羞涩。

数天前与数天后，她在地狱天堂旋转门间变幻身形。

从白玫瑰到红玫瑰！

更令他们吃惊的是叶萧，居然和她似一对情侣，两人的双臂交缠在一起，丝毫不在意他人的目光。

"你们……你们怎么一起回来了？"林君如正好从楼上走下来，看到这一幕立刻问道。

叶萧若无其事地回答道："下午出去不是找小枝的吗？现在我把她给带回来了。"

"我们欢迎你回来，但是——不欢迎她！"林君如说完伸手指向小枝。

接着，其他人也都围拢上来，将叶萧和小枝包围在客厅中央。

叶萧皱起了眉头："你们想干什么？"

"你一定还不知道！我们又少了一个人！"童建国转而盯着小枝，冷冷地说，"杨谋死了！"

"杨谋死了？"叶萧这才意识到严重性，他按捺着自己惊惧的心，"为什么？发生了什么？"

"为什么？哼！你问她吧！"林君如依旧直指着小枝，却不敢靠近这冷艳的女孩。

"怎么回事？"叶萧转身问小枝，却得到一句淡淡的回答："我已经警告过杨谋了，但他一定要进去，那是他自己的选择，也是命运的安排，谁都无法阻拦。"

但还没等叶萧说话，童建国就抢先喊道："别相信她的话，叶萧，你已经被她迷住了吧！"

最后一句让叶萧脸上一红，但他随即直视着童建国说："你以为我是那种人吗？"

"别吵了！"玉灵走到他们跟前，将童建国推到了一边，然后把黄昏时分大家在蝴蝶公墓见到的离奇景象，以及杨谋的意外死亡，原原本本告诉了叶萧。

全部听完以后，叶萧低头喃喃自语："鬼美人？"

"你不觉得她很可疑吗？她怎么会突然出现在那里？又怎么知道那么多蝴蝶公墓的事情？"林君如依然直指着小枝的脸，"虽然她警告了杨谋，但与其说她在警告，不如说她在诱惑杨谋！故意激起杨谋的好奇心和探险欲，让他自己乖乖地羊入虎口！"

夜晚的客厅仿佛成了法庭，面对这些严厉的指控，小枝却显得完全不在乎，淡然地微笑着靠在叶萧身上。

就连十五岁的秋秋，也在心里嘀咕了一句：真邪恶！

叶萧则有些不知所措，又不便把小枝推开，那温柔的发梢扑在他耳边，似乎自己也坐上了被告席，成为洛丽塔的同案犯。

"也许这一切都由于她！真正的罪魁祸首！"伊莲娜也指着小枝的鼻子，用审讯的口气说，"既然她是这城市里的人，为什么不把秘密告诉我们？沉睡之城为什么空无一人？"

突然，叶萧推开了伊莲娜的手，护在小枝身前说："她不是你的罪犯！"

"叶萧，你真的让我很失望！你自己还不知道，你已经失去了理智！"童建国也忍不住了，视线掠过叶萧的肩膀，落到后面小枝的脸上。

"不，我很清醒！我知道小枝是无辜的。"

"你知道什么啊，我的叶警官！现在我告诉你，你这个人最大的缺陷是什么！"童建国像个长辈那样管教道，"就是容易受漂亮女孩的欺骗。"

叶萧的心里一颤，耳根子都发热了："你想要干什么？"

"请你把这个女孩交出来，你知道我有丰富的经验和许多有效的手段，能让她开口说出真话。"

"你的意思是——"

其实叶萧心里已经明白了，所谓的"丰富的经验"、"有效的手段"，不过就是刑讯逼供！童建国在金三角的游击队打了那么多年仗，什么人没有见过什么事没有做过？相比在战场上杀人放火，对俘虏和奸细严刑拷打更是小手段了！

不，绝不能让小枝落到童建国手里，那简直就是掉到地狱里去了，叶萧可以想象那些残忍的手段，各种让人痛不欲生的酷刑，这二十岁的柔弱女孩怎能承受！

"畜生！"他毫不客气地回答了童建国。

"哼，我不认为有什么不对，这样做也是为了大家好。谁不想知道沉睡之城的秘密呢？谁不想活着逃出去回家呢？这个关键就是小枝，只要她说出来大家都好办，如果她不说或者说假话，那我们都会完蛋！就像刚刚死去的杨谋那样，还会有第九个、第十个，直到最后一个，全部死光！"

这时钱莫争终于也开口了："童建国说的有道理，为了大家的安全，我们必须采取这样的行动，不能再等待下去了，等待就等于自杀。"

以往他都为叶萧说话的，此刻却站到了他的对立面。钱莫争迫切地想要带秋秋逃出去，他已经失去了黄宛然，不能再失去自己的女儿了，因为谁都不知道下一个死的会是谁。

"休想！"叶萧又一次斩钉截铁地回绝了他们。

话音未落，童建国出其不意地动手了，一拳打到了叶萧的腰眼上。

当叶萧痛苦地弯腰时，钱莫争已一把抓住了小枝，要把她给拖到楼上去。就在小枝拼命挣扎喊叫时，叶萧强忍疼痛站起来，从背后打倒了钱莫争，又把小枝给拉了回来。

此刻他脑子里嗡嗡作响，伤处仍然火辣辣地疼，全身的血气都涌上脑门，他成为一头愤怒的野兽，只想保护柔弱的公主。

他拉着小枝冲向玄关，童建国大喝一声："站住！"

林君如已大胆地站在门前，拦住他们的去路。叶萧回头再看客厅里，一个黑洞洞的枪口正对准自己。

几秒钟前，童建国从裤管里掏出了手枪，只有这个家伙才能震慑叶萧。

钱莫争爬起来捂住秋秋的眼睛，不想让孩子看到手枪和鲜血。玉灵和伊莲娜都被惊住了，悄悄躲到了厨房里。孙子楚傻傻地站在原地，竟一点都不来帮他的朋友。

小枝仍然靠在叶萧的身后，把他当做了一堵防弹墙。

是的，他绝不惧怕子弹。

叶萧仰头挺胸面对童建国，反而往前走了一步，枪口距离他的心口不到一米。

他的眼神如此坚定，如北极万年不化的冰雪，他冷峻而轻蔑地面对枪口说："童建国，你害怕了！害怕到只敢用手枪来对付我，为什么不一对一地打一架？难道你觉得自己真的老了？还是根本不敢和我较量？"

虽然叶萧赤手空拳地站着，但这番英雄气十足的话语，却让举着手枪的童建国相形见绌，更令小枝温柔地环抱着他的腰，因为他是一个真正的男人。

黑色的枪口在颤抖，童建国第一次在叶萧面前怯场了，他暗暗告诫自己决不能示弱，至少枪还在自己手中，他低沉地吼了一声："再说一遍，把她交给我！否则我就开枪了！"

"不！"

"数到三，我就开枪了！"

小枝环在叶萧腰际的手抓得更紧了，叶萧也抓住了她的胳膊，其他人都远远地躲开了。

"一！"

叶萧仍然面无表情，如雕塑般看着枪口。

"二——"

童建国把"二"字拖得很长，只见叶萧的眉头微微跳了一下。

但还没等他把"二"念完，叶萧就兀自喊出了："三！"

仿佛是叶萧给童建国下了命令，握枪的手指下意识地扣下了扳机。

"砰！"

枪声，穿透了沉睡之城的黑夜。

顶层的阁楼。

瞬间，凄厉的枪声穿过几层楼板，直冲入萨顶顶的耳膜中。

刚放下《马潜龙传》的顶顶，立刻被这枪声揪起了心，似乎子弹穿过了她的身体。刚才她全神贯注地看书，完全没听到底楼发生的纷争。

她赶紧跑出阁楼，冲下两层楼梯来到客厅，却发现四周沉默得吓人。林君如、伊莲娜、玉灵都躲在厨房里，钱莫争紧紧抱着秋秋，孙子楚躲到了沙发后面，童建国呆若木鸡地举着一把手枪。

叶萧与小枝如情侣般站在一起。

空气中残留着一股淡淡的火药味，叶萧左侧脸颊有一道伤口，少量鲜血正缓缓地渗透出来。

顶顶难以相信自己的眼睛，叶萧居然带着小枝回来了，却是这么一番可怕的景象，他们究竟在干什么？

她立刻抓住童建国的手，将那把手枪夺了下来，愤怒地喊道："你疯了吗？为什么开枪？你们要自相残杀吗？"

其实，刚才童建国不是有意要开枪的，只是叶萧那一声惊天动地的"三"，直接刺激了他绷紧的神经，给他的手指下达了开枪命令，便下意识地扣下了扳机。

幸好他立刻将手高高抬起，枪口并没有冲着叶萧的胸口，而是对着天花板射出了子弹！

否则，叶萧早就 Game Over 了！

但子弹击中天花板以后，又向地面反弹而来——这就是弹道学中所谓的"跳弹"，正好擦着叶萧的脸颊飞过去，拉出几厘米长的浅浅创口，若跳弹轨迹再近个半寸，肯定会打爆他的脑袋。

所以，叶萧依然是走运的！

死里逃生的他站在原地，脸颊火辣辣地疼，却没有丝毫表情，任由鲜血从脸上滑落。小枝立刻转到他身前，用手帕关切地擦着伤口，两张脸几乎要贴在一起了。

这一幕枪战片里的柔情场面，被顶顶看在眼里，心里很不是滋味。童建国从顶顶手里夺过手枪，重新放回裤脚管里。

终于，叶萧转身拉起小枝，一口气跑上了三楼。

顶顶也紧跟在他们身后，打开阁楼的房门说："快点进去吧！"

三个人走进阁楼，随后把小门反锁了起来，顶顶还搬来一些旧家具，死死地顶在门后面，防范楼下那些家伙冲进来。

在月光与灯光之下，叶萧的脸色变得惨白，他的伤口已不再流血，凝结成一道鲜艳的疤痕。

顶顶抓住他的衣领说："怎么回事？究竟怎么了？"

"他们要欺负我，是叶萧保护了我。"

小枝替他回答了，但顶顶并不满意这个答案，她转而盯着小枝问："上午你为什么要逃跑？你知不知道我有多担心你？我还怕你遭到了什么危险！你究竟去了哪里？怎么又跑回来了？"

顶顶说到这里不知有多委屈，为了眼前这个危险的女孩，中午还被叶萧误会了，整整一天都心情郁闷。现在她又与叶萧卿卿我我，甚至让叶萧差点为她送命，怎能不让人气愤？

而面对她的这些问题，小枝却一个字都没有回答。

"够了！"叶萧疲倦地坐下，摸着脸颊上的伤痕，但愿不要被破相了，"他们刚才要严刑拷打她呢，不要再强迫她回答问题了。"

他脸上的血痕显得很 Man，加上嘴上茂密的胡楂，仿佛一下子成熟了许多。

顶顶焦虑地抓着衣角，怔怔地看着叶萧和小枝，脑中思量了许久，轻声对他说："也许，我们可以换一种方式与她沟通。"

"什么？"

"我也不赞同用审讯的手段，但你肯定也想知道南明城的秘密，想知道小枝究竟是什么人吧？"

叶萧低头诺了一声。

"就是嘛，既然我们不能用硬的方式，不如就用柔和的手段。"

顶顶说完坐到小枝身边，这神秘女孩局促起来，狭小的阁楼里堆满了杂物，根本没有空间容得她藏身。

"柔和的手段？"

顶顶的眼神变成迷离起来："你相信催眠吗？"

"什么意思？"

"几年前，我曾跟随一个印度大师学习催眠术，这是一门古老而神奇的技术，你完全无法想象它的作用，它能治疗人的许多心理问题，缓解神经衰弱等症状，更能问出你心底的秘密。"

"心底的秘密——你要用催眠来对付小枝？"

两个人在阁楼上谈着催眠，最害怕的自然是要被催眠的对象，小枝躲到了叶萧身后说："我害怕！"

叶萧抚摸着她的头发说："别怕，我们都不会伤害你的。"

然而，小枝还是以恐惧的眼神看着顶顶："我明白了，我和你住在同一个房间时，你的那些奇怪的眼神，谁都听不懂的咒语，还有神像般的姿势，都是对我的催眠手段！"

"是，从一开始我就想从你身上得到真相。"顶顶大方地承认了，说完瞥了瞥叶萧，"难道我做错了吗？"

"至少你应该事先告诉我。"叶萧尴尬地低声道，随后温和地看着小枝，"没事的，我在旁边保护着你，保证不会让你受到任何伤害。"

阁楼上的小枝已无路可逃，只能乖乖地任由他们摆布。于是，叶萧给顶顶使了个眼色，示意她可以开始了。

顶顶随即关掉了电灯，只有微弱的月光自天窗射入。她又从阁楼的杂物堆里找出一根白蜡烛点燃，烛火在小枝的眼前晃动。在这黑暗的幽闭空间，他们仿佛又回到了罗刹之国，高塔下的石头密室，这二十岁的女孩不再属于人间，而是八百年前的某个幽灵。

月光渐渐暗淡，只剩下这点白色烛光了，叶萧小心地护在小枝身边，仔细观察她的表情和眼神变化。她安静了下来，目光也不再恐惧，盘腿坐在地板上，痴痴地面对烛光。白色的幽光射在她脸上，宛如给她涂上一层灵异的粉底。白蜡烛闪烁的火焰，使她和叶萧的影子不断跳动，覆盖了大半个阁楼。

顶顶嘴里念出一长串音节，叶萧却一个字都听不懂，原来这就是古印度的梵文，如同咒语灌入小枝的大脑。随着烛光的晃动，顶顶那锐利的眼神，像在泥土中埋藏了千年的神像出土时，突然射出的骇人的目光——这里就是罗刹之国，一个微型的曼陀罗"坛城"，一个意念想象中的小宇宙，从时间的起点到终点，从空间的源头到尽头，紧紧将他们三个人包围，带往另一个世界。

小枝看上去已然被完全控制了，就连叶萧也暂时忘了自己，目光在烛火前变得恍惚迷离。

"告诉我，你是谁？"顶顶终于说了一句中国话。

"我是小枝。"她回答得很乖，像只温驯的小猫。

"你从哪里来？"

"另一个世界。"

"在哪里？"

"荒村。"

"荒村之前在哪里？"

这个问题却让小枝停顿了许久，叶萧注意到她已闭上了眼睛，但想必烛光仍然在她脑海中晃动。

"在北京。"

叶萧忍不住插嘴道："怎么又到北京去了？"

"别打岔！"顶顶给了他一个白眼，继续用柔和的口气对小枝说，"你究竟姓什么？"

"阿鲁特。"

"你不是荒村的欧阳小枝吗？"

"荒村的欧阳小枝，只是我生命的一部分，其实我更早的名字叫阿鲁特小枝。"

"阿鲁特？你不是中国人？"

"我是中国人，我出生在清朝咸丰年间的北京，我的父亲属于蒙古贵族阿鲁特氏，他是蒙古正蓝旗人，他的汉文名字叫崇绮，曾经做过清朝的吏部尚书。"

叶萧听到这里简直要晕倒了，这个小枝转眼又从荒村跑到清朝的北京，而且变换民族成了蒙古八旗子弟。

催眠师顶顶仍保持着镇定："阿鲁特小枝，说说你的人生吧。"

"我父亲虽然是蒙古人，但他精通汉文儒学，是同治四年的一甲一名状元，官拜翰林院编修。清朝两百多年，满蒙人汉文考试而得此荣耀者，只我父亲一人。"

小枝说这句话时，表情还充满自豪，仿佛已摇身变成了格格。

烛火在她眼前晃了两下，顶顶柔声道："你小时候是怎样的？"

"我的父亲虔诚地信仰佛教，在我十岁时派人到南洋暹罗国，请了一位大法师来做我的老师。这位大师有起死回生之术，据说曾让被埋入地下数年的人复活。我跟他学习各种知识长达五年，他常和我说起他过去的经历。大师作为苦行僧浪迹于南洋印度等地，漫游在辽阔森林和莽莽荒野中，与大象野牛鳄鱼为伴，在墓地中过夜，与亡灵对话。但他做成的最重要的一件事，是找到了传说中的罗刹之国！"

"他是怎么找到的？"

"大法师没有说得很具体，只是说当他发现那灿烂辉煌的废墟，走进千年之前的伟大宫殿时，仿佛看到了未来世界的命运。他在罗刹之国独自修行了三年，没与外界有任何接触，在完全空无一人的古代帝都中，靠野果与露水度日，渐渐发现了宇宙的真谛。"

"还有呢？"

其实是要故意打断她的话，因为顶顶心里在说："真邪恶！难道可以自比佛陀？"

"五年之后，大法师突然圆寂，送到寺庙准备火化时，遗体却神秘消失了。没过两年，同治皇帝筹备大婚，我也被送入宫中候选。当时两宫皇太后共同执政，西宫就是著名的慈禧太后，她选中了富察氏之女，而东宫慈安太后则选中了我。那年皇帝只有十三岁，没看中自己母亲挑选的富察氏，却偏偏相中了比他大两岁的我。虽然慈禧太后非常生气，但在东太后支持下，我还是被册封为皇后。"

"你是说——你做了清朝同治帝的皇后？"顶顶终于受不了了，不禁再确认了一遍。

"是的！"小枝的回答非常肯定，"隆重的皇帝大婚典礼之后，我与少年皇帝非常恩爱，他日渐疏远了自己的亲生母亲，这让慈禧太后更加嫉恨。她多次刁难我，以种种理由惩罚我，最终强行把我和皇帝分开。少不经事的皇帝，在太监鼓动下出宫寻花问柳，结果染上花柳病葬送了性命，死时还不到二十岁。"

"你小小年纪就做了寡妇？"

"嗯，同治皇帝驾崩之后，我夜夜以泪洗面，更受到慈禧的种种欺凌。她认为是我这个不中意的媳妇克死了她唯一的儿子。在遭到百般虐待之后我自杀了，方式是最古老的吞金。"

"你死了？"

"金块穿透我的内脏，使我体内大量出血而亡，我死去的那年只有二十一岁。我成为一个幽灵，却没有脱离躯体，仍寄存在尸体之内，仍有各种感觉，只是无法动弹，无法表达思想，我就像个被囚禁的犯人，藏在身体的牢笼里却不为人知。"

听到这里叶萧和顶顶都毛骨悚然了，顶顶故作镇定道："但你会被埋葬的。"

"我和皇帝的尸体，在紫禁城的棺材内躺了五年。直到光绪五年，我们位于清东陵的陵墓完工，才举行了下葬大典。我和我的夫君躺在棺材里，被送入深深的地宫之中，我们被各种随葬物品包围着，等待腐烂殆尽的那一天。"

小枝说完，停顿了片刻，忽然仰头吟出了一首诗："回头六十八年中，竟往空谈爱与忠。抔土已封皇帝顶，前星欲祝紫微宫。相逢老辈寥寥甚，到处先生好好同。如同孤魂思恋所，五更风雨蓟门东。"

这首诗如此悲凉凄惨，宛如有孤魂从眼前飘过，顶顶听之不免动容："是你写的吗？"

"不，这是当时的一位清朝官员，被我的悲惨命运打动，自杀身亡前留下的绝命诗。"小枝睁开眼睛苦笑了一声，"其实，我死后的命运要比这首诗更凄惨。我在清东陵地下躺了几十年，我的丈夫同治皇帝早已变成一堆枯骨，我的身体却鲜活如初，仿佛刚刚睡着了一样，虽然并没有人给我做过防腐处理。而我的灵魂依旧锁在体内无法逃出，仿佛被判处无期徒刑，永远沉睡在这冰冷的坟墓中。"

这段话又让叶萧心里一抖，仿佛听到吸血鬼的哭诉。

而小枝更为投入地回忆下去："外面的世界日新月异，坟墓中的我却一无所知，不知道大清王朝已然灭亡，也不知道中国与日本打了一仗，直到1945年——盗墓贼又一次掘开东陵，我和同治皇帝的惠陵也未能幸免。他们闯入地宫，从棺材中拖出皇帝的尸骨，然后打开了我的棺材。"

"他们看到了什么？"终于，顶顶也被她带进去了。

"看到了我，一个睡着了的我，永远停留在二十一岁的我。盗墓贼把我抬出棺材，发现我的关节转动自如，脸色光泽红润，皮肤甚至还有弹性。那些卑鄙的强盗，竟然剥去了我的衣服，抢走了所有珠宝首饰，让我赤身裸体地躺在地宫中！"

小枝说到这儿竟"哇"的一声痛哭出来，眼泪如潮水涌出眼眶，双手紧紧护住胸前，仿佛全身的衣服都被剥光，被扔在坟墓冰凉的地砖上。她哭得那样凄惨，泪水涟涟惹人心碎，叶萧情不自禁地将她搂在怀中。

"别哭了，没有人会再伤害你了。"

"还没有结束呢！不久，另一伙盗墓贼又闯入了地宫，他们发现金银财宝都被人盗光了，便丧心病狂地剖开了我的肚子！"

"是一群变态狂吗？"

"不，他们是想要找七十年前我殉情自杀时吞下的一点点金子！我感受不到身体的痛苦，心底却无比屈辱，老天为什么不让我真正死去呢——虽然已经死了七十年了，此刻却是死不如生，死不如死！几天后，第三批强盗闯入地宫，发现我赤身裸体地躺在地上，长发披散宛如生人，肚子被剖开，肠子流了一地，却没有任何痛苦的表情。"

叶萧已经无法承受了，虽然听起来这个故事如此耳熟："别！别说了！"

可小枝仍然流着眼泪说下去："后来，我被人从地宫抱走，我的灵魂也渐渐失去知觉，当我觉得自己可以解脱时，却出生在荒村的一户人家，变成欧阳家的小女儿。"

"阿鲁特小枝？"叶萧怔怔地盯着她的眼睛，"欧阳小枝？"

小枝的大眼睛眨了两下，泪水也渐渐干涸，叶萧伸手抹去她脸上的泪痕。

"喵呜！"某处突然响起一阵尖厉的猫叫。

顶顶的手微微一颤，手中的蜡烛倒在地上，烛火随之熄灭。

阁楼里恢复了漆黑，幸好月亮又出来了，微弱的光线射入天窗，叶萧紧紧地抓住小枝。

催眠结束了。

顶顶迅速恢复了镇定，抬头向天窗上望去，只见一双棕黄色的猫眼，正隔着玻璃射出宝石般的幽光。

又是它！那只神秘的白猫！它正站在高高的屋顶上，把猫脸贴着天窗往里看。

"你又回来了！"叶萧站起来走向天窗，入夜时分就是这只猫引导着他到达古堡乐园，从而发现了旋转木马上的小枝。

此刻，他对这只神秘的猫竟有几分感激之情。

顶顶悄悄走到天窗底下，忽然打开天窗要去抓它，白猫敏捷地躲闪开，迅速消失在黑夜的屋顶上。

"放它走吧！"叶萧轻轻叹息了一声，回头看着地板上的小枝。

阿鲁特小枝还是欧阳小枝？

小枝已完全清醒过来了，脱离刚才被催眠的状态，大大的眼睛清澈了不少。

她走到叶萧的跟前，几乎是贴着他的耳朵说："我要和你单独说话。"

第八章 洛丽塔

2006 年 9 月 29 日，晚上 10 点 30 分。

孙子楚沉默地守在客厅里，一动不动地盯着大门。童建国在厨房抽着烟，十几根烟头聚集在烟缸中，烟雾缭绕着狭小的空间。

经历了枪击事件后，大家纷纷散开上楼睡觉了。林君如依然与秋秋在二楼主卧室，钱莫争独自在二楼小卧室，伊莲娜和玉灵在三楼房间。

童建国在客厅地板上找了很久，才在沙发边上发现了弹头，刚才擦着叶萧的脸颊飞过，差点要了人家的性命。经过天花板反射的弹头，已经严重扭曲变形了，也许还残留着叶萧的血，他将弹头塞进口袋中，静静地站在厨房里，被烟雾和回忆包围……

三十一年前，他不是现在的这个样子，三十一年后，他却再也无法回到往昔，见到那个让他魂牵梦萦的影子——兰那。

1975 年，那片群山中的孤独村寨，一度成为了童建国的家。传说中的罗刹王族后代，美丽的白夷女子兰那，把他从死亡的边缘救回，又收容他在村寨中避难。不久他最好的朋友兼战友李小军也身负重伤来到村子里。他们都有些意气消沉，在大自然的山水之间，萌动的不是革命的种子，而是一种叫做爱情的化学元素。

二十多岁的童建国，第一次确信无疑地爱上了一个女子。他无数次在梦中见到兰那，次日清晨却又羞涩地不敢与她说话，只是静静地注视着她，殷勤地帮她挑一担水或一捆柴，送到她的竹楼又马上离开。心里越是强烈地想着她，面对她时就越是紧张，尽管有许多次单独相处的机会，却总是眼睁睁地看着机会从眼前溜走。

有时她会在晚上来找他们，通常是某个阴冷的雨夜，她想让童建国和李小军，这两个来自中国的知青，告诉她外面世界的情形。李小军的口才更好一些，可以从红卫兵讲到上山下乡，从农业学大寨说到工业学大庆。他甚至结合东南亚的形势，大谈美帝苏修争夺世界霸权，中国无私支援越南抗战，唯有毛泽东思想才能解放四分之三挣扎在水深火热中的劳动人民。

兰那神往地听着这一切，但最后都会淡淡地笑道："谢谢你们告诉了我这么多，不过外面的世界不属于我。"

每当她离开竹楼以后，童建国都会长长地叹息。

李小军拍着他的肩膀说："你那么喜欢她，为什么不当面告诉她呢？"

童建国却躺在席子上沉默不语，听着外面淋漓的夜雨。

他知道白夷话的"我爱你"怎么说，很多次单独陪在兰那身边，还有一次保护她走夜路，都有机会把这三个字说出口，可每次酝酿很长时间，刚想要说出"我爱你"，临到嘴边又生生地咽了回去。

他平时并不是羞涩的人，只是面对兰那却成了胆小鬼，这让他感到无地自容。但童建国仍在等待时机，让自己的勇气一点点增加，直到那个薄雾弥漫的黄昏。

那天，他赶着一头水牛回竹楼，路过一片开满莲花的池塘，粉红的莲花在雾气中摇曳，散发着摄人心魄的淡淡香气。他痴痴地坐在池塘边，莲花让他想起兰那的笑颜，还有幻想中的销魂夜晚。视线不经意地越过池塘，空旷的稻田里走来一个袅袅婷婷的身影，不正是筒裙包裹着的兰那吗？也许刚刚从小溪边沐浴归来，她边走边梳理着一头乌发。

黄昏中的她让童建国怦然心动，目光又回到了池塘的水面，这些美丽的莲花不正象征着兰那吗？刹那间，他已相信这是上天给自己的机会，便撩起裤管走下池塘。池底的淤泥远超过他的想象，当他摘下那朵最大最艳的莲花时，自己浑身上下都已全是泥水了。美丽的粉红花瓣纯洁无瑕，与他浑身的污泥鲜明映照，仿佛地狱恶鬼嗅花叹息。但童建国无暇顾及，他激动地走上田埂，穿过眼前的薄雾，将要把莲花献给心中的女神时，却看到了另一个人——李小军，他生死之交的好兄弟，正拿着一朵素洁的兰花，插上兰那的鬓角。

一阵黄昏的凉风吹来，拂去眼前的薄雾，她正含情脉脉地看着李小军，如温驯的绵羊低着头，任凭中国知青抚摸她的头发。兰花插在她的鬓角，更像是古代女子的装束，李小军同样也柔情地看着她，直到两双嘴唇热热地贴在一起。

从淤泥中走出来的童建国，目瞪口呆地看着这一幕，原来自己的好兄弟竟然——但他的心里并没有仇恨，只是更加自卑。心脏瞬间分裂成了无数片，再沉入北极的冰雪之中。

他唯一恨的人只有自己！

手中的莲花掉进了水田，他悄悄地蹲下，隐入田埂外的树丛中，但愿自己永远从兰那的眼前消失。

从此，童建国再也不敢和兰那说话了，和李小军的关系也发生了微妙的变化，虽然他们还是最好的朋友，可两人之间仿佛多了一层纸，一层永远也捅不破的纸。

一个月后，有群不速之客来到村寨，要求村里为他们种植罂粟。他们会给村寨提供粮食和各种物资，保证村寨不但永远不挨饿，而且会变得更加富足。村中的长老征求兰那的意见，兰那立刻就坚决地否定了。她已从童建国和李小军口中得知，罂粟是一种邪恶的植物，会祸害许多人的生命。

不久，毒品集团对村子发动了武装袭击。童建国和李小军抓起两把土枪，与毒品集团展开了激烈的枪战。李小军藏在竹楼里向对方射击，结果连同竹楼都被炸成了碎片。目睹好友惨死的童建国，狂怒地向敌人冲过去，结果又一次中弹昏迷了过去。

他不幸地成为毒品集团的俘虏。没想到毒枭居然是一个中国人，1950年随国民党逃亡至金三角，脱下军装干起了毒品买卖。毒枭很看重中国知青，想把童建国留下来重用，培养他成为新的骨干。

然而，童建国在养好伤之后，便悄悄逃出了毒品集团，九死一生地回到村子里。但他看到的却是一片废墟，全村被彻底毁灭了，只剩下腐烂的尸体，和池塘里疯长的莲花。

在潮湿炎热的气候里，许多尸体都难以辨认了，他流着眼泪寻找了三天，却未曾发现兰那的踪迹。

她是死还是活？

童建国离开了地狱般的死亡村庄，带着心底永远难以愈合的伤，这是他一生中最大的耻辱——没能保护好自己心爱的女子。

小阁楼。

"你要去哪里和我单独说话？"叶萧并不忌讳地大声问了出来，萨顶顶心里不禁"咯噔"了一下。

还有第三个人——小枝乌黑的眼珠转了一下，仰头看着天窗说："上面。"

"上面？"叶萧也看了看天窗，十几秒前那双猫眼还在窗外，此刻只剩下城里的月光了，"你要到屋顶上和我说话？"

"是的。"

二十岁的女孩嘴唇微撇，不知是来自前清的阿鲁特氏，还是荒村的欧阳小枝。若再口衔一枝玫瑰，简直可以入画了。

叶萧拧起眉毛，回头看了看顶顶。

顶顶却避开他的目光，低头说："你自己决定吧。"

"嗯——"他想了足足半分钟，最后抬头盯着小枝的眼睛，"好吧，我们上去。"

说罢他搬来一张破桌子，踩到桌上打开天窗，双臂用力攀着窗沿，爬到屋顶上。随后小枝也踩上桌面，叶萧伸手拉住她的胳膊，将她安全扶上了屋顶。

铺满月光的屋顶。

院子四周被大树环抱着，黑夜里难以看清远处的景象，几乎半点灯光都看不到。叶萧仰头深呼吸了一下，晚风灌入他敞开的衣领，刹那间感觉凉爽了不少，也许这样可以让人冷静些。

他仍然紧紧抓着小枝的手，生怕她会从屋顶上掉下去。她的骨头在男人手中又细又轻，就像那只屋顶上的白猫。

"你要对我说什么？"叶萧靠近她的眼睛问。

黑夜里她闪烁的目光，如同坠落人间的钻石。小枝微微笑了一下，随后从他手中挣脱出来，在瓦片上直起身来，大胆地往屋脊上爬去——那是整栋房子最高的地方，叶萧被她的举动吓了一跳，轻声喝道："小心！"

可小枝丝毫都不惧怕，虽然看不清脚下，她却很好地保持着平衡，步履轻盈地攀上屋脊。夜风拂起她的发丝，叶萧只能辨认出一个迷人的轮廓，如黑色幕布下的剪影。二十岁的尤物在屋脊上行走，仿佛出自蒲松龄先生笔下，每一步都散发出诱惑的气息，她对叶萧回眸一笑——

"我们看星星吧！"

这句话让叶萧的表情僵硬了几秒钟，随后无奈地笑了一下，心底竟升起一股暗暗的暖流，他也迅速爬到了屋脊上面，抓着小枝的手坐了下来。

"半夜数星星？"叶萧仰头看着星空，月亮竟也识相地淡去了，"这就是你要单独和我说的话？"

"为什么不是呢？"小枝的表情又像个小女孩了。

叶萧也笑着抓住她的手："你真可爱。"

"可惜，今夜没有流星雨。"她噘起嘴轻叹了一声，有些撒娇似的靠在叶萧身上，而他也无法逃避她的热情，因为坐在屋脊上无法挪动半步。

夜空如一块古老的深紫色幕布，神秘的穹苍之中闪烁着几颗星星。叶萧也被这星空所感染，似乎屋顶下的人们都不存在，整座沉睡之城只剩下两个人，在地球的天涯海角，这是只属于他们的天长地久。

叶萧看着她的眼睛，那里闪烁着原始的火苗，将他的肉体和灵魂全部点燃，发出暗夜沉闷的爆炸，他在心底喊出那个名字——

洛丽塔，我的生命之光，我的欲念之火。我的罪恶，我的灵魂。

洛——丽——塔：舌尖向上，分三步，从上颚往下轻轻落在牙齿上。

洛。丽。塔。

是，小枝就是他的洛丽塔，愿意为之而毁灭一切的洛丽塔，绽开在死亡的沉睡之城的洛丽塔。

她在数着星星。

星星在数着她。

这朵滴着鲜血的玫瑰，顺势把头靠在他的肩上，口中幽幽地唱出一段歌词——

"想说今夜为你而美丽，独自数着天上星星。那是我们的钻石，寄存在天使的手指。"

这是某位作家在 2005 年的冬天写的，不知何时竟被小枝听到了，变成她的旋律低吟在南明城的夜晚。

然而，这最后一句"寄存在天使的手指"，却一下子让叶萧猛醒了过来。他兀地抓住小枝的肩膀，却没有如电影里那样吻女主角的双唇，而是将她的身体扶正离开自己的肩膀，让两人保持十几厘米的距离。

"我的天使究竟是谁？"他痴痴地问出来，眼神里一片茫然。

小枝也冷静地回问道："你说呢？"

瞬间，眼前闪过一个熟悉的影子，十年生死两茫茫，不思量，自难忘的影子。

她的名字叫雪儿。

"我知道你在想谁！雪儿！"

在叶萧陷入回忆的绝境时，小枝冷冷地点破了他的幻想。但他无法阻止那个影子的来临，仿佛月光全都集中到她身上，堆积成一个有血有肉的躯体，他看到她经年的长发与裙摆，还有那张永不磨灭的脸庞。

"不！"他抓着自己的头发，身体剧烈颤抖了几下，差点从屋脊上摔下去。

小枝扶了扶他的肩膀，幽幽地吐着气息："没有什么是我不知道的，因为我是阿鲁特小枝——小枝是无所不能的。叶萧，我知道你的一切，你最美丽也最恐惧的梦，就是雪儿。"

他无奈地仰头望着星空，月光又隐去了星星，想象中的那张脸越发清晰。

"雪儿是你的初恋，也是你在公安大学的同学。你们读的都是刑事侦查专业。她来自一座北方小城，虽然看起来楚楚可人，却是全校闻名的神枪手，就连擒拿格斗也不逊于男生，各项刑侦技能名列前茅。你虽然也非常用功，但总是不及雪儿出色，而你的冷峻，却意外地触动了她的心。于是，她成为了你的女朋友，你曾经非常非常爱她，并发誓要永远和她在一起。"

叶萧唯有痛苦地点头，似乎心底最隐秘的记忆，全都被小枝偷了过去，自己完全没有还手之力。他闭上眼睛想象二十二岁那年，雪儿站在一片雪地中。她的眼神略带忧郁，是否已有了某种预感？他们将要一起去遥远的地方，等待他们的是未知的命运……

"毕业前夕，你和雪儿一起被派去云南实习，参与非常危险的缉毒行动。"小枝说到这里停顿了片刻，声音好像一下子成熟了许多，"可惜出现了意外，由于你的疏忽使行动失败，雪儿负伤后被毒品集团绑架了！"

"别说了！"

但他根本无法阻止小枝，残酷的记忆仍被一点点地揭开："很不幸！毒品集团给雪儿注射了大量海洛因，她在极度痛苦中死去。更残忍的是，她生前竟然被毒品集团轮奸了。"

叶萧发出沉闷的低吼，却发现嗓子近乎嘶哑了，仿佛一双手掐住了自己的脖子，仿佛被轮奸的人就是自己。

"不久，警方发现了雪儿的尸体。你在追捕行动中抓获了一个毒贩。你知道他就是轮奸并杀害雪儿的罪犯之一，你用枪顶着他的额头。你已经愤怒到了极点，就像一座沉默的活火山，你心里充满了复仇的念头，于是对他扣下了扳机……"

"不！"他终于大声喊了出来，"我没有，我没有向他开枪！虽然当时我非常非常恨他，就算开枪打死他一百遍，都无法消除我的仇恨和痛苦——但是，我没有，我流着泪放下枪，将他押回缉毒队里。我也曾为此而后悔，觉得自己是个胆小鬼，这么多年来我一直忘不了，一直幻想自己开枪打死了他。但真相是，我没有！"

好像站在法庭的被告席上，满是忏悔地做着自我辩护，最终却仍然被宣判有罪。

小枝沉默了许久，月光洒在她毫无表情的脸上，直到她柔声道："对不起，我不该对你说起雪儿。"

"没关系，反正我也无法忘记她。"叶萧无奈地苦笑一下，又一次体验那深深的内疚，他轻轻抹去脸上的泪水，"雪儿死去的地方，就在距金三角不远的边境线上，我猜想离这里不过几十公里，也许她的灵魂已飘到了这座城市。"

他回头盯着小枝的眼睛，仿佛看到了另一个人的影子。

似乎被他的痴情感染，她温柔的手，抚摸着他受伤的额头。小枝的眼神也越加柔和，冰凉的手指就和雪儿的一样。

"你回来了吗？"叶萧恍惚地在心里发问，却不知道自己想的究竟是哪一个。已经化为幽灵的雪儿？还是早已化为幽灵又复活的小枝？

子夜，12点。

三楼的卧室里，亮着一盏温暖的台灯。

这是女孩子的卧室，又被整理清扫了一遍，伊莲娜正在床上熟睡。玉灵独自坐在灯下，抱着一个泰迪熊的靠垫。打小在山村里长大的她，从未住过这种房间，不知这辈子还有没有机会。都有些嫉妒这屋子曾经的主人了，她低头叹息了一声，从包里掏出那本笔记簿。

翻开小簿子，内页密密麻麻地写满了蝌蚪文，这是那位年轻僧人送给她的，记录了一位森林云游僧的经历。几年来她一直反复看着这些文字，在沉睡之城的漫漫长夜，没有比阅读这本笔记簿更合适的了。

玉灵在心里默念这位老僧人的自述——

我，阿姜龙•朱拉，在我漫长的森林云游僧生涯中，担负了许多个不同的使命。除了寻找传说中的罗刹之国外，还要探究灵魂与肉体的关系。

灵魂与肉体的关系——最好的研究场所是墓地。

我的师傅曾经告诉我，为了在禅修时不被打扰，最好是去森林中的墓地。但每个人都出生自俗世，总免不了对鬼魂和死亡的恐惧。为了克服这种恐惧，去坟场过夜就成为修行的重要部分。

在我年轻的时候，也有过对坟墓的强烈恐惧。有一次我目睹村民们的火化仪式，死者身上蹿出绿色的火焰，发出令人作呕的恶臭。也许那就是远去的灵魂？

在我为死者诵经完毕之后，便独自留在墓地过夜。虽然表面上装作镇定自若，其实心里早已颤抖不已，我发觉自己未能脱离凡尘，仍然留恋世俗生活。

夜幕降临，森林漆黑一片，地下埋藏着无数尸骨。只有我一个人枯坐着，身边有一具火化过的尸骸。我不断告诫自己要驱散恐惧，但想象中有无数鬼魂向我走来，我只能高声诵经以驱赶他们。直到再也无法忍受之时，我毅然地站了起来，披上袈裟走向不幸的死者。

我点燃了一盏油灯，看到火化后的尸体只剩一些残骨。想到一个完整的人，也许昨天还生龙活虎，此刻却变成了一堆枯骨，我心里反而升起怜悯。我强迫自己坐在旁边，心想自己也迟早会变成这样。

突然，我听到身后的树丛里传来什么声音，也许是夜行的猛兽？我知道这附近有老虎出没，它们很少攻击人类，只有在吃过死人的肉之后。但是，在这荒凉的坟场，老虎吃未被火化的死人肉的机会并不少。

但四周的气味似乎并不属于这种猛兽。我让自己冷静下来，面对尸骨盘腿打坐，闭上眼睛不再去看那东西。

我感到它已来到我身后，又围绕着我转了一圈，阴冷的风掠过我的耳边，就像什么人对着我的脸吹气。

那是鬼魂的气味？

也许还有一对破碎的眼珠，那是浑身被烧焦的死者，来向我讨教解脱痛苦的办法？

然而，此刻我自己也全被痛苦笼罩着！

我首先要解脱的是自己，但恐惧已完全控制了我，仿佛洪水淹没了森林，即将淹过我的头顶。

"你害怕什么？"冥冥中响起一个声音，它来自我的体内。

我开口用自己的声音回答："死亡。"

"'死亡'在哪里？"

"'死亡'就在我身体里。"

"如果死亡就在你身体里，你又要逃到哪里去？逃走了，会死；留下来，还是会死。无论到哪里，它都跟着你，因为它就在你身体里面，你无处可逃。不管你害不害怕都一样会死，根本无处可逃。"

当这神秘的声音渐渐隐去，我完全消除了恐惧！很快天空响起雷声，一阵大雨倾盆而下。森林中响起各种声响，无数断枝向我扫来，我却依然盘腿坐地不动。

我在哭。

出家以来我第一次流下眼泪。为什么要我像个流浪汉，被世界抛弃在大雨中，坐在漆黑的墓地上，坐在鬼魂们的嘲笑里？所有的人都坐在自己家里，抱着美丽的妻子或心爱的儿女，喝着热热的茶水，欢笑着听雨声。谁都不会想到世上还有一个我，不会想到我这个森林云游僧，独自忍受这一切痛苦！

默默地坐着聆听心声，眼前浮起一幕幻象——

许多具尸体环绕着我，它们在渐渐分解腐烂，或被烧成一堆骨头。我无法去触碰它们，因为只要一接触它们，我的身体也会腐烂。但这是无法避免的命运，相比较这些消失于"无"

的人们，我这个在"有"中承受苦难的人，至少能够思考这些问题。虽然我现在无法得到答案，但只需要思考就足够了，大雨反而让我的心平静了下来。

旷野中的风雨，也驱散了墓地的鬼魂。仍然只剩下我一个，独自面对所有的寒冷与饥饿。但此时的我并没有被世界遗弃的感觉，恰恰相反，我感到心底充满了温暖，自己在拥抱整个世界！

观想自身如坟场……

当你升华至如此境界，你对尸体和他人死亡的观察，将转化为对自己生死的审视，直至你可以全然了解自我。

诚如阿姜布瓦所说："外在的坟场会逐渐地不再那么必要，因为我们的内心已系在这个核心上，不再需要依赖任何外在的东西。我们要观想自己的身体，看它就像外在的坟场一样，不论生前或死后。我们可以从每个角度来与外在作比较，问题便会自然地从心中消失。"

（作者注：上文对生命与死亡的思考，参考了卡玛拉·堤雅瓦妮特的著作《森林回忆录》）

玉灵每次读到这一段，都会想起小时候在村子里，偷看大人们火化死者的场景。她同样体会到阿姜龙在笔记簿中所写的第一次与尸体独处的感受，在森林中忍受恐惧与痛苦，好像灵魂们都在身边哭泣，倾诉所有的苦难。

而在沉睡之城的子夜，重新阅读这段文字，玉灵心里却有不一样的感受，也已渐渐明白了几分。

"观想自身如坟场……"

就在她轻声念出这句话的同时，楼下响起一阵野兽的狂吠！

是小枝养的那条狼狗的吠声，它又来寻找主人了。阵阵犬吠震动着屋子，没有一个人不被它吵醒。玉灵赶紧合上笔记簿，走到窗边看着黑暗的院落。

一切都是模糊的，只有来自荒野的呼唤是那么清晰。

凌晨，2点。
阁楼。

没有灯，也没有月光，天窗外一团漆黑，只有小枝均匀的呼吸声。

她已经睡熟了，躺在顶顶为她准备的席子上，还盖着一条毯子。

叶萧和顶顶坐在旁边，就像守护着自己的妹妹。黑暗中什么都看不清，他们有些尴尬地彼此相对，不知该怎样度过这长夜。倒是很羡慕小枝想笑就笑想睡就睡，似乎一切忧虑都是留给别人的。

三个小时前，叶萧与小枝爬到屋顶上，数完星星聊完雪儿，叶萧已感到浑身虚脱，再聊就要从屋脊上摔下去了。他们从天窗爬回了阁楼，似乎还带回了屋外的月光，顶顶已经等了许久，强压着郁闷的心情。

他们必须要保护好小枝，不能让楼下的童建国等人进来，只能暂时在小阁楼里过夜了。小枝在席子上很快睡着了，就连子夜时分狼狗的狂吠，也只是让她摇了摇头，便又睡去了。叶萧和顶顶也不敢说话，生怕会吵醒她的好梦。

终于，叶萧实在撑不住了，他对着顶顶耳语道："有什么办法让人坐着睡着？"

"也许——催眠？"顶顶同样也用气声回答。

叶萧轻轻打开阁楼的门，拉着顶顶出去说："我们可以在外面谈谈。"

他们走到三楼的露台上，现在不用担心吵醒小枝了，又能同时监视着阁楼门。顶顶披上一件旧衣服，抵御着凌晨山区的冷风。叶萧不想再看星星了，揉着疲惫的眼睛说："给我催眠吧！"

"什么？"

"我说给我催眠吧，我需要深度的睡眠！就像你让小枝回忆起一百年前，说出自己是阿鲁特小枝那样。我不需要回忆那么多年，只要回忆几十天就可以了。"叶萧盯着她的眼睛，仿佛重病患者乞求着医生，"顶顶，你能明白我的处境吗？我的记忆断裂了，缺失了一小块，而这缺失的部分对我至关重要，我必须把记忆重新连接起来。"

"所以你想让我给你催眠？"

叶萧着急地点了点头："是的，我相信你能够做到的。"

"这——"顶顶犹豫地看了看四周，确信不会被其他人听到，低声说，"就在这里吗？"

"没错，快！"

"可我从来没有在露天环境中做过催眠。"

"想象这天空是屋顶，这栏杆是墙壁。现在灯都已经关了，只剩下两点烛光，就是你的眼睛。"

顶顶靠近了他的脸，睁大双眼，目光穿越千年的尘封，在黑夜中熠熠生辉。

她的声音也渐渐变了，仿佛具有非凡的穿透力，钻入叶萧耳膜："你在自我催眠吗？"

"也许。"

"你缺失的记忆是什么？"

就像带有密码的电波，顶顶的声音阵阵发出，环绕着敞开的"露台密室"，被催眠者宛如坐在幽深的井底。

"我不知道自己为什么来泰国旅游，也不知道旅行团在 9 月 24 日 11 时前发生过什么。从大概一个月前到我们离开清迈的那个上午，我的记忆完全是空白的。"

他一字一顿地说出这些，与平时说话的声音完全不一样。顶顶紧咬着嘴唇，努力保持着镇定，她还从未尝试过用催眠治疗失忆。

"好了，你会记起来的，看着我的眼睛——看着我的眼睛——看着我的眼睛——"

这声音反复涤荡着叶萧的大脑，似乎在擦去记忆中的尘埃，让模糊的世界变得清晰起来。

"距离你记忆最近的地方是清迈。"

"清迈？"他已看不清顶顶的双眼，眼前只剩下两点烛光，"我不记得自己到过清迈……"

"不，你到过，你再想一想，我们住在清迈的兰那酒店，还记得那个酒店的名字吗？"

顶顶清晰而缓慢地吐出的每个字，让叶萧进入了深度的催眠状态。

"兰那？我好像记得这两个字，有微笑的少女和人妖。"

他果然想起来了，顶顶保持着说话的节奏，乘胜直追："9 月 24 日上午，我们从清迈的兰那酒店出发，前往兰那王陵，结果在路上发生意外，误入了沉睡之城。"

"那么前一天晚上呢？"

"9 月 23 日的晚上，我们旅行团去清迈逛夜市了。"

"夜市？"叶萧拧起眉毛，记忆的缺口开始渐渐得到填补，那些流走的水分倒灌回来，滋润着已经干枯的井底，"是的，我看到了，我看到了我自己，我和孙子楚还有其他人，也包括你在内，我们走在清迈的夜市——"

夜市，仍然喧闹的子夜。熙熙攘攘的人流，包括不同肤色的各种人：有欧美人，也有日本人，还有这群来自中国的人们。耳边叫卖声此起彼伏，小女孩们挤到他面前卖着兰花，街边的小摊上摆满了木雕，偶尔还有人悄悄贩卖违禁品。不远处有女子在唱歌，虽然听不懂歌词，但那南国之音婉转动人，抑扬顿挫，如泣如诉，竟在汹涌的人潮之中，微微勾起叶萧的一怀愁绪。

又一群游客挤来，冲散了叶萧和孙子楚，他觉得自己就像孤独的船，在夜市中随波逐流，只想被放逐到一个安静的角落。但耳边仍一片嘈杂，四周全是陌生的脸庞，还有卖春的女子拉扯他的衣服，他厌恶地奋力甩开她的手。就在他回头寻找同伴时，眼前的人群中掠过一张面孔——如针般深深扎进了他的瞳孔中。

那张曾经熟悉却又尘封了多年的面孔，无数次在他梦中出现的面孔，刹那间在许多张面孔中清晰生动起来，这清迈的午夜是否是灵魂的轮回之所？

他看到了雪儿。

叶萧用力揉了揉眼睛，那张脸分明就是雪儿的！尤其是那双眼睛，无论隔了多少年他都不会忘记。在一群清迈本地人中，她显得与众不同，似乎多年来没有改变过，仍然是在公安大学读书时的样子。而他却已经变化了许多，再也不是那个懵懂的毛头小伙子了，岁月让他变得成熟而忧郁。

他浑身打着冷战。难道这么多年来都是一场梦？他们从来都没有分开过，现在梦醒后重逢在清迈？叶萧用力推开前面的人，很快来到雪儿面前，对她瞪大着眼睛，想要把她仔仔细细再看一遍。

"叶萧。"她叫出了他的名字。

如此平静。

毫无疑问，再也不用犹豫了。叶萧抓住她的肩膀，无比激动："雪儿！就是你！我的雪儿！"

但她依然只是平静地点点头。

"真是你！真是你！"

叶萧不再顾忌什么了，在热闹的夜市上流下了眼泪，将雪儿深深地拥入怀中。偶尔有人投来奇异的目光，但在泰国这又算得了什么。

某个沧桑的声音在心底歌唱——

One night in Chiang Mai

拥抱的片刻，脑子里掠过了许多许多，所有的回忆涌上来，紧张的幸福的痛苦的忧伤的……

难道当年雪儿没有死？虽然叶萧亲眼看到过她被百般折磨后的尸体，并目送她在云南被火化，但总有许多我们无法确知的事，就像这个天机的世界。

她离开叶萧的怀抱，拉着他的手向旁边走去，穿过几个卖小吃的摊点，走入一条清冷的街道。灯火辉煌的夜市被抛在身后，转眼便进入了黑暗的世界，路边全是低矮的木屋子，几乎看不到半点灯光。他们借助微弱的月光，走向藤蔓丛生的街道尽头。

没错，应该快点脱离那喧嚣的尘世，他们有太多的悄悄话要说了。

但一路上雪儿都没有说话，叶萧也只是紧紧抓着她的手，满腹的话竟不知该从何说起。只有肌肤的交流了，他温暖的体温传递到她的手心，虽然她的手依然冰凉。

抬头却是一间寺庙，破败的山门前有古老的神龛，池塘围绕着残旧的石墙。庙里点着几盏幽幽的灯，照着一片凄凉的野树杂草。

他们在池塘边停下，叶萧终于忍不住问道："这么多年你去哪里了？"

"我——在另一个世界。"

雪儿的回答依然如此冷静，嘴角还带着柔和的微笑，不由得让他更为揪心："你怎么会在这里？"

"我们都会在这里的。"

"什么？"

"这是天机——不可泄露。"

说完她把食指竖放在嘴唇上，然后转身向寺庙里走去。

叶萧抓住她的胳膊："不要走，我们还可以在一起。"

但雪儿挣脱了他，一阵神秘的雾从山门里涌出，刹那间模糊了他的视线。

"别走！"

当他冲进破败的寺庙时，却再也看不到一个人影了，残颓的屋檐下，点着一盏莲花灯。

闪烁的灯影笼罩着他的脸，一如永别的当年，不用挥一挥衣袖，也带不走一片雪花。

"不要走！"叶萧泪流满面地喊了出来。睁开眼睛却是南明的星空，微凉的夜风拂上额头，把他拉回被围困的城市。

凌晨两点半，他在三楼的露台上，对面是萨顶顶锐利的目光。

"催眠结束。"她深深吁了一口气，后背出了一层冷汗。从没在这种环境下做过催眠，好像第一次要跳海拯救将溺死的人。

"我见到了雪儿。"他大睁着眼睛，嘴唇仍然颤抖，泪痕清晰地印在脸上。

顶顶点头安抚着他，伸手抹去他的眼泪："刚才你都已经说出来了。"

"谢谢你。"叶萧的情绪稍稍平复了一些，"帮我记起了那一晚。"

"雪儿是你曾经最爱的人吗？"

"是。"叶萧说完仰起头，呼吸着数年来所有的痛楚，仿佛要将其全部吸收到体内的某个地方深藏起来。

凌晨，3点。

沉睡的别墅，万籁俱寂，灵魂小憩。

底楼的沙发上躺着童建国，除了耳朵以外全身都睡着了。但只要有轻微的风吹草动，他就会立刻跳起来拔出裤管里的手枪。

孙子楚坐在通往二楼的楼梯上，眼前一片黑暗，他却仍然牢牢地盯着虚空。已经熬了好几个钟头，瞌睡虫无数次爬上脑门，又被他残忍地掐灭。有几次实在撑不住了，他就使劲扭着自己的手，借疼痛感来保持清醒——他再也不敢睡觉了，担心自己一睡着就会梦游，说不定又干出什么可怕的事情。

当他差点坐在楼梯上睡着时，头却重重撞到了墙壁上，看来这里也坐不下去了。他强打精神站起来，悄悄走上二楼的露台，让晚风吹凉一下脑袋。

好不容易才清醒过来，身后突然响起一个清脆的女声——

"你又来了。"

这让孙子楚几乎惊倒，还以为是宅子里的女鬼出来了，回头才发现是林君如。

她穿着一件宽大的睡袍，应该是这里的女主人留下的。打开露台上的一盏小灯，她看清孙子楚熬得通红的眼睛。

他低头躲避林君如的目光，尴尬地回答："我——我没有梦游，别这么看我。"

"你怎么了？"她还是头一回如此温柔地看着孙子楚，强迫他把头抬起来，"哎呀，你的脸色太糟糕了，眼睛里都是血丝，不会一直没睡吧？"

"我不敢睡。"

林君如摇摇头说："我知道你不睡觉的原因，但是你不能这样折磨自己。"

"你怎么变得这么会关心人了？"

除了孙子楚，旅行团里就数林君如最伶牙俐齿了，旅途中也是他们两个打嘴仗最多，好像是一对天生的欢喜冤家。

"我变了吗？我本来就很会关心人嘛。"林君如也没意识到自己的变化，只能硬撑着给自己辩护。

"也许吧。"孙子楚无奈地苦笑了一下，现在自己还有什么资格去评价别人呢？

"你在怀疑自己？"

"是的，我感觉我快要崩溃了，我甚至搞不清自己究竟是谁。"他觉得再也没有必要隐瞒了，索性都说出来吧，"也许是个魔鬼。"

"每个人都是。"林君如回答得很淡然。

"什么？"

"有的人躺着梦游，有的人站着梦游，不管是不是魔鬼，实质都是一样的。"

他长叹了一声："但躺着梦游不会伤害别人。"

"睡着的时候不会，但醒来的时候会，甚至还会伤害得更深。"林君如说完，微笑了一下，轻轻拍了拍孙子楚的肩膀，就好像他们是多年的老朋友。

"谢谢你的安慰。"他竟然有些害羞了，原先绷紧的神经也放松下来，抬头望着古今无不同的月亮，"我不知道自己在梦游时做过什么，连自己都不知道的秘密，谁能解开呢？"

"自己都不知道的秘密？至少我知道自己的秘密。"

孙子楚好奇地靠近她的眼睛："你的秘密？"

"好吧，我可以告诉你，其实我的父亲就出生在金三角。"

"啊，难道是——"

"我想你猜对了。"林君如靠在栏杆上，看着月亮淡淡地说，"在我台北的户籍本上，籍贯一栏填的是浙江宁波。我的爷爷是国民革命军军官，五十多年前败退到东南亚，在金三角扎根下来。"

"果然是这样啊。"

"我的父亲就出生在这附近的某个地方，他从小在金三角长大，长大后也成了一名军人。三十年前，他独自离开这里，经曼谷去了台北，并保留了原来的军职。他在台北认识了我的妈妈，后来就有了我。"

此刻，孙子楚已全无睡意了："这就是你参加这次泰国旅行团的原因？"

"有一点点这个原因吧。爸爸从没有说过他年轻时的经历，好像那二十多年什么都没有发生过。但我看到过他身上的伤疤，至今还有一块弹片藏在他的大腿里，每到阴雨天就会疼痛难忍。"她也轻松了许多，与孙子楚靠得如此之近，几乎在交换着呼吸，"呵呵，就这些了。"

"有时候我在想，这个世界有太多秘密了，我们真的要全部弄清楚吗？"

"不需要吧。"

"是啊，我的毛病就是太较真儿，太想什么都得到答案。"

孙子楚悄悄抓住了她的手，她甩了一下却没有甩掉，他反而抓得更紧了。她的心跳疾速加快，脸颊也泛起了绯红。

身后就是露台的栏杆，她已经无路可退了，低头羞涩地问："你是认真的吗？"

"我们还有选择吗？"

第九章 亡命空城

2006 年 9 月 30 日，凌晨 5 点 19 分。

天窗外仍然是一片紫色，漆黑的小阁楼里寂静无声。小枝仍然在睡梦之中，不知梦回大清还是荒村。顶顶靠在墙边睡着了，身上盖着一件大衣，这是叶萧在一个大纸箱里找到的。

刚刚关上一盏小台灯，叶萧一夜未眠，手里拿着一本薄薄的书——《马潜龙传》。

几小时前，他和顶顶从露台回到阁楼。顶顶把这本《马潜龙传》塞到他手里，告诉他这本书里记录着南明城的历史。

于是，在小枝与顶顶都睡着以后，叶萧独自开着一盏台灯，用两个多钟头读完了全书。假设这本书里的内容是真实的，那么至少到 2000 年为止，南明城的历史已一目了然。让他不胜唏嘘的是，一座城市的兴衰荣辱，完全寄托于马潜龙一个人身上，实在是非常奇特也非常危险的事。

可惜，这本书是 2000 年出版的，作者没有预测五年后会发生什么。现在真正的谜团是，在 2005 年的夏天，那个传说中的"空城之夜"，南明城到底发生过什么，最终导致全城几乎空无一人，成为一座封闭的沉睡之城？

至于小枝自我陈述的离奇身世（或者说是神话），叶萧就更加无从考证了。

他疲倦地站起来，眼皮重得像沙袋，这狭小的阁楼几乎让人窒息，他轻轻推开门走出去，来到三楼的露台上。

深呼吸，再来一个深呼吸。在黎明前紫色的天空下，叶萧大力伸展着身体，似乎每一根骨头都咯吱作响。

突然，身后有一阵脚步声，他警觉地回过头来，却看到一头长发的钱莫争。

"你上来干吗？"叶萧小心提防着走向他，不想让他靠近小阁楼。

"你起得这么早啊！"钱莫争的神色有些怪异，"我有个重要的发现要告诉你。"

他有些尴尬地回答："一宿没睡呢，说吧。"

"快跟我去二楼看看。"

"什么？"叶萧警觉地盯着他身后，担心这是他们的调虎离山之计。

"快点吧。"钱莫争硬是把他拉了下去，来到二楼的书房里，他刚在这里睡了一晚。拉开书架最底下的抽屉，里面是一本厚厚的相册。

翻开相册的第一页，便是一家三口的合影——背景正是这栋别墅，一对四十多岁的夫妇，中间是一个十八九岁的女孩。

灯光照亮了美丽女孩的笑容，叶萧对着照片瞪大了眼睛，因为那正是小枝的脸。

照片里的人是小枝！

虽然要比现在更小一些，但那脸形和眼神却丝毫未变，加上她身上独有的气质，绝对不会是第二个人。

再看照片里的中年夫妇（假定就是夫妇吧，从两人合影的姿势和表情来看，八九不离十了），小枝的相貌与他们十分相似，尤其是像那个男的，他年轻时应该很英俊。

照片下面印着拍摄时间：2004/9/19。

"是她的父母？"叶萧下意识问道。

钱莫争点头翻到下一页照片。是在底楼的厨房拍摄的，小枝看起来只有十五六岁，头顶还翘着一个小辫子，穿着一件红白条纹的小背心，手里端着一个小锅，好像在煎鸡蛋。她要比现在胖一些，脸上还长着两颗青春痘，正对着镜头笑得无比灿烂。

下一张是在三楼卧室拍的，明显是在女孩自己的闺房。小枝大约十七八岁的样子，手里抱着一个猫咪靠垫，身边还堆了许多漫画书。她故意做了一个鬼脸，穿着一件很洛可可的衣服，好像是在 Cosplay 一个日本动画片。

再下张是双人的合影，小枝和第一张照片里的中年女子，看起来应该是母女关系，她们两个坐在露台上，手搭着彼此的肩膀。然后又是夫妻的合影，是抓拍的镜头，他们正在院子里栽种竹子，其乐融融的家庭生活。

然后是在院门口拍的照片，小枝搂着一条黑色的大狼狗——正是那条让大家胆战心惊的"天神"，它在小枝的怀中却温驯得像金毛。

后面还有张照片是在客厅拍的，小枝怀中抱的却是一只猫，那只让叶萧神魂颠倒的白猫！又是那宝石般的双眼，雪白的身体，有火红色斑点的尾巴，原来它也是这一家的宠物。

下一张照片更清楚了，是小枝父母在后院的合影，旁边停着他们家的小轿车，主人左边蹲着那条大狼狗，精灵般的白猫站在汽车上。这家人养了一条大狼狗一只小白猫，真是少见的宠物组合。

后面还有大量的照片，有些是小枝更小的时候拍的，比如扎着羊角辫的小姑娘，虽然看来不过七八岁，但那眼睛和鼻子分明就是个美人坯子，一眼就可以想象到如今的小枝。有些照片背景是南明城中心的大广场，在那宫殿般的建筑前面，童年的她熟练地摆着Pose，俨然有童星的风范。

"现在你该明白了吧，我干吗要那么着急地上去找你。"

叶萧的嘴唇有些颤抖："谢谢你的发现。"

"太明显不过了，这是小枝的家庭相册，我翻箱倒柜了整整一夜，终于在抽屉的最底下，发现了这本相册。她就是在这栋房子里长大的，那只猫和那条狗，都是她家养的宠物。这就是她过去的家，我们被引到这栋房子里，也完全是她的一手策划！"

"这——"他的脑子完全乱了，面对咄咄逼人的钱莫争，不知道该再说什么了。

"叶萧，你不能再包庇她了，我不管你和小枝是什么关系，但你必须把她交给我们。事实证明，她就是对我们最大的威胁，这是一个阴谋！"

这一声声催促都如子弹，纷纷射入叶萧的心脏。他强忍痛楚翻到相册的最后一页，背景却是罗刹之国的大金字塔，小枝的爸爸穿着特殊的工作服，戴着鸭舌帽，左手拿着什么工具，右手举起做出V字。他身后还有几个穿着工作服的人，围绕着几座古老的佛像，正上方的五座宝塔，正庄严地看着他们。

叶萧的目光又落到写字台上，那上面有本厚厚的《亚洲考古年鉴》，他随后重重地合上相册，低头沉闷地说："你能不能让我冷静一下。"

2006 年 9 月 30 日，清晨。

"天机"的故事进入了第七天。

没等钱莫争回答，叶萧就迅速冲出书房，他仍担心会有人趁隙上去。回到三楼，天色已经微明，外头响起晨鸟的鸣叫。他心情郁闷地来到阁楼门口，小门却突然打开了。

"小枝？"他睁大了眼睛，几乎已认不出眼前的人。

昨晚还是一袭白裙，今晨却换成了一身学校制服——不，根本就是日本学生装！黑色的双排扣制服，漂亮的红黑格子领带，白色的衬衫，故意撩短的黑色裙子，还有白色的大象袜套。

这从上到下的整套装备，有许多小女生喜欢收藏，也有许多猥琐的成人喜欢借此意淫。加上青春的脸庞与酷酷的眼神，小枝好像刚从日本校园电影里走出来。

"不好看吗？"她微微翘起嘴角，骄傲地拉了拉小领带，走到清晨湿润的露台上。

"只是……只是……太意外了……"叶萧被她的装扮震住了，难道她的阴谋就是 Cosplay 吗？他也跟到了露台上，"这是哪里来的衣服啊？"

"阁楼里有个纸箱子，里面有许多这种衣服。"穿制服的小枝笑了一下，靠在栏杆上摆了个 Pose，"要是现在有照相机就好了啊。"

叶萧低头苦笑了一下："顶顶呢？"

"她还在阁楼里睡着呢。"

在沉睡之城的清晨，东方的天空正渐渐泛明。小枝把头探出栏杆，呼吸着树木的芬芳，好像回到了学生时代。而这身制服又充满诱惑，尤其是那撩高的短裙，欲遮还露地刺激着叶萧。

也许是彻夜未眠的缘故，叶萧面对"制服小枝"有些头晕，他回头看了看楼梯，随时防范会有人上来。他深呼吸了几下，却仍然在犹豫，不知道该怎么说出来。

"你要和我说什么？"倒是小枝先问他了。

叶萧只能淡淡地回答："刚才，我看到了你家的相册。"

沉默，十秒钟。

她拧起眉头，咬着嘴唇说："全都看到了吗？"

"是的，整本相册里的全部照片。"

"在哪里看到的。"

"二楼的书房，书架底下的抽屉里。"

小枝轻叹了一声："我以为把家里所有的照片都销毁了，没想到还是漏了爸爸的书架，他居然把一本相册放在那底下，我真服他了！"

"这里就是你的家，你从小就在这里长大，那只白猫和那条狼狗，都是你家养的宠物！是不是？"

"是的。"

叶萧难过地摇着头："为什么？你为什么要骗我？欧阳小枝？大海与墓地间的荒村？阿鲁特小枝？同治的皇后？荒诞！太荒诞了吧！"

"对不起。"穿着日本校服的她低着头，像犯了错的小学生，"我承认，这一切都是我编造出来的，我欺骗了你们。"

"全是假的！假的！你简直可以去写小说了！"

叶萧抬头看着天空。

他拼死保护的究竟是谁？是一个不幸而无辜的女孩，还是一个用心险恶的女魔头？

"我——请原谅我。"她的喉咙有些干涩，缓缓靠近叶萧，制服的裙摆几乎擦着他，晨光里楚楚可人的女孩，似乎是"被侮辱与被损害的人"。

但叶萧却面带厌恶地躲开了："你还想告诉我什么？继续编造一个新的故事？"

"你讨厌我了？"小枝伸手抓住他的胳膊，但又被他甩开了。

"别用这种语气和我说话。"

"你会需要我的，因为只有我才知道南明城的秘密。"

"先回到阁楼里去吧，你在这里会很危险的。"他陪着小枝回到阁楼门口，并在她耳边轻声道，"至于你究竟是谁，为什么会出现在这里，我相信你会告诉我的。"

"也许吧。"

她回到狭小的阁楼，晨曦透过天窗射到她脸上，这穿着制服的洛丽塔。

清晨，7点。

童建国走出二楼的书房，他的脸色分外凝重，刚才钱莫争给他看了相册，更明白无疑地戳穿了小枝的身份。他快步走下楼梯，双拳紧紧地握起来，后悔昨晚怎么没把叶萧摆平。钱莫争也迅速跟了下来，两个男人坐在沙发上沉默了半晌。

"毫无疑问，她是个骗子！"

"也许小枝这个名字也是假的。"钱莫争又把长发放了下来，"从头到尾她都在骗我们。"

"现在，她把我们骗到她家里，如果不是有什么阴谋的话，为什么一开始不告诉我们呢？显然这栋房子是个陷阱，我们已经成了她的猎物。"

"是，从我们闯入南明城的第一天，我就感到四处都非常蹊跷，直觉告诉我会有一个巨大的阴谋。"

童建国霍地从沙发上站起来："最可恨的是叶萧！他完全被女人迷住了，我不会饶了他们的。"

几乎同时，楼梯口传来一个清脆的女声："你不会饶了谁？"

原来是林君如和秋秋走下了楼梯，童建国转头尴尬地说："没什么。"

秋秋揉着眼睛走到钱莫争面前，像女儿对父亲那样说："我饿了。"

"我们快吃早餐吧！"

十分钟后，孙子楚、伊莲娜和玉灵都走下楼梯，几个女生聚在厨房，但实在是没什么可吃的，全是些真空包装的食品，打开液化气在油锅里过了一下，便端上餐桌开吃了。这是他们在这栋房子里的第二顿早餐。

童建国烦躁地望着天花板说："叶萧他们怎么还不下来？"

"显然是不敢，谁知道他和小枝还有顶顶在干什么！"伊莲娜受罪一样嚼着食物，没有牛奶和咖啡的早餐让她味同嚼蜡。

"我们很好。"突然，客厅里响起叶萧的声音。

所有人顿时沉默了，伊莲娜嘴里的东西差点掉了出来，她赶紧低头不敢再说话了。

虽然一宿未睡，但不知为何已恢复了精神，叶萧大步走到餐厅里，毫不畏惧地看着童建国的眼睛。

"昨晚怎么样？"童建国冷冷地问道。

"与你无关。"他的回答颇有气势，随手从餐桌上拿了些食物，又拎上一大桶水，看来是要把早餐带上三楼。

"叶萧，请不要再执迷不悟了！"钱莫争实在看不下去了，站到他面前说，"你都已经看到那些照片了，你明白小枝是什么角色。"

"对不起，这个问题我会解决的，不用你们操心。"

"但这牵涉到我们所有人的生命，请你对我们大家负责！"钱莫争的话说得很重。

但叶萧重重地推开了他，抓着食物边走边说："小枝是我和顶顶带回来的，不管她是天使还是魔鬼，都由我和顶顶来负全部的责任。拜托大家给我一些时间，我一定会查个水落石出的。"他说完就径直走上了楼梯。

钱莫争向他大吼道："没有时间了，我们一分钟都不能等！"

但叶萧根本没有回头，自顾走上楼梯。餐厅又恢复了沉默，只有孙子楚在闷头吃着，童建国悄悄把手垂到裤脚管，摸了摸那个硬硬的铁家伙。

这顿糟糕的早餐持续了十多分钟，秋秋第一个站起来说："我吃不下了。"

她刚往外走了几步，便摇摇晃晃地摔倒在了地上。钱莫争心里猛地一揪，紧张地把女儿扶起来，大声呼喊着"秋秋"，并把她抱到了沙发上。

十五岁的少女面色苍白，眉头紧蹙，好不容易才缓过一口气来。玉灵和林君如也围了过来，她们怀疑女孩是不是来了月事，赶紧端来热水给她喝下。

但从女儿的脸色分析，钱莫争觉得是营养不良导致的。这几天在南明城里吃的全都是真空包装的食物，有黄宛然在的时候还好一些，她死后的两天便更惨了。每个人都需要补充各种营养，在没有新鲜食物的情况下，发生昏迷等情况也在所难免。

果然，秋秋睁开眼睛的第一句话是："鱼……鱼……我要吃鱼……"

这女孩平时最喜欢吃的就是鱼，但自从被困南明城以来，她已经七天没有吃过鱼了。

钱莫争低头对她耳语道："乖，爸爸这就给你钓鱼回来吃！"他抚摸了一下秋秋的头发，便站起来对玉灵说："请务必照顾好秋秋，一定要等我回来。"

这些举动让大家都很奇怪，为什么他对秋秋这么好？谁都不会想到他就是秋秋的亲生父亲。

接着，他去厨房找了一把锋利的刀子，藏进贴身的小包里面，稍做准备便要出门了。

"你去哪里？"童建国立刻叫住了他。

"我去钓鱼！"钱莫争打开底楼的房门，那架势就像《第一滴血》里将出征的兰勃，"秋秋还是个孩子，她必须要补充一些营养，否则身体支撑不下去。"

"你疯了吗？在沉睡之城钓鱼？"

他冷静地摇摇头说："我没疯，我知道哪里能钓到鱼。"

"该死的，我还需要你呢。"童建国追到门口喊道，"你不知道外面有多危险吗？"

"为了秋秋，再大的危险都不算什么。"钱莫争不再和他啰唆了，快步冲出院子，来到外面的小巷中。

这几天来在南明城的探险，已使他初步了解了街道的布局，凭借常年在世界各国旅行养成的良好的方向感，他很快找到往北的方向，踏上那条叫"中山路"的大街，那里有一家户外用品商店，几天前路过时他还特意进去看了看，记得里面有钓鱼的装备。

果然在店里找到了专业钓竿，还有全套的渔具。带着全副武装的钓鱼装备，走在空无一人的南明城，钱莫争觉得自己正在变成一个合格的父亲。

南国的太阳又出来了，偌大的城市静如坟场，只剩下他自己的影子在移动。钱莫争牢记着最主要的几条街，一路走到了城市的中部。

终于，他看到了溪流。

地图上标明了这条小河，从城市东缘的水库流下来，从中部横穿整个南明城，从西面出城流向黑水潭。

但小河被城市建筑遮挡了，许多大桥直接从水面跨过，旅行团的其他人都没有注意到这里。钱莫争迅速来到水边，仔细观察周围的环境，这里的水流相对平缓，从城市中心流过却异常清澈，可以看到许多水草，还有一些游动的鱼儿。他相信这里没有被污染过，水库就是最好的例子。他选择了一个合适的地方坐下，把线饵扔进水里。

一天到晚游泳的鱼儿，在沉睡之城沉寂了一年，终于将见到第一个鱼钩，并葬送在人类的手中。

　　究竟谁将葬送在谁的手中？

　　上午，8点。

　　难得的阳光洒入房间。玉灵和林君如在客厅照顾着秋秋。十五岁的女孩已经没事了，她在等待钱莫争钓鱼归来。孙子楚回到二楼的书房，那里有他熟悉的历史专业书。童建国和伊莲娜在餐厅里傻坐了半晌。

　　"你愿意帮我吗？"童建国冷不防地冒出一句话。

　　美国女孩只感到后背一凉："你，什么意思？"

　　"其实不是帮我，而是帮我们所有人——我要你去把叶萧从阁楼里引出来，然后我趁机把他给制伏，你再把小枝锁在里面。这样我们就能从她的口中，知道这座城市的秘密了！"

　　伊莲娜嘴唇微微发颤："你要绑架他们？"

　　"没错，必须采取这个措施，我们没有时间了！"

　　"你有成功的把握吗？"

　　"有！"说完他从裤脚管里掏出了那把手枪，黑洞洞的枪口对准天花板，仿佛要向三楼的叶萧射击。

　　"God，你真的要这么做？"

　　"放心吧，我不会伤害任何人的。"童建国又把手枪塞回了裤脚管，以免被客厅里的人们看到，"跟我上去吧！"

　　他不动声色地走出餐厅，轻轻踏上楼梯，没有惊动林君如和玉灵。伊莲娜不由自主地跟着他，低头怕被别人发现自己惊慌的神色。

　　两人悄然走到三楼，并没有什么特别迹象。童建国断定叶萧、顶顶、小枝三人还在小阁楼内，他闪身躲到阁楼的木门一侧，然后打手势让伊莲娜敲门。

　　伊莲娜屏着呼吸，双脚颤抖着走近门前，转头看看藏身门侧的童建国，只看到一张沉默的老男人的脸。

　　停顿了几乎半分钟，手指终于敲到了木门上。

　　沉闷的声波穿透了木板，回荡在阁楼狭小的空间内。

　　门后——三个人同时警觉起来。因为夜里没充分休息，吃完早饭后，他们又小憩了片刻。顶顶第一个揉着眼睛，推了推坐倒在墙底的叶萧。

接着是穿着日本学生制服的小枝，她躲到了阁楼的角落里。

刚刚小憩了片刻就被吵醒的叶萧浑身疲倦，耳边却依然是恍惚的敲门声。顶顶又连推了几下，他才彻底清醒了过来，紧张地贴在门后喊道："谁？"

"是我，伊莲娜，楼下出事了，你快点下来看看！"

叶萧刚要打开房门，却又皱起眉头问道："是谁出事了？"

"孙子楚！他要自杀了！"

这句话立刻击中了叶萧的心，孙子楚是他在旅行团里唯一的好朋友，他早就看出孙子楚近两天有问题，尤其是昨天的反常表现，更让他对那家伙非常担心。

叶萧呼地拉开房门，只看到伊莲娜一个人站在门外，一时着急也没有注意到她的表情。他刚刚踏出阁楼，便感到旁边一阵冷风袭来，再怎么迅速闪躲都来不及了，只感到一记重拳打在头上。刹那间眼前昏天黑地，整个脑子像被悬在空中剧烈摇晃，随后沉沉地撞到了地面上。

伊莲娜先是吓得尖叫了一声，又再次关紧了阁楼房门，以防小枝她们逃出去。童建国迅速单腿下跪，用膝盖顶在叶萧的背上，使他趴在地面无法动弹，并将他的胳膊反拧过来，喘着粗气道："对不起了！我必须要这么做！"

大脑如同浸入冰水中，叶萧的脸贴着地面，鼻梁被挤得火辣辣地疼，艰难地发出声音来："放开我！"

"这全是你咎由自取，怪不得别人。"童建国继续死死地顶着他的后背，冷笑了一声，"放心吧，我会好好审问小枝的。"

说着他从外套口袋里取出昨晚就已准备好的尼龙绳。他将叶萧的双臂反过来，刚把尼龙绳套上去，叶萧突然奋力仰起头，用后脑勺撞向他低下的前额。

头骨与头骨的碰撞。

童建国只感到额头几乎裂开，立刻摔倒在地上。叶萧终于艰难地爬起来，毕竟他的脑袋被撞击了两次！

但转眼之间，童建国就从裤管里掏出了手枪。叶萧赶紧拉开阁楼的房门，在童建国开枪之前逃了进去。

他刚刚关上阁楼门，门外便传来一声清脆的枪声。

童建国居然又向他开枪了！

顶顶和小枝都躲在阁楼的角落里，叶萧的脑袋仍然昏昏沉沉，他搬了一些旧家具，拼命顶住阁楼的小木门。

"你又流血了！"顶顶抓住叶萧的胳膊，掏出手帕来擦着他头上的血迹，"我们该怎么办？"

还没等他回答，木门就咚咚作响，原来童建国开始踹门了，老游击队员如愤怒的公牛，顶在门后的破烂家具眼看就要散架了。

对方手里有一把枪。赤手空拳的叶萧不想和他搏命，而且子弹出了膛就不长眼睛，很可能会伤害到顶顶和小枝。

就当他决定逃跑时，小枝也冲到天窗下面，指着那束射下的阳光说："从这里走吧！"

他们又像昨晚那样，叶萧推开天窗先爬出去，再把小枝拉了上来。他趴在屋顶上向阁楼里伸手，顶顶却摇摇头说："你们快点走吧，我留在这里和他们周旋！我不会有事的，放心吧！"

"一起走！"

"人越多就越跑不远，你们快走吧，别管我。"

叶萧的手颤抖了几下，只听到下面的木门破碎声，童建国已经冲进来了。他只能把头退出天窗，又把它重新牢牢地关紧，心底默念了两个字：保重。

独自留在阁楼里的顶顶，只见木门被踹成几块，那些旧家具也支离破碎，童建国浑身木屑气势汹汹地冲了进来。

这凶神恶煞的男子，举着手枪对准前方，自天窗射入的光束，正好照亮顶顶的脸庞。

眼角余光扫了扫阁楼两边，他狐疑地问道："他们两个人呢？"

"消失了，他们消失了。"顶顶回答得异常镇定，表情恢复了佛像般的肃穆，面对黑洞洞的枪口毫无畏惧。

"胡说八道，到底是怎么回事？"童建国对着顶顶大发雷霆，颤抖的手指随时准备扣动扳机。

突然，阁楼顶上传来"咯噔"一声，他再看天窗便全都明白了，骂出一句"该死"，便打开天窗爬了上去。

沉睡之城的太阳洒在倾斜的屋顶上，叶萧和小枝正想方设法从屋顶爬下去，此刻可不比昨夜面对星光的浪漫，身着日本学生制服的小枝，一脚踩碎了一块瓦片，若非叶萧紧急揽住她的小蛮腰，便要立时摔下三层楼去了。

总算找到了一根落水管,叶萧让她先爬下去,他抓着她的身体以防万一。小枝双手双脚都攀住落水管,整个人贴着外墙往下滑落。她安全地降落地面后,叶萧也赶紧抓着管子往下爬,正好看到童建国把头探出天窗。

两个男人的目光撞在一起,童建国大喝一声:"别跑!"

说话间他已完全钻出天窗,在屋顶上举起手枪,扣下扳机——

"砰!"

又一记枪声!

二楼书房里的孙子楚,惊得几乎跳了起来。几分钟前的枪声,把他从沉思中拉了出来,刚刚埋头读一本考古书,又被枪声唤醒了。

他紧张地走到窗边,只见一个影子滑了下去。他不敢再把头探出去了,退到墙边大口喘息,难道童建国要大开杀戒了?不,难以想象叶萧被打死的样子,或许小枝死在了枪口下?

孙子楚看了一眼写字台,上面有他从书架里翻出的好几本书,全是历史和考古专业的书籍,还有几本英文版的图书。他觉得这房子的主人——至少这间书房的主人,是搞历史研究或者考古专业的。

忐忑不安地打开房门,是否该去三楼看看?这时童建国和伊莲娜从楼上跑下来,两个人都像着魔的疯子,转眼就冲到了底楼。

孙子楚还在犹豫着,林君如突然跑了上来,她心急火燎地喊道:"快点跟我下去看看。"

"什么啊?"

容不得他犹豫,林君如硬生生地将他扯下楼梯。

客厅里已没有其他人,玉灵正在二楼卧室里陪着秋秋,孙子楚的胳膊都被拉痛了,嘟囔道:"你又在发神经啦。"

"找死啊!"林君如把他拉到楼梯后一个阴暗的角落里,鬼鬼祟祟地压低声音,"我有非常重要的发现!"

没等孙子楚反应过来,她打开楼梯后的一盏小灯。原来底下还暗藏着一个小柜子,颜色和外面的楼梯一样,所以很容易被忽视。柜子已经被打开了,里面放着一沓厚厚的旧报纸。她把最上面的报纸拿到孙子楚面前,报头印着四个楷体大字——

南明日报

孙子楚立即睁大了眼睛，如获至宝地将报纸捧起来，第一眼就看到了报纸的发行日期：2005年9月4日。

正好是一年以前！

应该也是南明城最后还"活"着的日子，因为自那以后全城就空无一人了。

"空城之夜"？

无数个问题涌上心头，孙子楚的额头冒出冷汗。他深呼吸了一下以镇定心情，随即把所有报纸都搬了出来。

沉睡了一年多的旧报纸，散发着重重的霉味，他费力地将其搬到客厅茶几上，抬起头喘着气说："没错，确实是非常重要的发现。"

显然这些报纸是按照时间顺序排放的，这也是一般家庭摆放旧报纸的习惯，孙子楚决定从头开始看起。于是他将所有报纸翻了个个儿，变成最早的报纸在上面，最晚的压在底下。

翻开第一张报纸，《南明日报》的报头下面，印着2005年1月1日的日期——也许那之前的报纸都被处理掉了。难道这里也有收废纸的？

如果每一张都仔细看的话，恐怕三天三夜都看不完，只能先看头版头条的新闻。2005年元旦这天的头条是《执政官元旦讲话全民"幸福指数"持续走高》，下面全部是竖排的繁体字。草草地看了一遍，所谓的执政官讲话，不过是些"今天天气哈哈哈"的表面文章，甚至连2005年南明城的发展规划和未来展望都未提一字，只是笼统地表示要带领全民走向繁荣，继续提高"幸福指数"等等。

孙子楚很快翻到1月2日的报纸，头版新闻同样无聊至极——《南明中学二十年庆典执政官到场讲话》，看来这里毕竟是小地方，这么点事情都能上头版。

于是，他又分给林君如一厚沓报纸，两个人同时看了起来，孙子楚看单月的，林君如看双月的，这样效率就高了许多。

不多久，他们把8月以前的报纸全都翻完了，只是扫扫头版头条的内容，并未发现什么特别之处。这份《南明日报》除了字体和版式像港台报纸以外，内容竟和内地的地方小报大同小异，无非是领导讲话群众欢迎，偶尔也有市议会里的激烈辩论，大体围绕着某条臭水沟的整治，或是医院里出现的非法药品等问题。

8 月 23 日，头版头条是《走入罗刹之国》。

这一条立刻抓住了孙子楚的眼球，嘴里轻轻念出"罗刹之国"四个字，那是几乎成为他坟墓的地方，近在身边却又难以琢磨。

他咬着嘴唇把头埋在文字间——

8 月 15 日至 22 日，南明文化院考古小组首次正式进入罗刹之国遗址。考古小组全面勘察了遗址，进行拍照录像等工作，并清理了部分已出土的文物。罗刹之国系八百年前之古国，围绕这一神秘文明有许多传说，一度被认为是无稽之谈，但在第二次世界大战期间，为马潜龙执政官所发现。

遗址分为外层城市、内层宫殿、大罗刹寺三部分。考古小组重点清理了大罗刹寺，这座宏伟的建筑堪称东方金字塔，顶端的五座宝塔规模之壮观更是远远超过了吴哥窟。根据考古小组负责人欧阳思华博士介绍，考古小组在 20 日获得了重大突破，他们发现了寺后的秘密甬道，并经由甬道进入大罗刹寺内部。深入大金字塔的中心，欧阳思华等人发现了一间石室，室内有一口古老的石棺，里面装着一具古代将军的遗体。

考古小组又在石室的后部发现一间极其隐蔽的密室，欧阳思华第一个进入其中。狭小的密室正中，放置着一具神秘的石匣，长宽高各为 20 厘米、10 厘米、10 厘米，表面有古印度风格的护法天王浮雕。经过谨慎的考察和测量，欧阳思华用特制的工具，缓缓打开了位于大罗刹寺最深处的石匣。

石匣里有一尊琉璃酒杯。

半透明的琉璃杯中，盛满了绿色的液体，经过八百年的沉睡仍然鲜艳如许。

欧阳思华表示，此次发掘的成果非常惊人，考古小组正在持续清理发现的文物。尤其是密室石匣中的液体，能如此完好地保存至今实在是奇迹，他们将尽快公布它的成分构成。

孙子楚看完，出了一身冷汗。那大罗刹寺里的密室，他们也曾经造访过，并发现了那个神秘石匣，只不过他们打开石匣的时候，里面却是空空如也，只有一行梵文的咒语：**踏入密室者，必死无疑！**

报道里并没有写上这句话，却告诉大家石匣里有一杯绿色液体，光这种描述就让人毛骨悚然。

报纸上登了一张欧阳思华的照片，孙子楚乍一看觉得有点眼熟，再仔细一瞧却恍然大悟了——原来书房里有一张男主人的照片，正是这张报纸上的欧阳思华博士！

这栋沉睡的别墅正是欧阳思华博士的家！

这是巧合吗？还是某个早已预设的陷阱？

冷汗出得更多了，他不想再看这天的其他报道，便从林君如手中抢过第二天的报纸。

8月24日，头版头条印着《南明未来何去何从》——

南明建城已三十年，经全体同胞之胼手胝足，我们已将这座城市建设为新的家园，未来大同世界之起点，值得全民为之自豪并自勉。但是，需要看到南明城的富饶依靠的是什么。除了我们中国人的聪明才智之外，还严重依赖着大自然赐予我们的财富——金矿。

必须要感谢前执政官马潜龙先生，虽然他已在五年前去世，但没有他就没有这笔财富的发现，也不会有今日的南明城，和我们这些漂泊异域的华夏子弟。然而，黄金是大自然的遗产，终有一天会使用殆尽，而这一天已行将到来。

我们长期封闭自己，以免受到外界的侵害——物质的侵害我们并不害怕，我们恐惧的是精神上的侵害。这也是马潜龙先生给南明城定下的规矩，所有与外界的交流，包括人员与信息的沟通，都必须严加控制。

但在这信息时代的21世纪，已没有任何信息能被阻挡在围绕南明城的大山之外了。而我们就像笼中的小鸟，虽然可以看到外面的一切，却被禁锢在这小小的监狱中！

这才是我们最大的危机！

是否有人想过，一旦我们脚下的黄金枯竭，我们还能依靠什么生存下去？越来越多的人口，越来越多的欲望，每天有无数物资运送进隧道，又有无数垃圾被运送出去，偌大的南明城不过是一间制造垃圾的工厂！除了黄金以外它还能创造什么？而黄金并不能永久属于我们！

南明城如果想要有一个灿烂的明天，唯一的办法就是对外开放。这已经是一个文明的时代了，我们并不惧怕外界的威胁，我们惧怕的是被世界遗忘，成为自生自灭的野蛮部落。桃花源只是不切实际的梦想，只是用来吸引人们好奇心的梦想。

然而，我们可以利用这个桃源之梦，招徕世界各地的游客。这将是一个绝妙而宏伟的计划，东南亚深山中的中华之城，地底的黄金诱惑，南明官殿的景观，山间水库的风光，还有城外的罗刹之国，这些才是取之不尽用之不竭的资源！

南明的人们，请敞开胸怀迎接世界，世界也会迎接我们！

看完这篇激情洋溢的文章，孙子楚感到心都有些热了，再看文章下方的署名："市议员　文振南"。

不知道这篇文章代表官方的意见，还是仅代表这位市议员的个人意见，但无论怎么看都是很有道理啊。

他又继续翻看之后几日的报纸。

阳光，冷冷地洒入客厅，旧报纸上的油墨发出暗淡的反光。

上午，8点15分。

沉睡之城，寂静别墅，屋顶之上。

气急败坏的童建国爬出天窗，正好看到叶萧在屋顶上一晃，他立刻抬起手扣动扳机——又一发子弹射出枪管，此刻叶萧已把头缩到屋檐下，子弹擦着他的头皮飞过去，近得能感受到子弹灼人的温度。

他的整个身体迅速滑下去，抓着落水管的手掌全被磨破，鲜血淋漓地掉到了底楼。还好地下是泥土，只感到屁股火辣辣地疼，还没有伤筋动骨。

小枝一把将他拉了起来，两个人互相搀扶着跑出大门。正好外面停着那辆克莱斯勒SUV，叶萧强忍着疼痛跳上车，鼓捣了足足半分钟才弄通电路，将车发动了起来。

就在克莱斯勒SUV载着他们离开时，童建国与伊莲娜已追到了大门口。童建国万万没想到这辆车居然被叶萧发动了，他还来不及再次掏出手枪，车子已将他们远远地甩开了。

"该死！"童建国凶神恶煞般咒骂道，同时又看到路边停着一辆菲亚特。没时间再撬门了，他直接从地上搬起一块大砖头，重重地砸碎了车门玻璃。

伊莲娜再次被吓得尖叫起来，童建国已拉着她坐进车里，发动了车子，猛踩油门往前追去！

在空旷的南明城街道上，菲亚特仅十几秒钟时速就已加到了八十公里。被砸碎的车窗不断灌进风来，副驾驶座上伊莲娜的头发全被吹乱了，童建国双眼布满血丝直视前方，好像在开着 F1 赛车，追赶赛道前方的舒马赫。

很快，又看到了那辆克莱斯勒 SUV，正载着叶萧和小枝亡命天涯。

童建国继续猛踩油门，同时肆无忌惮地按着喇叭。沉睡之城寂静的街道上，充斥着马达轰鸣与喇叭的警告。

前头的叶萧丝毫没有减速的迹象，克莱斯勒 SUV 连续几个急转弯，差点撞到对面的街角。菲亚特在后面紧追不舍，童建国右手把住方向盘，左手握着手枪伸出车窗，对准克莱斯勒的车尾。

"Shit！你要杀死他们吗？"坐在一边的伊莲娜已面如土色。

"不，我在拯救他们。"

童建国话音未落，枪声已经响起，子弹精确地击碎了克莱斯勒的车后窗，又钻进车顶的铁皮里。

克莱斯勒 SUV 明显摇晃了一下，但又继续往前开去，至少开车的叶萧没事。

"算你命大！"童建国咬牙切齿地继续追上去。

这简直是电影里才有的追车场面，一路穿越了大半个南明城，一直追到那条曾经繁华过的商业街上。

眼看前面是条宽阔的道路，不能再让他们跑远了，童建国再次把手伸出车窗，对准克莱斯勒 SUV 的车轮又是一枪。

"砰！"

这一枪击中了车子的左后轮胎，当场发出刺耳的爆裂声，克莱斯勒 SUV 立即失去了控制，一头撞向大街边的橱窗。

失控的车子像头史前怪兽，把整面橱窗玻璃撞得粉碎，车身也冲进橱窗后的商场，响起一片稀里哗啦的碰撞声。

可怜的新光一越广场，沉睡了一年之后又惨遭破坏。

童建国在商场门口停下了车，跳下来喊道："我不信你爆了个轮子，还能从商场里开出去！"

伊莲娜不敢一个人坐在车上，被迫跟着他跑进商场大门。底楼摆满了各种商品，柜台上闪烁着广告灯箱，假人模特上落满灰尘，到处弥漫着一股坟墓般的气息。

有一面墙已被完全破坏了，克莱斯勒SUV就停在那里。左后轮胎的爆裂使它像个瘸子，车上的玻璃全部被震碎，车身也被撞得惨不忍睹。

童建国小心翼翼地靠近它，并注意不被地下撞碎的东西绊倒。他始终平端着手枪，黑洞洞的枪口对准前车门，缓缓地喊道："叶萧！你逃不掉了！快点打开车门出来投降，把小枝交给我们来处置，否则我一枪打爆你的脑袋！"

但车里没有任何动静，童建国更加小心地走到车门前，靠在旁边打开车门，却发现里面空空如也，叶萧和小枝都不见了！

又一记重拳砸在车门上，显然车子刚刚撞进来时，他们就已经逃下了车。童建国举着枪冲到商场底楼的中央，向四面环视着喊道："你们出来啊！不要做胆小鬼！快点出来！"

突然，二楼传来什么声音，好像是某个物品掉下来了。

童建国立刻做了个冲上去的手势。自动扶梯居然还在运转，他三步并作两步跑上二楼。伊莲娜在自动扶梯前犹豫了片刻，但还是颤抖着双腿走了上去。

等她慢吞吞地由传送带送上来，早已不见了童建国的身影，只听到空旷的新光一越广场里，充满了好几个人的脚步声——是叶萧、小枝还是童建国？抑或其他幽灵？

她再也不敢快跑了，每走一步都东张西望。假人模特穿着性感的内衣，婀娜窈窕。她再往上看却立刻尖叫起来，原来那些模特全都没有头！

伊莲娜慌不择路地跑出去，却又撞倒了一排模特。那些倒在地上的"女人"，都穿着世界名牌的衣服，宛如盛装的尸体。

脚下又被绊了一下，整个人摔倒在模特身上，她感到心脏几乎要碎裂了。当伊莲娜惊恐地再爬起来，却摸到一个雄壮的"男人"，但摸到"他"的头就立刻停止了，因为这个模特的脸上没有眼睛鼻子和嘴巴——确切说是一个没有脸的模特。

她又一次尖叫着跑开。整个商场已成为一个大停尸房，这些穿着各种昂贵服装的男男女女们，宛如被禁锢灵魂的僵尸，说不定何时又会动起来——难道沉睡之城里消失的人们，全都变成了这些模特假人？

　　好不容易找到安全出口，跌跌撞撞地跑下楼梯，狭窄的逃生通道挂着一盏灯，照亮了对面一个人影。

　　肯定又是哪个该死的假人，她刚要推开那个塑料家伙，却感到对方的胸口是热的！

　　伊莲娜的双手完全僵硬了，她感觉自己也变成了僵尸，在这楼梯上看着对面的人。

　　灯光照亮了那双眼睛，来自塞纳河畔的眼睛。

　　毫无疑问，那是个大活人！

　　同时，她也喊出了对方的名字："亨利？"

第十章 空城之夜

2006 年 9 月 30 日，上午 9 点 09 分。

　　底楼的客厅，茶几上堆满了旧报纸，在密密麻麻的铅字里，埋葬着南明城的过去。

　　虽然阳光洒在孙子楚背上，他仍然感觉到这房子里的寒气，因为同伴们越来越少，整栋房子的人气也渐渐消散，很快就要被沉睡之城吞噬了。

　　这可怖的情绪促使他翻得更快。很快，他的手在 2005 年 8 月 26 日这一期停下来，这天的头版头条让人不寒而栗——《自南明建城以来闻所未闻　一夜间三处同时惊现恐怖尸体》——

　　　　昨夜八时，仁义南路上发现一具男尸。全身皮肤呈现糜烂状态，其景象不堪卒睹。发现尸体的行人当场呕吐不已。警方随即查明了死者身份，四十岁，韦姓，系市政府一名工作人员。死者平时并无特殊疾病，当天上班也无任何异常情况，下班路上却已变成一具腐尸。

　　　　昨夜九时，孝悌中路发现一具女尸，同样呈现全身糜烂状态。死者身份为文化院秘书，二十五岁，刘姓。上班时亦无任何异常状况，下班后便不知去向，直到尸体被发现。

　　　　昨夜十二时，椰林小道发现一具男尸，死亡状况与之前两例完全相同，死者身份目前尚未查明。

　　　　一夜之间，南明城内发现三具离奇死去的尸体，这是建城以来未曾有过的事件，警方正在加紧调查。

孙子楚和林君如共同看完这条新闻，同时蹙起了眉头，因为新闻所描述的死状，正与旅行团的导游小方以及屠男的死状相同！

他的手指有些发抖，翻开了第二天的报纸，8月27日的头版头条为《罗刹计划启动》——

昨日，执政官柳阳明于市政府宣布，正式启动"罗刹计划"。政府将对罗刹之国遗址进行全面的考古挖掘，并欲将其开发成亚洲最壮观的人文旅游景观，计划于一年之后正式对外开放，欢迎全世界各地的朋友前来观光消费。

自南明建城以来，政府一直没有开发遗址，也曾有人提议对罗刹之国进行考古发掘，并将其开发成为世界旅游胜地，但被前执政官马潜龙严厉拒绝。他发布命令严禁任何人踏入罗刹之国一步，甚至在必经之地黑水潭中，放养了几条巨大的鳄鱼，以保护罗刹之国免受打扰。这也正是罗刹之国遗址就在我们身边，却始终不为人知的原因。

近期，文化院考古小组已做出考古报告，对罗刹之国的历史以及遗产价值进行了全面评估，从现谱留的古代建筑及艺术珍品来估计，其文化及观光价值将远远超过吴哥窟，还有机会申请世界文化遗产。市政府又从经济角度进行评估，预测在"罗刹计划"启动并实施之后，每年至少会有一百万名游客前来参观，其中大多是欧美及东亚的高端游客。他们将带给南明城可观的外汇收入，创造数以万计的就业机会，其利润将远胜于以往南明所依赖的黄金开采。

由于"罗刹计划"将决定南明城未来的生死存亡，市议会将对此进行深入讨论，并在投票表决之后再行实施。

林君如主动翻到下一张报纸，8月28日的头版头条为《恶犬杀人黑猫夺命》——

昨晚八点，民族北路发生恶犬伤人致死事件。一户居民饲养的大型犬，在主人牵出遛的过程中，突然发狂攻击一名路人。受害人及犬主人均猝不及防，未能阻拦大犬的疯狂攻击，只能拨打电话报警求助。警察赶到也无法制伏恶犬，被迫开枪将其击毙，但受害人已血肉模糊，遍体鳞伤，送到医院即宣告不治死亡。

几乎在同一时间，五权路也发生一起野猫伤人致死事件。一名十岁女童在回家路上，忽遭路边黑色野猫攻击。在路人赶来救援之时，野猫咬破了女童的颈动脉，随后逃窜入树丛之中。女童送到医院后也宣告不治身亡。

看到这里林君如下意识地摸了摸脖子，确定自己的颈动脉还在跳动后，翻开8月29日的报纸，头版头条是《市议会第一次讨论"罗刹计划"》

昨日下午，市议会第一次讨论执政官提出的"罗刹计划"。

议员文振南首先发言，以热情洋溢的讲话，支持了执政官的决定。他认为"罗刹计划"若不立刻启动，南明就会迅速走向衰弱以至于灭亡。他的发言在赢得议员们热烈掌声的同时，也遭到了一片抗议的嘘声。

紧接着议员罗云山发言："罗刹计划"并不是救命稻草。目前虽然有了考古报告，但对遗址的认识还不明朗，对于如何开发遗址也没有调研。如果真要建设成为亚洲最有价值的旅游胜地，首先得有巨大的前期投资，以目前南明城已枯竭的黄金资源，要完成投资简直是不可能的任务。如果吸引外来资本进入的话，原本绝对封闭的南明经济能否承受？所以，在短期内开放南明城是不现实的，"罗刹计划"必须缓行。

另一位议员吕梁的意见更加极端："罗刹计划"将会毁灭马潜龙一手创建的南明城。当年南明城的建设和发展，完全得益于其封闭的环境。世界并不知晓本城的存在，与外面的交流控制在政府手中，很好地保护了全城居民。几十年来，南明已养成了桃花源般的民风，保留了许多淳朴的中华文明传统。一旦对全世界开放，就如同打开潘多拉的魔盒，邪恶的思想与习俗会腐蚀人们的精神，全城会迅速腐化堕落，变成可怕的索多玛城以至毁灭。

面对众多的非议与责难，文振南在市议会上舌战群儒：南明城不能变成温室里的花朵，继续封闭唯有死路一条。在对外开放的初期，经历阵痛在所难免，但以中国人的聪明才智，一定可以解决这些问题。

　　此次辩论持续四个小时，双方唇枪舌剑不分伯仲。"罗刹计划"最终能否施行尚不得而知。

孙子楚翻到下一张报纸，8月30日的头版头条为《血腥事件全城恐慌 人与动物剑拔弩张》——

　　昨日，是全城充满血腥的一天。据警方统计，有49位市民遭到了动物的攻击，其中32人当场死亡，10人送到医院后死亡，另有7人正在医院抢救，情况危急。攻击市民的动物有家养的犬和猫，也有野生的鸟类，甚至还有蜜蜂等昆虫，蚂蚁等环节动物。

　　全城市民都处于高度恐慌之中，有些市民自发组织起来，手持各种棍棒器械，在街头击杀猫狗等动物。有的市民无奈处死了自己心爱的宠物，也有人表示绝对不会伤害自己的宠物，即便它们对自己构成生命威胁。

　　据悉，警方已成立了专案调查组，就最近的连续死亡事件进行调查，南明科学院已介入配合。

林君如看到这儿脸色已然煞白，因为窗外正蹲着一只白色的猫。

上午，9点。
南明新光一越广场。
叶萧拉着小枝的手，迅速爬出克莱斯勒SUV。虽然身上全都是碎玻璃，但在撞入商场的一刹那，他们都把头埋到座位底下，所以并没有受什么伤。两人悄悄绕到撞坏了的柜台后面，又从逃生通道跑到了商场的二楼。

他们听到童建国在大声呼喊，那暴虐的家伙已失去了理智，加上手中的枪就是杀人魔鬼了。小枝在瑟瑟发抖，叶萧温热的手紧紧抓着她的手，并回头以眼神安慰着她。他们几乎踮着脚尖走路，在感觉到有人追上二楼时，又从一大堆假人模特后面绕到商场另一面的安全通道，从那里悄然逃回了底楼。

两个人狼狈不堪地冲出新光一越广场，忙中出错忘了开走童建国留下的菲亚特，只顾着手拉手狂奔而去。他们根本来不及停下喘气，因为身后仿佛又响起了童建国的叫喊，他在寂静的沉睡之城里声嘶力竭，长眠的幽灵们恐怕都要被唤醒了。

就像两个刚刚越狱的囚犯，小枝的学生制服已又破又烂，他们衣衫褴褛地冲过两个路口，迎面看到一条清澈的溪流。

完了！

叶萧在心底暗暗叫苦，这下子无路可逃了，不知道小枝会不会游泳？他正摇头的时候，却看到一个人坐在河岸边——钱莫争！

他的手中端着长长的钓鱼竿，身形如古时候的渔翁，身边放着一个塑料桶。

这家伙怎么会来这里钓鱼？但叶萧已来不及多想了，刚想大喊一声"救我们"，却感到一阵沉闷的震动。

地动山摇！

叶萧和小枝惊慌地向那边望去，距离钱莫争钓鱼的地方几十米外，一头长鼻子的庞然大物，悠闲优哉地踱了过来。

居然是一头大象——不，后面还跟着一头，两头，三头……

这幕景象让人心惊胆战，起码有七八头野生亚洲象，开道的是头大公象，顶着凶猛的象牙，沿着溪流向他们走来。这些大家伙每走一步，地表都会产生震动，宛如战场上驶向步兵的坦克。照理说野象只在森林中活动，不过考虑到南明城空无一人，也许这里早就是它们的乐园了。

钱莫争也看到了大象，他将钓竿从水中收起来，又把水桶挪到路边，回头却意外地看到了叶萧和小枝。

三个人面面相觑地傻站着，不知该如何应对这群大象。

在这千钧一发的关头，一声枪响划破了天空。

致命的枪声。

但三个人都没有倒下，叶萧与小枝回头望去——街道彼端是童建国魁梧的身影，他的手枪正朝向天空。

子弹，呼啸着钻出黑色枪口，撕裂沉睡之城的沉闷空气，射入空虚的云端，不知将击中哪个不幸的灵魂。

童建国的手枪又平端对准他们，大声喝道："站住！不要逃，否则就打死你们！"

原来他从商场一路追赶到此，也不顾伊莲娜到底去哪里了。正好看到叶萧与小枝两个，便立即朝天鸣枪警告他们。

致命的是他鸣枪示警时并没有看到野象群，街道拐角阻挡了他的视线，他甚至没看到钱莫争的存在。

野象们听到了枪声。

人类所发明的热兵器的声音，是动物们最最恐惧的声音，包括巨大无朋的野象们。

当子弹冲出枪口的刹那，所有的野象都心惊肉跳，粗厚皮肤下的血液熊熊燃烧起来，数百万年前的野性勃然爆发，它们沿着溪流边的狭窄小路狂奔而来。

距离象群最近的是钱莫争，他痴痴地停顿了几秒钟，直到领头的大公象冲到他身前。

"快跑！"叶萧大喝了一声，随即拉着小枝的手向另一边跑去。

象群虽然行动缓慢，但由于腿长身躯巨大，只要迈开步子跑起来，便像一辆横冲直撞的卡车。钱莫争刚回头跑了几步，大公象已撵到他的身后，他张大嘴巴想要呼喊，却感到背后一阵冷风，什么东西重重地打到身上。

那是坚韧有力的象鼻子，轻而易举地将他推倒在地。钱莫争只感到天旋地转，在接触地面的一刹那，脑中掠过女儿秋秋的影子，她仍然在等待那几条活鱼。

于是，他挣扎着要爬起来，但一只粗大的脚掌踩了下来。

那是上帝的手，力量如此巨大，任何人都难以反抗。

瞬间，钱莫争感到脊椎骨断裂了，他能清晰地听到自己骨头粉碎的声音。他仍拼尽全力要站起来，可再也使不出任何力气了，大公象将他牢牢地踩在脚底，整个背部都被踩烂了。

接着内脏也被剧烈地压迫，直到整个胸腔和腹腔化为一团血肉。钱莫争还剩下最后一点知觉，感到自己正被踩到泥土里去，此地将成为埋葬他的坟墓。他的眼睛仍然大睁着，巨大的压力，迫使眼珠掉出了眼眶，两颗黑色的眼珠滚到水桶边，鱼儿们正在水中上下游动。

虽然失去了眼球，但他仍然看到了一个人。

黄宛然。那个曾经属于他的女子。

一片黑暗的雪夜，那是香格里拉的世界。二十岁的她迎风而立，如此年轻如此迷人。有一道光打在她的脸上，照亮那双无比明亮的眼睛。

他又一次吻了她，寒冷的雪花飘落到嘴上，又被温热的双唇融化。

然而，她摇摇头转身离去，转眼消失在无边的黑夜中，再也不会回来了。

终于，他听到了自己心脏碎裂的声音。

同一时刻。

林君如看到了一双猫眼。

她恐惧地低下头看着旧报纸，仍然是那令人触目惊心的标题。等她再抬起头来时，那只神秘的白猫已无影无踪了。

"别！别再看下去了。"

"是你把我叫下来看的，现在谜底就在眼前了。"孙子楚执拗地翻到下一张《南明日报》，2005年8月31日的头版头条为《死亡源头真相大白》——

　　昨日凌晨，警方召开记者发布会，公开对引起全城恐慌的连续死亡事件以及动物伤人事件的初步调查结果。

　　专案组调取了一周以来的死亡记录，并对前几例死者的社会关系，尤其是死亡当天接触的人和事，进行了大量细致的调查工作，发现第一例神秘死亡事件，早在8月23日夜即已出现。死者系南明文化院考古组的欧阳思华博士，刚刚主持完罗刹之国考古发掘活动，在死亡前一天接受过本报的特别专访。警方迅速封闭了欧阳博士的实验室，在传讯考古小组的其他成员时，才发现这些人都已在近日神秘死亡。但文化院并未及时向警方通报，而是自行秘密处理了尸体，据说得到了高层某重要人物的指示。据悉专案组也遭到过某些高层阻挠，但由于得到了执政官的亲自关心，得以顺利开展各项工作。

　　专案组在医院找到了欧阳思华的遗体，并对其进行了全面尸检，发现他体内已充满了毒素，但法医尚无法确认为何种毒素，只能初步判定此种毒素非常危险，可通过不为人知的途径传播。鉴于欧阳思华是第一个进入大罗刹寺金字塔内部的人，警方怀疑遗址内部是否有致命的毒素。

专案组又借助专业的防护设备，对考古组遗留下来的大量文物进行了生物和化学的测定。疑点集中到一件关键文物上——从大罗刹寺的密室石匣中取出的一尊琉璃酒杯，杯中盛满了绿色的神秘液体，无法判断那是古代的酒类或是其他物质。

只有欧阳思华一人亲手接触过这个酒杯，他将酒杯带回实验室后不到四十八小时，就神秘地全身糜烂死亡了。

但专案组的发布会上，并未公布琉璃酒杯中的液体究竟为何物，也未公布欧阳思华的死是否与罗刹之国或琉璃酒杯有关。警方称正在继续深入调查，希望能够尽早控制局势，避免再次发生死亡事件。

虽然报道里没有说明酒杯里是什么，但孙子楚的心中已有了答案——蛊！

他们已到过罗刹之国最高的石室，根据壁画和铭文的记载，石匣里藏着神奇的"龙之封印"。而人们一旦打开"龙之封印"，国家就会灭亡！

八百年前，大法师打开"龙之封印"，利用其神秘的力量发动叛乱，几乎篡位夺权成功。但是，古格武士仓央的勇敢牺牲，又消灭了几乎战无不胜的大法师。国王的七位御用画师，意外发现"龙之封印"，将其送回大罗刹寺的密室，重新封闭于石匣之内。

一直沉睡到2005年8月被欧阳思华亲手打开。

所谓"龙之封印"，其实就是那尊琉璃酒杯。里面盛满的绿色液体，经过千百年都不会消失，只会经过发酵毒性越来越强烈，最终成为毁灭世界的力量！

想到这里手指都发颤了，孙子楚脑中生出无数线索，如黑夜里疯长的触须，伸向那最最可怕的坟墓。

不！

他一刀斩断了那些念头，接着看第二天的《南明日报》，9月1日的头版头条，极具莎士比亚风格，《生存还是毁灭？》——

昨日，市议会对"罗刹计划"进行了第二次辩论。

在辩论开始之前，执政官柳阳明在议会发表讲话，宣布已枯竭的南明金矿正式关闭，金矿职工将被另行安排。柳阳明又向议员们表示，他正在关注本市发生的连续死亡事件，并指示专案组要深入调查，平息事端。他还将继续推动"罗刹计划"，计划不会受到任何突发事件的影响。

但柳阳明的讲话遭到许多议员的反对，率先发言的是最年长的议员，已经八十高龄的向杰老先生忧心忡忡地说："我们应该遵循马潜龙执政官的遗愿，不得擅自打扰古人的遗产，更不得利用古人的尸骨来赚钱，否则我们与盗墓贼又有何异？"

强烈拥护"罗刹计划"的文振南议员接着发言，仍然是他一贯的观点。他相信专案组会找到办法，这起连续死亡风波定会平息。"罗刹计划"本身并没有错，在考古过程中发生意外是常有的事，不能因此而取消整个计划。

但文振南刚说到一半，就被南明城最年轻的议员张弘范赶下了台。张弘范讲话仅仅几分钟，就被一只飞起的高跟鞋砸中。市议会全场哗然，原来是女议员杨玉娟砸鞋抗议。她气势汹汹地强占讲台，强烈支持文振南及"罗刹计划"。

接着最暴力的一幕出现了，体格强壮的谢力议员冲上讲台，竟一拳将杨玉娟打倒在地。接着支持"罗刹计划"的议员们纷纷冲上来群殴谢力，而反对"罗刹计划"的议员们，也卷起袖子反施以老拳。整个市议会变成了"全武行"，支持与反对"罗刹计划"的两派议员泾渭分明，他们势同水火，拳脚相加，完全不顾颜面，几成全城人之笑柄！

林君如叹了一声："就和台北一样！"

昨天上午在南明电视台里，他们已经看过相关的录像画面。看来"罗刹计划"让南明城分裂成了两派，不知道哪一派能笑到最后。

他们翻到下一张报纸，9月2日的头版头条为《执政官发布宵禁令全城进入紧急状态》——

凌晨，执政官柳阳明发布全城宵禁令：9月2日起，每晚八点至次日凌晨五点，任何人未经批准不得走出家门，否则将被拘捕并受处罚。何时解除全城宵禁令，待市政府另行通知。同时柳阳明还宣布，鉴于不断有居民神秘死亡，动物伤人致死事件有增无减，全城居民处于恐慌情绪之中，故南明城即日起进入紧急戒严状态。

今晚，南明自卫队将上街巡逻，广大市民请配合政府工作，不要擅自出门。若有紧急情况必须出门，可事先电话通知警方，会有专人来护送市民出行。

孙子楚眉头又紧锁了起来，抓紧报纸翻到了下一张，9月3日的头版头条颇具震撼性，仅有两个大字：《政变》——

昨晚，执政官柳阳明通过电视直播向全城居民发表重要讲话。

柳阳明在镜头前面色凝重地表示：目前全城局势已恶化到了极其严重的地步。自从8月下旬发现了第一个神秘死者，越来越多的人死于非命，也有许多动物发狂攻击人类致死的事件发生。虽然市政府成立了专案组，并找到了死亡事件的起因，但死亡事件没能得到遏制。截至9月2日下午五点，南明城中已有581人死于不知原因的全身糜烂，为有472人死于动物发狂攻击，死亡总人数为1053人。南明全城人口不过十万，在短短数天之内，相当于总人口1%的居民死于非命。死亡的阴影笼罩着每一个人，导致全城灾难性恐慌，许多人想要逃出南明城，却被严格看守隧道的士兵阻挡，其间甚至发生了骚动。同时，市议会已彻底分裂成敌对的两派，围绕着"罗刹计划"的执行与否，双方剑拔弩张并运用各种手段，南明已接近内战的边缘！近日更有秘密情报表明，城中有一股隐蔽的邪恶势力，正在酝酿一场毁灭南明的阴谋。为了全城居民的安全，政府才被迫施行宵禁令并进入紧急戒备状态，希望市民们理解执政官的苦衷，并积极配合市政府的行动，同舟共济度过这场生死攸关的考验。

就在电视直播的过程中，一队来历不明的士兵闯入了电视台，他们全副武装冲进直播间，肆无忌惮地开枪破坏，并中断了所有的电视节目信号。士兵们绑架了电视台工作人员，销毁了全部的电视录像资料，由领头的军官宣布政变。

南明建城以来的第一次政变就这样开始了。

政变？

孙子楚抓紧这张旧报纸，脑中掠过昨天在电视台看到的场景。他迅速翻到 9 月 4 日的《南明日报》，也是最早看到的这一张，头版头条又是两个令人震撼的大字：《末日》——

南明城的末日到了。

昨日，政变部队首先控制了电视台，然后以武力进攻执政官居住的南明宫。执政官的卫队进行了拼死抵抗，昔日肃穆庄严的南明广场，成为弹火纷飞的战场。本报记者冒险深入采访，目击到有至少二十人被打死，五十余人受伤。

中午十二时，政变部队在遭受重大伤亡之后，浴血攻占了南明宫，俘获执政官柳阳明。市议会与法院同时陷于瘫痪，大部分议员在家闭门不出。

下午二时，大量市民在恐慌中涌向南明隧道，但被守卫隧道的士兵阻挡。

下午三时，有十八名议员在南明中学开会，宣布政变为非法，参与政变的军人均犯有叛乱罪，呼吁全体市民不要服从叛乱分子，并要求政变部队迅速投降，释放包括执政官在内的所有人员。

下午四时，一支反政变部队组织起来，试图夺回南明宫与全城的控制权。他们开动装甲车直升机等武器装备，与政变部队展开激烈的巷战。截至发稿时，双方仍然在城内激战，伤亡人数尚无法统计。

这是南明城历史上最黑暗的一天。

"最黑暗的一天……"

孙子楚轻声念了一遍，这也是最后一张《南明日报》了，再往后是因为没有收到，还是报纸因南明内战而停刊？他感到有些呼吸急促，打开房门大口喘息起来。

忽然，院外响起咚咚的敲门声。

上午，9 点 27 分。

钱莫争死了。

在南明城中心的溪流边，发狂的大公象将他踩在脚下，他的整个身体几乎被压入泥土中，眼球从眼眶中爆裂滚落，当场气绝身亡。

钱莫争是第九个。

野象群从他的尸体上踩过，继续向前横冲直撞过来。叶萧与小枝目睹了这一切，惨烈的死亡让他们目瞪口呆，小枝几乎要呕吐了。

"快跑！"

叶萧知道钱莫争已经完了，自己不能成为第十个牺牲者，他紧紧拉着小枝的胳膊，沿着溪流向另一头跑去。

不知道童建国又死到哪里去了，这家伙偏偏在不该出现的时候现身，又在最应该救援的时刻消失！

仅仅狂奔了十几米，后面响起野兽的咆哮声，象群仍然紧追不舍。领头的大公象顶着象牙，粗大的脚掌上沾满血迹，眼看就快要撵上来了。

就在两人心惊肉跳之时，却绝望地看到迎面有堵高墙，把他们逃生的去路完全挡住了。左边是紧闭的房门和窗户，右边却是清澈的溪流，身后狂怒的象群已近在咫尺！

无路可逃？无处藏身？

叶萧面对那领头的大公象，人与兽四目相交，仿佛回到十万年前的非洲草原，人类竟是如此脆弱，进化到现在更加不堪一击。

"跳下去吧！"在象鼻已卷到他们眼前时，小枝在他耳边轻声说道，随即跳下了溪流。

一秒钟都不能耽搁了，叶萧脑子都没有转，便紧跟着跳到清澈的溪水中。

几乎是同一个瞬间，大公象冲到高墙底下，巨大的身躯无法迅速转动，只能向溪流甩着象鼻咆哮。

叶萧已没入冰凉的水流中，他屏住呼吸深入到水底，脚底踩着滑滑的鹅卵石，睁开眼睛看到水草和游鱼，还有一个穿着制服的身影。双脚用力往上一蹬，整个人向水面浮去，眼看就要摸到小枝的腿了。

似乎在梦中见过这景象，全身都被水流包围着，他奋力划动双臂，追逐那条美人鱼。光线在水下折射，形成幽暗混沌的世界，只有那个身体如此温暖，散发着无法描述的光芒，指引他已死亡的灵魂，走向复活的那一刻。

终于，他浮出了水面。

阳光如利剑刺入双眼，溪水不断拍打在脸上。他抹了一把脸，看到了小枝，她的头发全都湿透了，美丽的脸上沾满水花，眨着那双无辜的眼睛。

伸手将她揽入怀中，冰凉的水中是火热的身体，孤单的心里是热烈的渴望。

野象群仍在岸上徘徊怒吼，每一步都激起阵阵溪水。叶萧拥着小枝，缓缓向对岸游去。他们的脸不知不觉已贴在一起，皮肤与皮肤之间的摩擦生出轻微的电流触及全身，使他的唇变得不由自主，轻轻碰到了她的唇上。

水中的小枝，一双妩媚的眼睛，四片热热的嘴唇，两颗无法捉摸的心，三生有幸渡苦海……

苦海无边，回头是岸。

但对面也是岸。

他们已到溪流的对面，叶萧先将她托上去，然后自己疲倦地爬上岸。

两个人上了岸都大口喘息，仿佛早已淹死在水里，做了几十年的落水鬼，如今终于得以往生。

对岸的大象也在看着他们，虽然它们可以涉水渡河，现在却缓缓后退了。或许那狂暴的兽血已经平息，它们仍将归于寂静的森林之中。只是在象群来往的道路上，多了一具钱莫争的尸体。

叶萧胆怯地放开了小枝，嘴唇仍残留着她的温度，他颤抖着摸了摸嘴角，一股罪恶感涌上心头，低头轻声说："对不起。"

"你没有做错什么。"小枝竟大胆地伸手封住他的嘴，就像情人间的抚摸。她的长发湿淋淋地粘在脸上，一身制服也已湿透，浑身瑟瑟发抖。

呼吸又急促了起来，他转头躲避她的手指，眼睛却忍不住瞥向她。他忽然觉得自己很可怜，像个被人追赶的落水狗，于是又一次伸手抱住了她。

湿湿的，干干的，热热的，冷冷的……

但缠绵总是短暂的。

十秒钟后，他柔声道："快把湿衣服换了吧！"

他们很快离开了河岸，进入一条幽静的街道。路边正好有几间服装店，小枝冲进女装店换了身淑女装，仿佛居家的女中学生。叶萧则在男装店里随便换了件衬衫和牛仔裤。

两个人回到街上，都拿着毛巾在擦头发，他揉着她的肩膀问："还冷吗？"

"有你在，就不冷。"

叶萧怔了一下，站在清冷的街上不知如何作答，太阳洒在他未干的头发上，他看来如一只迷途的流浪狗。

她反过来抓住了他的手，微笑着说："前面就是我的学校，我带你去看看。"

又往前走过一个路口，一座高大的牌楼竖立在眼前，匾额上四个大字：南明中学。

牌楼两边还有一副对联：风雨漂泊毋忘中华，江湖苦旅不改炎黄。

此联虽不太工整，却道出了南明城的归属。

小枝拖着他走进学校，穿过一片空旷无声的操场，教学楼前绿树成荫，好像寒暑假时的校园。

"这就是你读过的学校？"

"是啊，在这里读了六年。"小枝说着走进了教学楼，穿过一条明亮的走廊，所经之处掀起一片厚厚的灰尘，"可惜，现在一个人都没有了。"

这句话里的伤感意味，也传染了叶萧，他禁不住叹了一声："也许我们也会没有的。"

"你那么绝望吗？"

"不知道，我不知道。"

他低头走到一间教室前，却看到了另一个自己——原来墙边镶嵌着一面镜子，一人多高的落地镜，将他和小枝都纳入镜中世界。

"这里面就是我们班的教室。"小枝往教室里探头看了一眼，所有的课桌都很整齐，黑板上写着两个粉笔字——

绝望

叶萧看到黑板也愣了一下，随即听到小枝淡淡的声音："那是我写的。"

"一年前吗？"

"是的，一年前的'空城之夜'，我跑到这间我过去的教室里，在黑板上写下这两个字。"她退出教室苦笑了一声，"奇怪，我以为早就该退掉了，没想到还是那么清晰。"

两个人依然站在落地镜前，小枝不知道从哪里找来一块抹布，在镜子上用力地擦了几下，他们的脸都清晰了许多。

叶萧凑近了看着自己，第一次发现自己竟老了许多，皮肤显得更黑更粗糙了，嘴巴周围一圈爬满了胡须，还有充满男人味的络腮胡。他摸着自己的脸，觉得镜子里的人是那么陌生。他究竟是谁？还有——站在他旁边的女孩又是谁？

她是洛丽塔。

眼睛里一半是冰块一半是火焰，一半将人凝固一半将人点燃。

她的嘴唇越来越靠近镜子，差点就要留下两片唇印，这景象在叶萧脑中勾出一句话来——

美女是毒药，中毒无解药，慎服之。

他痛苦地低头离开落地镜，快步往走廊外面走去，小枝蹙起娥眉跟在他身后。

两人并不知道——他们的影子，依然停留在镜子里。

在死寂的教学楼里，叶萧无头苍蝇般乱转，不小心撞进一个小房间，屋里全是各种电子设备。

小枝跟进来说："这里是学校的直播间，我以前当过学生电台的主播。"

说着她熟练地打开机器，电脑屏幕上出现了歌单，她不眨眼睛地选定，按下鼠标，随即音响里飘出一段旋律。

二十多秒后响起一个男人的嗓音："喜欢容易凋谢的东西像你美丽的脸，喜欢有刺的东西也像你保护的心……"

叶萧先是愣了一下，这声音那么悲凉那么执著又那么深情，眼前迅速浮起一张并不好看的脸。

赵传？没错，这是赵传的一首老歌《男孩看见野玫瑰》。

小枝拽起他的手，将他拉出了小房间。走廊里也回响着赵传的歌声，他们一路冲出教学楼，来到空旷无人的操场上，原来整个校园都充满了这首歌的旋律，仿佛一下子从坟墓中复活了。南明中学里的每个角落里，都隐藏着小小的音箱，通过电波释放出《男孩看见野玫瑰》——

喜欢容易凋谢的东西像你美丽的脸
喜欢有刺的东西也像你保护的心
你是清晨风中最莫可奈何的那朵玫瑰
永远危险也永远妩媚

男孩看见野玫瑰
荒地上的玫瑰
清早盛开真鲜美
荒地上的玫瑰

不能抗拒你在风中摇曳的狂野
不能想象你在雨中藉故掉的眼泪
你是那年夏天最后最奇幻的那朵玫瑰
如此遥远又如此绝对

男孩看见野玫瑰
荒地上的玫瑰
清早盛开真鲜美荒地上的玫瑰

　　叶萧痴痴地站在操场中心一个足球场的中圈弧里，和小枝手拉手听着歌——赵传的声音，伴着忧伤的旋律，被无数个扩音器放大，飘荡在教学楼和图书馆里，飘荡在大操场和实验楼里，飘荡在两个人的心间。

　　你能否想象这幕场景？

　　当你和他（她）闯入空无一人的学校，却听见到处都回响着一首歌，有人在歌中唱道："男孩看见野玫瑰，荒地上的玫瑰。清早盛开真鲜美，荒地上的玫瑰。"

　　而这枝野玫瑰就绽开在你的身边，无法捉摸也无法形容，娇艳欲滴又无法接近。她的刺会把你扎得浑身是伤，扎得鲜血淋漓，但唯有如此才能永远动人。

　　他低头看着小枝的脸，这朵野玫瑰几乎要被他噙在口中。

　　现在的疑问——她是白玫瑰，还是红玫瑰呢？

而在每个男人心里，都有一朵白玫瑰，也有一朵红玫瑰。

也许，小枝既是白玫瑰也是红玫瑰。

一朵让人不能抗拒的野玫瑰。

第十一章 **毒**

2006 年 9 月 30 日，上午 10 点整。

铁门外咚咚作响的敲打声，似重锤击在孙子楚的心口。倒是林君如大胆地跑出去，躲在铁门后大声问："谁啊？"

"我！"是旅行团里最年长的童建国沉闷的声音。

打开铁门，他好像比清晨老了几岁，身上的衣服又脏又破，双眼布满骇人的血丝，手里提着一个塑料水桶。

林君如注意到有几条鱼在水桶里拍打着："你去钓鱼了？"

但童建国并没有回答她，径直拎着水桶走进客厅。正好玉灵和顶顶陪着秋秋走下来，大家都看到了桶里的鱼，虚弱的秋秋，立即跑过来问："他人呢？"

那个"他"，指的自然就是钱莫争，秋秋还不知该如何称呼他。

童建国疲倦地将水桶放进厨房，颤抖着坐倒在沙发上，微闭起双眼说："他死了。"

"什么？"秋秋睁大了眼睛。

客厅里其他人都保持着沉默，一切死亡都是有可能的，他们早已对死亡麻木了。

"钱莫争死了。"他总算喘了一口气，异常冷静地告诉大家这个消息。

几十分钟前，他追逐叶萧和小枝跑到小溪边，没想到他的一声枪响，使得闯入城市的野象群发狂，结果踩死了正在河边钓鱼的钱莫争。

等到叶萧与小枝游过溪流逃命，象群们渐渐平息愤怒离开以后，童建国才大着胆子钻出来。他回到溪流边寻找钱莫争的尸体，发现这位可怜的摄影师，已整个被踩入泥土之中。大地已成为他的坟墓，地面上只能看到他血肉模糊的后背，还有几根碎裂的脊椎骨。

身经百战的童建国，也未曾看过如此惨烈的死状。只在古印度有被大象踩死的酷刑。他没有办法把钱莫争弄出来，只能从路边找了些纸板把他盖住。之后他发现了那个水桶，里面的鱼还好好地游动着。钱莫争临死前把桶推到路边，野象群的脚步也没有震翻它。

这些鱼是用钱莫争的命换来的。

好像是接受了某个指令，童建国不由自主地提起水桶，那是钱莫争未完成的使命——给秋秋准备鱼汤。

无法抗拒——像有人在推着他走路，也像有人在帮他提着水桶。童建国没有去追叶萧和小枝，也没有再找一辆汽车，而是快步疾行了几千米，带着一水桶的鱼回到了大本营。

孙子楚、林君如、玉灵、秋秋、顶顶，五个人听完他的讲述后，都沉默了半晌，好像钱莫争血肉模糊的尸体，正镶嵌在客厅的地板里。

"不！我不相信！"十五岁的秋秋突然狂怒起来，弱小的她抓住童建国的胳膊，声嘶力竭地喊着："你在骗我！骗我！"

五十七岁的童建国岿然不动，任由女孩捶打唾骂。还是玉灵过来拉开了秋秋，抱着伤心的女孩说："我们都相信是真的，他不会骗我们的。"

秋秋的眼泪已夺眶而出，她不晓得该如何说出来——钱莫争真是自己的亲生父亲吗？如果是的话，那她生命中最重要的三个人：她的父亲（或者是养父），她的母亲（毫无疑问是亲生的），还有她的亲生父亲（假定是吧），竟在几日之内相继死亡，全死在这该死的沉睡之城！

自己真的如此不幸吗？成为一个彻彻底底的孤儿，再也没有人疼没有人亲。她感到一阵无法言说的孤独，浑身上下都冰凉彻骨，心脏瞬间碎成了无数片，不禁倒在玉灵怀中放声哭泣。

突然，她又跳起来说："我要去看一下！如果钱莫争死了的话，我要看到他的尸体！"

"别傻了，外面很危险的，你必须乖乖地待在这里。"童建国淡淡地回答。

女孩已经挣脱了玉灵，却被他一把拉了回来，牢牢按在沙发上动弹不得。秋秋想要挣扎却使不出力气，林君如和顶顶接着按住了她，直到她又一次哭倒在沙发上。

"照顾好她吧，千万不能让她乱跑。"此时童建国担负起了长辈的责任，他又指了指厨房里的鱼说，"这是钱莫争用命换来的鱼，你们中午就给小姑娘做鱼汤喝吧！"

玉灵点头走到厨房，看着那些可怜的鱼说："水里还有血。"

"那是钱莫争的血，把鱼鳞刮得干净些吧。"

"好吧。"她无奈地应了一声，刚拿出菜刀准备杀鱼，又想起一件事，"伊莲娜呢？她怎么没回来？"

"这女孩跑丢了，谁知去哪里了，运气好的话会自己回来的吧。"

"真要命！"

玉灵利索地剖开鱼腹，清理着鱼鳞和内脏，仿佛在解剖一个活人。

短短的一个上午，旅行团就有两个人逃跑了，一个人失踪了，还有一个人干脆死掉了。

转眼之间四个人不见了，这房子里只剩下了他们六个人，老的老小的小，这些老弱病残如何能捱过去呢？

想着想着又是悲从中来，她这个地陪导游算是彻底失败了，一切都不在掌握之中，唯有手中的鱼任她宰割。

在她低头洗鱼之时，胸前的坠子悄然滑出衣领，这个鸡心形的小相框，立刻钩住了童建国的双眼。

"等一等。"他伸手抓住鸡心坠子。

玉灵放下鱼洗洗手，将小相框打开，里面露出了一张美人的脸。

"这是我的妈妈，和我很像吧。"

童建国盯着相框微微颤抖："是的，很像，她的名字叫兰那。"

"为什么这么看着她？"聪明的玉灵已察觉到了什么。

童建国苦笑着长叹一声："是的，我曾经认识你的妈妈。"

"什么时候？"

"很久很久以前。"

寂静的厨房，连剩下的活鱼也沉默了，玉灵转头看了一眼客厅，其他几人都已陪着秋秋上楼了。

她的嘴唇也颤抖起来，心跳怦然加快。似乎联想到了什么，她害怕地抬头看着他问："你——你究竟是谁？"

"我？"他感觉突然遇到了一个严重的问题，一辈子都无法回答清楚的问题，"我也不知道自己是谁。"

"不，你一直在关心我——从见到我的那一刻起，我就知道你在盯着我看。是因为我长得很像我妈妈？而你说你曾经认识我妈妈，你和她有过特殊的关系？"

玉灵大胆的追问，让童建国无处可退，他仰头悲怆地回答："我不知道什么叫特殊关系，但至少我可以承认——我喜欢过兰那，也就是你的妈妈。"

他的回答让玉灵更加紧张，她深呼吸了一口气说："现在，我有一个问题，一个非常重要的问题，让我难过也让我困惑了许多年的问题。"

"问吧。"

"你是我的爸爸吗？"

这个大胆的问题令童建国沉默了一分钟。

玉灵睁大了清澈的眼睛，希望得到一个肯定的回答。

"不是。"童建国给了一个令她失望的答案。

"真的不是吗？"

"如果你真是我的女儿，我怎么会不敢承认？"他痛苦地抓着头发，灌下一大杯凉水，"我倒真的希望做你的父亲！可惜不是我！可惜不是我！"

他那悲伤至极的眼神，已说明这不是撒谎。

玉灵的鼻子有些酸涩了，低声道："对不起，是我自己太傻了，我不该问这个问题。"

"让我把一切都告诉你吧。"

童建国又喝了一大口凉水，先将三十多年来千头万绪的记忆整理一遍，然后简明扼要地娓娓道来。

从当年私越边境参加游击队，到受伤避难于深山小村，又爱上了传说中的罗刹公主兰那，却难过地发现最好的朋友李小军已捷足先登，最后遭遇毒品集团全村毁灭，此生再也见不到美丽的兰那了。

她是童建国这一辈子唯一真正爱过的女人，可惜连一句"我爱你"都没有说出口过。

这是世界上最遥远的距离吗？

1975 年，经历了那次生离死别的创痛之后，童建国再也没有回到游击队。他失去了原来的理想和信仰，那个红色的梦彻底醒来了。他不敢再回到国境线以内，只能像孤魂野鬼在异域流浪。

最不幸的是，童建国变成了自己鄙视的那种人——投靠毒品集团当了一名雇佣兵，纯粹为了金钱而卖命。他将脑袋别在裤腰带上，过了十几年刀口舐血的生活。他自己也记不清杀过多少人了，至少有三位数的亡灵在地狱咒骂着他。

十多年前，金三角的局势趋于缓和，许多毒品集团和武装组织都放下了武器。童建国"失业"获得解脱，他厌倦了漫长的杀人岁月，便带着一笔积蓄离开丛林，经由香港回到了家乡上海。

童建国的父母早已离开人世，亲戚看到他也不敢相认，他好不容易才恢复被注销的户籍。在金三角的血腥岁月，他从未向任何人吐露过。他用以前杀人得来的积蓄，在上海开了一家军迷用品专卖店，出售各种仿真军品。他常去射击俱乐部兼职做教练，也算是从事最擅长的老本行。

虽然他也有过其他女人，但他从没真正爱过任何一个，因为心底永远藏着一个完美的兰那——得不到的就是最完美的。

隔了这么多年之后，童建国又一次回到金三角，回到这片埋葬了他青春的土地，却见到了当年唯一暗恋过的女子的复制品——就在他的眼前，楚楚可人，却不能去拥抱她亲吻她，尽管在梦中已做过无数次。

听完他漫长人生的传奇故事之后，玉灵的嘴唇已然发青了，该怎样面对这个五十七岁的男人呢？是同情是怜悯还是恐惧？

唯一能确定的是，1975年以后，童建国就再也没有见过她的妈妈。而玉灵是1985年才出生的，所以童建国当然不可能是她的父亲。

玉灵苦闷地仰起头，将镶着妈妈照片的坠子放回胸前，眼眶湿润地说：**"天哪，我的父亲究竟是谁？"**

中午，11点。

新光一越广场。

这里曾经是南明最大的商业中心，总共有六层营业楼面，地上五层地下一层，从世界名牌专柜到大众超市一应俱全，每天的客流超过数千人。虽然南明城已封闭了数十年，但仍无法避免这里的女人成为购物狂，每到周末便会人流如织。加上地下的美食城和顶楼的电影院，构成了一个巨大的"销品茂"（shopping mall），可以使你度过快乐的一天——只要你有足够的金钱和体力。

地下美食城种类丰富，从过桥米线到桂林米粉再到广州小吃，从日本拉面到韩国烧烤再到意大利面，这里和国内的商场美食城没什么区别——只是一个人都没有，巨大的空间寂静无声，所有的灯光却照得通明。餐桌上铺满了灰尘，料理台上结着厚厚的油垢，有的还成为老鼠和昆虫的乐园。

一阵脚步声打破了寂静，随即出现两个人影。

"Shit！这是什么鬼地方！"紧接着又是一长串的英语脏话，伊莲娜头发乱得像个疯子，在地下一层绝望地咆哮着。

"被命运选中的地方。"回答她的是一句蹩脚的英文，带着浓浓的法国口音——亨利·丕平。

三十多岁的法国人也是破衣烂衫，昨天下午差点被叶萧抓住，使他如惊弓之鸟小心翼翼。他已经好几天没有洗澡了，只能用商场柜台里的香水，遮盖自己浓郁的体味，使得周身充满了波士香味的气味。

"你为什么要逃跑？"伊莲娜理了理头发，用英语追问着亨利。空旷的地下美食城传来她的回声——逃跑……逃跑……逃跑……

"我，因为，因为——"他摩挲着光滑的腮边，上午刚用飞利浦专柜里的剃须刀刮去了满脸的胡须，"我不能再撑下去了，情况完全超出了预料，谁都不知道接下来还会发生什么！"

"难道你知道？"伊莲娜睁大了眼睛，吸血鬼似的狠狠盯着他，"你不要告诉我，你知道本来应该会发生什么！"

"很遗憾，就是这样的，我知道你们的结局，我也知道这一切原本不是这样。"

"Shit！"

"抱歉。"亨利痛苦地吁出一口气，"现在我也不知道该怎么办，不知道该到哪里去。"

伊莲娜大声骂道："浑蛋！告诉我究竟是怎么回事！"

"不，我还不能说，我不能——"

"啪！"

一记耳光重重地打在他脸上，伊莲娜就像头愤怒的母狮子，容不得亨利有任何忤逆。

她又指着亨利的鼻子说："跟我回旅行团去，不管你有什么秘密，都必须告诉我们，如果你觉得有危险，我们也可以互相保护，总比你一个人死在外面强。"

"出去我们会死的！"

"胆小鬼！那我自己去死，你留在地下等天使来救援吧。"

伊莲娜大步向楼梯走去，突然感到后脑勺一阵剧痛，随即天旋地转失去了知觉。

偌大的地下一层再度陷于死寂，法国人亨利面色苍白，手握身边餐厅的平底锅，就是这口坚固的锅，将可怜的伊莲娜砸晕在地上。

他放下锅跪倒在地，抚摸着伊莲娜因痛苦而扭曲的脸，随后轻轻吻了她的额头，接着发出一阵苦笑，但很快又转变为悲惨的抽泣，大粒的泪水滚落到她脸上。

"你出去会死的！傻女孩！"亨利发出一句沉闷的法语，如地狱警钟在地下一层回荡着。

随后，他抓住伊莲娜的双腿，就像拖着一具尸体，将她拖往地底某个无尽的空间……

中午，同一时间。

只剩老弱病残的大本营，沉睡的别墅的客厅。

孙子楚从沙发上拿起那沓旧报纸，指着上面的日期说："你们看，这里记录着一年前南明城发生过的一切，最最离奇的'空城之夜'。"

童建国和玉灵走出厨房，一锅鱼汤正在液化气灶上煮着。他们也凑到了沙发边，孙子楚索性就像开会一样，召集大家说："看这些报纸太费力了，还是听我来讲述吧。"

他又恢复了油嘴滑舌的老样子，不再像昨天那样委靡不振。他用了二十多分钟，将《南明日报》上记录的"空城之夜"的来龙去脉，巨细无遗地说了出来。

其他人都仿佛在听天方夜谭，只有童建国频频点头说："怪不得——原来这栋房子就是小枝的家，她的爸爸就是第一个中毒死掉的人，可她怎么没死呢？"

"导游小方和屠男死亡的状况，也都和报纸里描述的非常像。还有报纸里说的动物杀人事件，让我们再仔细回想一下，成立是死于鳄鱼之口，唐小甜死于山魈之手，杨谋死于蝴蝶公墓，钱莫争死于大象脚下，这些凶手不都是动物吗？"

孙子楚的联想得到顶顶的赞同："对啊，尽管南明城已经没有人了，但那些可怕的动物还在啊，也许它们体内也残留着毒素，使得它们无缘无故地攻击人类。"

天机的世界就是动物世界？

"太可怕了！"

顶顶又想到了叫"天神"的大狼狗，还有那只神秘的白猫。

"可为什么报纸后来没了？"

"都发生内战了，报纸还能出吗？或者报社的人也死了？"

"那我们现在能确知的是，因为打开了罗刹之国的'龙之封印'，使得南明城发生了瘟疫，进而引发了南明城累积多年的矛盾，最终导致了血腥的政变和内战。"孙子楚低头思考了片刻，"至于内战的结果如何，南明城的数万居民究竟何去何从，这里为何会变成沉睡之城，所有这些谜团仍然难以解开。"

顶顶无奈地点头同意："也就是说所谓的'空城之夜'，到现在还是没有答案，我们仍然不知道居民们去哪里了。"

"但有一个人肯定知道。"

"谁？"

"小枝！"童建国冷冷地吐出这个名字，几乎咬牙切齿地说，"假定她真叫这个名字！"

顶顶厌恶地问了一句："所以你想方设法要抓住她审问她？但你认为她还会说真话吗？"

"我会让她说真话的，在这方面我是最有经验的，就连叶萧警官也不能和我比。"

这句话倒是不虚，童建国当年做雇佣兵的时候，抓住的俘虏没有一个敢不说实话的，他有许多折磨人的手段。

"听着，叶萧是我的好朋友，不管怎么样都不要伤害到他。"孙子楚大着胆子警告了童建国，随即遭到一个白眼。

童建国摸了摸裤脚管，隐隐露出手枪的形状，孙子楚立刻安静了下来。暴力永远是最终的解决方式。当叶萧带着小枝逃出去后，童建国成了这里的老大。

气氛又变得紧张了，玉灵乖巧地回厨房看了看，便招呼大家说："鱼汤已经煮好了，快点来吃午餐吧。"

几分钟后，楼上的林君如和秋秋也下来了。玉灵将一大锅鱼汤放到桌上，还有不少煮熟的真空包装食品，六个人都闻到了浓浓的鱼香。

玉灵给每人都盛了一大碗鱼汤，尤其是秋秋的那碗更多。黄澄澄的鱼汤表面，漂浮着一层黏稠的膜，鱼腥味已经被熬到最淡了。这是进入南明城以来，他们能够吃到的最新鲜的美味佳肴，但所有人都沉默着不敢动调羹。

这是钱莫争用命换来的鱼，也许鱼汤里还残留着他的鲜血。

林君如看着鱼汤只是反胃，好像碗里盛着钱莫争的血和肉。童建国是看过钱莫争尸体的，虽然是他带着这些鱼回来，但若要自己把它们吃下去，实在是没有这个勇气。顶顶干脆闭上眼睛，嘴中默念起一段经文，绝不敢尝半口鱼肉。

玉灵有些着急了，毕竟是她亲手做出来的鱼汤，她催着秋秋说："快把汤喝了吧，这些鱼就是为了你钓来的。"

"不，你们不要为我做任何事，我不值得你们关心！"十五岁的女孩低着头，眼泪已悄悄地滑下来了。

"你早上不是还说要吃鱼吗？"

秋秋摇着头大声说："我不喜欢吃鱼，我最讨厌吃鱼！最讨厌！"

"听话！"玉灵像个大姐姐一样对她说话。

但任性的秋秋发起了脾气，一把将碗推到地上砸得粉碎。

浓稠的鱼汤伴随破碎的瓷屑，在厨房的地板上四溅。

大家心头都猛然揪了一下，却再也没有人去教训小女孩了。秋秋转头跑上二楼，玉灵轻叹一声低头收拾碎碗，用拖把将地板收拾干净。

"你们真的都不吃吗？"还是孙子楚打破了骇人的沉默，他拿起调羹匀了匀鱼汤。许多天没吃到新鲜菜了，更别提这诱人的活鱼汤，每一个分子都在往鼻孔里钻，顿时勾起他腹中的馋虫。

虽然，明知道是钱莫争用命换来的鱼，但孙子楚实在无法忍耐了。那股百无禁忌没心没肺的劲头又上来了，使他不能控制住自己的手，他的手自动地舀起一口鱼汤，缓缓送往干渴的嘴唇。

所有人的眼睛都盯着他，目送那调羹里浓稠的黄色液体被送入孙子楚的嘴巴，直到被完全吞噬，滑入一条无法抵抗诱惑的食道。

温热的鱼汤迅速滑入胃中，舌头上的味蕾饱受刺激，那感觉立刻传递到全身的每一寸神经。这是自那顿致命的"黄金肉"以来，孙子楚最幸福的瞬间。所有毛孔都已张开，呼吸着全世界的空气，各种香艳气味和甜美滋味，一齐汇聚于体内。体重减轻了一大半，他仿佛从地面飘浮起来，升入云霄之上最快乐的天堂。

仅仅几分钟的工夫，一碗鱼汤已然见底，连同鲜美的鱼肉被送入腹中，桌上只剩一堆鱼骨和鱼刺。孙子楚一下子胃口大开，把餐桌上的其他食物也一扫而光。吃完后他拍着肚子长吁短叹，好似人生如此夫复何求。

但他吃得越是香甜，别人就越是倒胃口，大家都只略吃了一些袋装食品，就是没人敢动鱼汤，包括煮汤的玉灵自己。

接近正午时分，五个人仍沉默地围坐在餐桌边。童建国的眼皮突然猛跳起来，他急忙扫视着身边每一个人，最后目光直直地落在孙子楚脸上，发现他的脸正在迅速变白。

顷刻之间，竟已变得面如白纸，同时额头沁出豆大的汗珠。孙子楚的双眼仍大睁着，鼻翼剧烈地扩张抽动，喉咙里发出毒蛇吐信般的咝咝声。

林君如也感到了不对劲，她抓着孙子楚的胳膊，紧张地问："哎呀，你出什么状况了？"

顶顶和玉灵也围到他身边，可孙子楚一句话都说不出来，双眼无神地盯着前方，颤抖的嘴唇已发黑发紫了，冷汗像雨一样滴下来。林君如再一摸他的后背，衣服竟然已全部湿透了。大家都被他的样子吓到了，顶顶使劲掐了掐他的人中，可还是毫无反应。

"糟糕！只有死人掐人中才没反应！"

"别吓唬我啊。"林君如已心急如焚了，"快把他扶到床上去！"

话音未落，孙子楚已重重地摔了下去，幸好童建国眼疾手快，将他拦腰死死地抱住。再看他整个人已毫无力气，只有双眼还睁得浑圆，仿佛受了冤屈的人死不瞑目。

手忙脚乱之际，林君如失手把锅打翻了，鱼汤霎时流满了厨房地面。顶顶被鱼汤气味刺激了一下，惊恐地喊道："鱼汤有毒？"

童建国已把孙子楚背在身上，回头看了一眼厨房，愤愤地说："妈的，只有这小子喝了鱼汤，所以我们大家都没事，活该他倒霉！"

"这怎么可能？"这下最紧张的人变成玉灵了，这锅鱼汤可是她亲手煮出来的，"不，不会的，我什么都没做。"

"放心，没人怀疑你！"童建国边说边背着孙子楚走上楼梯，林君如在旁边小心地帮着他，将孙子楚送到二楼卧室的床上。

此时的情况更加危急了，孙子楚浑身抽搐，脖子高高仰起像受到重击，口中发出含混不清的声音，嘴角甚至流出一点点白沫——这是明显的生物中毒症状，童建国当年曾亲手用蛇毒杀死过敌方头目，对此并不陌生。

"该死的！我早就该想到那些鱼有问题了，我究竟是哪根神经搭错了？"童建国心里一阵内疚，千错万错，错在自己不该把那桶鱼拎回来，让它们去给钱莫争陪葬好了。

"鱼肉果然有剧毒？"林君如立刻想到了河豚，有一年去日本旅行，别人都吃了河豚，只有她无论如何都不敢尝一口，"天哪！那他会不会没命？"

她恐惧地抚摸着孙子楚的脸，却不知该如何救他的命，只有无助地用纸巾拭去他嘴角的白沫。再翻开他的眼皮看了看，瞳孔明显已扩散放大了，说明他正命悬一线，随时可能丧命。

顶顶和玉灵也冲了上来，看到孙子楚垂死挣扎的样子，她们同样也手足无措。

林君如也不顾忌其他人了，就连她自己也无法理解，眼泪为何要滚落下来，打湿了孙子楚发黑的嘴唇。她索性抱紧他的脑袋，痴痴地说："不要，我不准你死！"

"快去倒点开水！"

童建国从贴身口袋里掏出一个小药瓶，这是他多年来随身携带的解毒药，是一个掸族老人为他调配的。以前在森林中不慎遭到蛇咬，他曾用这个药得以化险为夷。

他从瓶子里倒出一粒黑色的小药丸，药丸散发出令人难以忍受的恶臭，连林君如都被熏得捏起了鼻子。但孙子楚的牙关紧咬，像具僵尸一样掰不开嘴。

童建国又掏出一把小匕首，雪白的刃口让顶顶惊叫道："你，你要干吗？"

他用行动作了回答，这把锋利的小匕首，正好插入孙子楚上下排牙齿间的缝隙。他再轻轻地往上一扳，就把孙子楚的牙关撬开来了。童建国一手捏着孙子楚的鼻子，一手将黑色小药丸塞入他嘴里，同时玉灵将开水灌入。

"你给他吃的是什么药？"林君如仍然皱着眉头，她感觉那药的气味像大便。

就连昏迷中的孙子楚都皱起了眉头，不一会儿胸口就剧烈起伏起来，难受得想要反胃，却怎么也呕不出来。

"有这反应就算正常了！"童建国擦了擦额头的冷汗，"希望他能尽快呕吐出来，我现在是给他洗胃，知道医院里怎么抢救服毒自杀的人吗？"

"到底是什么药？"这回轮到玉灵问他了，同时她和林君如用力按住孙子楚。

"一种特别的眼镜蛇毒。"

林君如差点给气昏过去："你给他吃毒药？"

"你知道什么叫以毒攻毒？我以前给毒蛇咬了之后，都靠这个药救命的，所以才养成随身携带的习惯。"

"我们村子里也常用蛇胆解毒。"玉灵附和着童建国说，"只要他把毒吐出来就会好了。"

现在，大家都把目光集中在孙子楚脸上，看他何时难受得呕吐出来。

六十秒过去了，阵阵作呕的孙子楚仍然没吐出来，林君如看着他这样，自己都快吐出来了。

六分钟过去了，孙子楚又恢复了平静，面色苍白地躺在床上，只剩下一点微弱的呼吸。

童建国失望地摇了摇头："妈的，这里的鱼毒还真的很特别，我的药居然不管用了！"

孙子楚的命，依然捏在死神的手中。

正午，12点整。

南明城的另一个角落。

隔着满是厚厚灰尘的玻璃橱窗，射进来的太阳已很稀薄了，黄色光晕笼罩着小枝的脸，令她看起来仿佛油画里的人物。

叶萧就坐在她的对面，捧着一大包薯片，这就是他们的午餐了。这是学校对面的一间便利店，他们刚用热水壶烧了一些水，又享用了货架上的一些食物。

似乎世界上的一切都是自己的，也仿佛自己已不再属于这个世界。

"好了，你现在可以告诉我真相了。"他平静地看着她的眼睛。

虽然最近的二十四小时，他在小枝身上倾注了某种特别的感情，以至于为了她而不惜冒险，差点命丧童建国的枪口下，还差点彻底坠落到欲望的陷阱中。但他毕竟还是叶萧，一个成熟的二十九岁的警官，虽然此刻身上没有穿制服。他知道自己该做什么不该做什么，必须要让自己冷静下来，超出个人的欲望去看待她。此刻他要做的最重要的事，就是知道沉睡之城的真相，知道眼前集红玫瑰白玫瑰于一体的小枝究竟是谁。

"你在审问我吗？"

他无奈地叹息了一下："总比把你交到童建国手里去审问好。"

"你不会相信的，我已经骗过你几次了，再说一遍你会以为我仍然在骗你。"小枝的回答相当老练，她靠在便利店的收银台后面，就像年轻的实习收银员。

"未必！"叶萧觉得自己必须要保持威慑力，不能再像恋人一样听命于她了，"那要看你说的是什么。"

"你想要听到什么？"

"你的过去，你的家庭，还有'空城之夜'。"

她低头沉默了片刻，突然温柔地反问道："你真的想知道吗？"

"是的，我真的想知道，知道真的事实，不要告诉我假的。"

"我可以告诉你，但有一个条件。"

叶萧又拧起标志性的眉毛："说吧，尽管你没有资格和我交易。"

"你要先答应我，只要我告诉你真相，你就为我完成三件事情。"

"哪三件事情？"

小枝丝毫都不畏惧他："你先答应我并发誓！否则我不会说出半句真话的。"

"真要命，你要我去死我也去啊？你先说是哪三件事！"

"我现在只想好一件事。"小枝托着香腮，眼珠子转了转说，"其他的两件事，等我想好了再说，你先答应我吧！"

沉默，持续了一分钟。

他想起《倚天屠龙记》里赵敏对张无忌提的条件，要张无忌必须为她完成三件事，而且还是没有想好的期货，难道这也是小枝从金庸的小说里看来的？

张无忌为了救人而答应了赵敏，结果一辈子都被她套牢了，还好他最终得到了幸福。

如果，叶萧为了救大家而答应了小枝，最终得到的又会是什么？生存还是毁灭？

唯一可以肯定的是，只要叶萧承诺的事情，就算付出生命他也会做到，绝不反悔。

"好！我答应你！"

正午的阳光洒在小枝脸上，她诡异地微笑了一下："你真是个男人。"

"快点说吧，你要我做什么？"

"第一件事——再吻我一次！"

叶萧瞪大了眼睛："什么？"

"你已经在水里吻过我了。"她挑逗似的伸出舌头舔了舔嘴唇，"我喜欢你吻我的感觉，我要你再吻我一次。"

"可是，那次我不是故意的。"

"我不管，你已经答应我了，难道这么快就要赖了吗？"

他无奈地苦笑一声："好，我就豁出去了。"

叶萧已别无选择，他不需要再犹豫了，哪怕半秒钟都不需要，径直凑上去捧住小枝的脸，轻轻地吻了她的嘴唇。

依然是热热的感觉，湿润的四片嘴唇，如电波流过，两个人的身体都微微颤抖了一下。

从她的嘴唇上离开，叶萧有些尴尬地别过头，冷冷地说："我已经完成了第一件事，你可以说出你的秘密了吧？"

"好，你说到做到，我也说到做到——如果我现在说的有半句假话，就让我立刻死掉吧！"

小枝虽然发出如此赌咒，但叶萧心底仍将信将疑，他将头转回来说："先说说你的父母吧。"

"我的爸爸叫欧阳思华，他就出生在金三角。我的爷爷是国民革命军军官，1950年以后退出国境，一直跟随着马潜龙执政官，直到十年前去世。我的妈妈叫薛燕，她也出生在金三角，我的外公是国民革命军的军医，所以我妈妈后来也成为南明医院的医生。我爸爸年轻的时候，被执政官送到香港去读书，获得了香港大学历史学博士学位。他参加过许多海外的考古活动，但他信守着对执政官的承诺，从未向外界透露过南明城。二十多年前，他谢绝了剑桥大学的邀请，回来担任南明文化院的研究员，同时也是为了和我妈妈结婚。"

"怪不得书房里有那么多历史书和考古书。"叶萧放松了一些，喝了口热水说，"我看过你家阁楼里的《马潜龙传》，现在说说你自己吧。"

"我的真名就叫欧阳小枝，这一点我并没有骗过你。我生于南明，长于南明，在这里读小学和中学，从未离开过父母。我确实是故意把你们带到我家里，但我并没有任何恶意，只是看到原来的楼房被烧了，你们像群无家可归的流浪儿，索性就把我的家让给你们住吧，可没想到不但没人感激我，还要对我恩将仇报。"

"那是因为你从一开始就在隐瞒，如果你早些说清楚，怎么会到现在这一步？"

她并不介意叶萧的责难，平静地看着午后寂静的街道："妈妈说我生下来就与众不同，我的爷爷是马潜龙执政官的老部下，所以我小时候经常有机会去执政官的官邸。人们印象中的马潜龙，是冷静、沉稳而冷漠的，但他待我却非常热情，就像对待自己的亲孙女，总是抱着我到处走，不时用他的胡楂来扎我的脸。"

"我知道你和别人不一样，除了你的脸庞你的眼神，还有浑身上下散发的气质。"

"谢谢。"她又莫名忧伤起来，就像刚刚与叶萧相遇的那两天，"我很敏感，天生就异常的多愁善感，但有时候又很叛逆。在父母和老师面前是个乖小孩，在有的人面前却是恶魔，我既是天使又是恶魔——你怕了吗？"

他在心底暗暗给自己壮胆："我怎么会怕你，小姑娘。"

"你会怕我的，而且你已经怕我了。"小枝咬着嘴唇冷笑了一声，"我会把你给吃了的。"

"好了，说说一年前吧，'空城之夜'是怎么回事？"

"一年以前——是永远都无法醒来的噩梦。当时，执政官决定开发城外的罗刹之国遗址，以南明文化院的名义组建考古队，由我的爸爸来全权负责。他的工作相当成功，率领考古队进入了大罗刹寺的金字塔内，从内部的甬道取出了许多无价之宝的文物。那时候我正好得了严重的流感，妈妈将我安置在南明医院里，所以没有分享到爸爸的喜悦。没想到几天之后，我就听说爸爸意外去世了！"

"怎么回事？"

小枝的眼眶有些发红，泪水却始终没有流出来："我非常非常难过，但妈妈却不愿意告诉我爸爸的死因。直到一周之后，我妈妈也永远离开了我！这时我才知道，他们都是全身溃烂而死的。据说是因为爸爸接触到了某样带有剧毒的文物，又传给文化院的其他人，结果导致全城病毒的爆发。同时，还有许多动物感染病毒，发狂地攻击人类，许多人都死于非命，南明医院的太平间天天人满。"

　　"瘟疫？"

　　"也许是吧，总之一切都很混乱。我的流感虽早就痊愈了，但医生劝我不要随意外出。可是我的父母在一周之内相继离开了人世，让我如何能待得住！我偷偷逃出了医院，此时南明市已是恐怖的世界，许多人在追杀猫狗等动物，还有人当场死在街头。我独自回到家里，发现许多东西都被人动过了，也许是有人检查了我爸爸的遗物。但我家的狼狗'天神'和白猫——我叫它'小白'，仍然留在家里等着我，并忍耐了好几天的饥饿。"

　　"它们没有发狂吗？"

　　一想到动物攻击人类，叶萧就为那两只动物担心。

　　"没有，我也不知道什么原因，可能是它们也沾染了我的灵气吧。"

　　"晕，这也算理由？"但他转念又苦笑了一下，"好吧，我就相信你。"

　　"我独自在家里躲了几天，好在冰箱里有许多食物，足够我和'天神'还有'小白'过日子了。此时外面已经很混乱，不时会响起枪声，一到晚上就全是军人。执政官发布了宵禁令，紧接着又是政变和内战，许多人死在了街上，更多的人在逃亡过程中死掉，整个南明城都要灭亡了。"

　　叶萧有些等不及了："告诉我，告诉我'空城之夜'！"

　　"这是一个奇迹——2005年9月9日，当南明城就要成为人间地狱时，奇迹发生了。"

　　"什么奇迹？不要卖关子！"

　　"你真的要知道吗？"

　　"当然！"

　　她居然打了一个呵欠说："可你还没帮我完成第二件事情呢。"

　　"第二件事？好，第二件事是什么？"

　　"问题是——我自己还没想好，我要你做的第二件事是什么。"

　　叶萧几乎要被气得吐血："哇，你又在耍我？"

"嗯，等我把第二件事情想好了，你又帮我做好了以后，我再告诉你'空城之夜'的真相吧。"

"你——"

一股血涌上脑门，他真想甩巴掌抽她了，可面对小枝楚楚可人的眼神，却是无论如何下不了手。

"喂！难道你这么快就忘了？你可是发过誓的，必须要为我完成三件事情，我才能把全部的秘密告诉你。"

"该死！"叶萧抽了自己一耳光，脸上的手指印清晰可辨。

"干吗要伤害自己？"她站起来抚摸叶萧的脸，像抚摸受伤的情人。

"别碰我！"胸口郁积的怒火不知如何发作，他只能握着拳头走出便利店。

金三角的阳光，射入叶萧的瞳孔中。

同一时刻。

不知道在什么地方，伊莲娜从无尽的黑暗中醒来了。

头顶亮着耀眼的白色灯光，墙壁和天花板全是雪白的，四面看不到一扇窗户，只有一道白色的房门，仿佛置身于死亡的世界。

脑子里仍恍惚一片，眼皮好不容易才完全睁开，稍稍习惯那刺目的白光。她感到喉咙像着了火一样干渴，便想要站起来找些喝的，却发现手脚完全动弹不得。她能够使出力气，但越用力胳膊就越疼痛，她低头一看才发现——自己的手脚都被捆起来了。

"Shit！"伊莲娜狂怒地吼了一声，狭小的密室空间里，充满了她自己的回声。

不！自己怎么会在这里？她努力搜寻着记忆，却无法确定自己是否还在沉睡之城，是谁将她捆绑了起来，最后见到的那个人又是谁。

"Help me！"她开始大声求救了，期望外面能够有人听到。但直到她喊得声嘶力竭，白色的门依旧紧紧关闭着。

毕竟是个女孩子，她感到浑身无力，绝望万分，撑不住开始哭了。温热的泪水涌出眼眶，无力地从脸颊滑落。

"别哭了，我的女孩。"背后突然有个男人用英文说道，接着有一双手抚摸到她脸上，为她拭去横流的眼泪。

伊莲娜越发惊恐地挣扎起来，但手脚反而被绳索勒得更紧了。那只冰凉的手仍在她脸上，带着淡淡的烟草气味，接着摸了摸她翘且长的睫毛。

然后，一张脸出现在她眼前——亨利。

果然是他！如幽灵般出现在密室中。原来他一直躲在伊莲娜身后，屏着呼吸不发出任何声音，被捆住的伊莲娜当然看不到他。

法国人用蹩脚的英文对她说："你口渴了吗？"

接着他拿出一罐水放到伊莲娜嘴边，她抗拒地转过头去，却被他强行按住，几乎是把水灌进了她口中。

虽然感觉受到了莫大的羞辱，但水仍然拯救了沙漠中的伊莲娜，让她的喉咙恢复了生机。同时分泌出一口唾液，飞快地射出嘴巴，正好击中亨利的鼻子。

亨利皱起眉头擦了擦鼻子，随即一个耳光抽在她的脸上，伊莲娜的眼泪又流出来了。

"你应该感谢我！"他冷冷地警告道，接着从后面拿出一包饼干，"亲爱的，你肯定饿了，快点吃午餐吧。"

她只感到脸上火辣辣地疼，双眼仇恨地盯着法国人，却再也没有勇气吐出第二口唾液。亨利将饼干塞到她嘴边，这下她老老实实地咬了一口，居然味道还不错。

这才感到肚子确实很饿了，管它饼干里有毒药还是春药，伊莲娜从亨利手中吃了好几块。根本顾不得什么体面了，饼干屑吃得到处都是，亨利温柔地不时将水送到她唇边。就这么全身捆绑着，伊莲娜吃完了这顿特殊的午餐。

"亲爱的，好吃吗？"亨利凑到她耳边问道。

两人的脸颊几乎贴在一起，仿佛情人在私语。但他的声音微微颤抖，让伊莲娜听着不寒而栗。

"你是不是疯了？"她大着胆子问出一句。

她的目光与亨利的目光对撞，那似乎已不是人类的眼神，一会儿温柔如女子，一会儿又凶猛如恶狼，像有两个人在他体内交替掌控着。

亨利阴冷地笑道："你有没有想象过？你们旅行团所有的人都疯了，包括你在内。"

"你是个精神病人！"她恐惧地大喊，眼泪忍不住又流了出来，"快把我放了！"

"这真是个第二十二条军规式的悖论！如果我真的是精神病人，又怎会乖乖地听你的话？"

终于，伊莲娜忍无可忍了，她将自己所知道的所有的脏话，包括英文和中文甚至还有法文的，全都源源不断地丢给亨利。

同时她的脑子里闪过许多念头，汇集在眼前这个疯狂的男人身上——

他并不是旅行团里的人，从一开始，就莫名其妙来路不明：大家在山间公路上发现了他，而山崖下有一辆大巴遇难爆炸，他是被摔出车窗的唯一幸存者。

天哪！这样的鬼话也只有他们这些善良的人们才相信！谁能证明亨利就是那辆大巴上的游客？说不定那辆大巴上的死难者全是被他给害死的呢！如果他说的一切都是谎言，那么这就是一个天大的阴谋了，他处心积虑地躺在公路上，把自己搞得浑身是伤骗取大家同情，又混在旅行团里进入沉睡之城。

伊莲娜不敢再看他的脸了，她闭起眼睛回忆这几天来的一切。没错，所有意外都是在他出现之后才发生的，司机迷路进入隧道，导游小方在凌晨死于天台，加油站大爆炸，屠男神秘死亡——这些都很可能与他有关，甚至就是亨利干的？若不是做贼心虚，干吗要逃？想着想着已出了一身冷汗，她抬头又看看亨利的脸，恶魔的双眼，正对她喷出黑色的火焰。

"你究竟是什么人？"她努力让自己镇定下来，冷眼看着亨利摄魂的目光。

"你觉得呢？你一定认为我是个恶魔——告诉你，你错了，我不过是一枚卒子，一枚无足轻重的卒子，随时都可以被抛弃。"

"卒子？"

他的口气变得无奈而悲凉："你也是一枚卒子！你们旅行团每个人都是一枚卒子，你以为你们自己能掌握命运吗？"

"那又是谁能掌握？上帝吗？"伊莲娜突然想起了虔诚信仰东正教的妈妈。

"比上帝更可怕的力量！"

"我警告你，不要亵渎神灵，告诉我究竟是什么！"

"不，请不要逼我！"亨利突然痛苦地抓住头发，表情变得异常扭曲，就差把自己的头往墙上撞了，"我也是受害者，我和你一样可怜！我们注定要在这里相遇。"

"别拿我和你比。"

法国人又一次放声苦笑："你觉得我们有区别吗？此刻，在这座沉睡之城里的所有人，包括你和我在内——都是被命运选定之人！"

"被命运选定之人？"她低头沉思了片刻，喃喃自语道，"是谁选择了我们？"

"是一个比命运更难以抗拒的力量。"

"该死的，到底是谁！"

她全身在绳索里扭动起来，直到亨利按住她的身体，凑近她涨得通红的脸庞，缓缓亲吻她的嘴唇。

几秒钟之后，密室里响起一阵惨叫声。

亨利捂着嘴巴跌倒在地上，一小股鲜血从指缝间流了出来。而伊莲娜则痛苦地吐出一口血——这是亨利的血，刚才在他强吻她的时候，她趁机狠狠咬了他一口，将他的嘴唇咬开一个大口子。

"我会惩罚你的！"他捂着嘴巴吐出一句含混不清的法语，随后打开门冲出了密室。

狭小密闭的坟墓里，只剩下绝望的伊莲娜。

第十二章 死而复生

2006 年 9 月 30 日，下午 1 点整。

绝望的空气笼罩着二楼的卧室，缓缓渗透出墙壁和地板，弥漫到沉睡别墅的每一寸角落。

"他快死了？"

林君如紧紧抓着床沿，看着奄奄一息的孙子楚。刚才又给他喂了一粒眼镜蛇毒药丸，但还是没把他胃里的毒逼出来。现在他已经没什么反应了，平躺在床上如僵硬的尸体，脸色依然苍白得像纸，唯一好转的是瞳孔不再扩散了。

"不知道，也许他随时都有可能死亡。"童建国也束手无策了，在窗边来回走动着叹息，"没想到这鱼毒如此凶险！钱莫争自己死了，还得赔上他一条性命。"

"说这些有什么用！"顶顶重重地埋怨了一句。

叶萧和小枝逃跑以后，她感觉所有人也在怀疑自己，这让她特别讨厌童建国。

"快救救他！"林君如又走到童建国身边用祈求的语气说，"你一定会有办法的！"

他低头想了许久才说："记得二十年前，我在金三角当雇佣兵的时候，老大的儿子因为误食了有毒的鱼，躺在床上三天三夜都没有醒过来，所有人都说他很快就要死了。老大只有这一个儿子能继承他的江山，他火速派遣我去曼谷找一个德国医生，据说这个医生能够治东南亚所有的毒。我送去五万美元请来了医生，他用了一种特别的血清，很快就解了老大儿子的毒。"

"是什么血清？"

"一长串外文字母，隔了那么多年我怎么会记得？但那医生让我抄写过血清的名字，所以如果见到那串字母的话，我应该还能记起来吧。"

林君如像抓住了救命稻草："也许南明医院里会有这种血清啊！"

"对啊，刚才我们怎么没想到呢？"玉灵也从孙子楚身边站了起来，"我们快点去医院找一找！"

"不行！"童建国立时打断了她们，"外面那么危险，女人绝对不能出去！"

顶顶冷冷地激了他一句："你是男人，那你去找血清吧。"

"好，我现在就去！"

童建国不想在女人们面前丢面子，再说自己裤脚管里还有一把手枪，那么多年枪林弹雨下来，他有胆量冒这个风险。

他立刻做了些准备工作，往包里塞了好多东西，收拾停当之后关照道："你们不准离开这里一步！必须要等我回来。"说罢他大步离开别墅，消失在午后的阳光中。

卧室里只剩下三个女人和一个半死不活的男人。

三个女人面面相觑，这里的气氛可怕得接近坟墓。临近死神的孙子楚，就是躺在坟墓里的尸体，身边有三个为他陪葬的女人。

林君如痴痴地坐在他的身边，却完全不知道该做什么，她把手放到孙子楚脸上，感到莫名的孤独和恐惧。她无法理解自己为何会这样。是什么时候开始牵挂他的？这个垂死挣扎的贫嘴家伙，究竟有什么地方吸引着自己？可命悬一线的他，却仿佛狠狠地揪着自己的心，好像她的心将要随着他的死亡而破碎。

该死的！这种感觉需要理由吗？不需要理由吗？需要理由吗？不需要理由吗？

怎么又回到《大话西游》的台词里去了？林君如绝望地低下头，忘情地抱着他冰凉的脸，泪水无声息地流了出来。

她的悲伤越来越强烈，发出难以抑制的抽泣，顶顶和玉灵看得都很吃惊。

突然，孙子楚发出了轻微的呻吟。

也许是被林君如的眼泪刺激了，他喉咙里挤出含混的声音："渴！渴！"

"我下去烧一些热水！"说完，玉灵匆匆忙跑出了房间。

顶顶轻轻拍了拍林君如的肩膀："你和他已经？"

"上床？"林君如直接地说了出来，抬起头擦了擦眼泪苦笑道，"当然没有呢，只是我到现在才发觉自己有些喜欢他了。"

"人永远都很难确定自己要的是什么。"

"是，我不知道，我不知道自己为什么会喜欢他。"

顶顶冷静地说："人的欲望太多，又受限制太多。感性就是欲望，理性就是限制。人的一生，就是欲望与限制之间的战争。"

"也许这就是命运？"

"任何时候，我们都想做出自己所认为的最优选择。"顶顶想到了另一个人，便仰头轻叹了一声，"我害怕的是，当局者迷，身陷于其中者往往难以判断清楚。所以，我们只能在一定范围内冒险，然后再悄悄地抽身回来。"

林君如突然有些激动起来："可是，如果还有第二次机会，你还会选择当初那条路。"

"所以没什么可后悔的，一切都是必然的。"

"必然的同义词是命运？"

两个女子发神经似的探讨起命运哲学了，顶顶摇摇头说："我们永远都有机会，平静地面对命运吧。"

这时，玉灵捧着热水上来了。林君如急忙倒了一杯，小心地送到孙子楚的唇边，他本能地张嘴喝了一大口。林君如把他扶起来拍了拍后背，照顾得无微不至的样子，让其他两个女子都有些尴尬。

玉灵只能回避着说："我去楼上看看秋秋。"

午后她看到秋秋在睡觉，此时便轻手轻脚地走上三楼，但打开房门却一下子愣住了。

屋子里连个影子都没有。

立时心头狂跳起来，她冲出去打开其他房间，结果找遍了整栋别墅，都没见到小女孩的踪影。

秋秋去哪儿了？

秋秋在沉睡之城的大街上。

二十分钟前，她悄悄走下楼梯，没有惊动二楼的人们。十五岁的身体轻得像只猫，无声无息地走出别墅，像小鸟逃出牢笼，蝴蝶飞出茧蛹，来到金三角的阳光底下。

已经好些天没有沐浴在太阳下了，她毫不躲闪地大步走在马路中间，想要仰起头放声大笑，眼眶里却已满是泪花。

终于逃出来了，这是她第四次尝试逃脱——第一次被钱莫争追了回来，第二次让成立在鳄鱼嘴里送命，第三次让妈妈黄宛然摔死在罗刹之国，这一次不知道还会断送谁的性命？

可这次再也没有自由的感觉了，也没有仇恨任何一个人的想法，没有快乐也没有痛苦，只有永无止境的孤独。

世界上最爱她的人都走了。

这一次的逃亡是茫然的，不知道目的地在哪里，只有心底深深的负罪感。

她无法洗刷自己的罪恶感，也注定一辈子都无法赎罪，所以她无法相信钱莫争已死的事实。如果一定要给自己的出逃找个理由的话，那就是要亲眼看到钱莫争的尸体——就像她亲眼看到成立和黄宛然的死亡一样。

如果他真的是自己的亲生父亲。

但秋秋出门时没有带上地图，她茫然地在街上走了许久，都没找到那条穿越城市中心的河流。越着急就越辨不清方向，只能沿着这条曾经繁华的大街往前走。其实有一段溪流被修成了涵洞，所以从她脚下流过她都看不到。

双脚有些酸痛了，越走越绝望的秋秋，蹒跚地走到人行道上。但她没走几步便一脚踩空，整个人掉下了深渊。

天旋地转之后是无尽的黑暗，女孩终于大声哭了出来。还好并没有摔伤，只是胳膊和屁股疼得厉害。她流着眼泪摸索四周，全是冰冷的水泥墙壁，狭窄得仅能容纳自己转身，再抬头却是刺眼的白光，眨了眨眼睛才渐渐适应——原来自己掉到窨井里了。

哪个丧阴德的移走了窨井盖子？秋秋的哭声在窨井里回荡着，宛如古时被投入井底的少女，变成不得往生的冤魂夜夜痛哭。她拼命地往上跳，却根本无法够着出口。脚下的水都干涸了，一年来没有过垃圾，所以井底并不算太脏，只是那身处深井的感觉，让人压抑得要精神崩溃。

抬头仰望，那方圆圆的小小的天空，好像漆黑夜空里的一轮圆月，她用力砸着井壁大声呼喊救命，声音却全被吸收了，不知道街上是否能听到——何况这是一座沉睡之城，没有一个人会经过这里，更不要指望大本营里的同伴们，他们根本不知道到哪里找她。

折腾得筋疲力尽之后，秋秋更加绝望地哭泣着，如果没有人来救她怎么办？现在看起来可能性很大。如果一天都没有人来，她首先会渴得饿得吃不消，大小便也只能就地解决。到了黑夜一丝光线都没有，她不奢望能从井底望到月亮，在无边的黑暗中幽灵会来亲吻她，将她带入井底之下的地狱。

如果一周都没有人来呢？她肯定会在渴死之前先被吓死了，变成一具僵硬的尸体，阴沟成为她的棺材。没有人知道她埋葬于此，她只能静静地等待腐烂，成为蝇蛆等昆虫的乐园，成为老鼠等小家伙的天堂。最后化为一把可怜的枯骨，连同沉睡之城一同沉睡到世界末日。

就在她想象自己如何腐烂时，头顶却响起一阵奇怪的声音，接着是一截软梯放了下来，沿着井壁坠到她的身边。

是天使来救她了？还是已化为鬼魂的妈妈？

秋秋赶紧抓住软梯，用尽全力往上面爬去，身体在剧烈摇晃，后背和额头几次重重地撞到井壁，但此刻也感觉不到疼痛了，唯有离开黑暗的欲望支撑着自己。

终于，她的手搭上了地面。

当另一只手也伸出来时，她感到有一只陌生的大手，已紧紧地握住了自己。

毫无疑问这是一只男人的手。

钱莫争？

她心里一阵狂喜，只有钱莫争会奋不顾身地来救她，原来他并没有被大象踩死，童建国那家伙全在说鬼话！

那只大手将她拉出窨井，完全回到了阳光之下，可惜他并不是钱莫争。

一个老人。

一个鹤发童颜双目炯炯有神的老人，身材高大，穿着一件黑衬衫，如天神一般昂首挺胸，紧紧抓着十五岁少女的手。

秋秋被突然出现的他惊呆了，进入天机的世界以来，她第一次看到这个老人，仿佛是从空气中浮现出来的，也仿佛是命中注定来救她的。

"谢谢。"她下意识地说出两个字，却无法挣脱那只手，也无法问出其他的问题。

"小姑娘，你叫什么名字？"老人的声音粗重浑厚，还带有某种奇怪的口音。

"我叫秋秋。"

"你的爸爸妈妈呢？"

"他们——"女孩犹豫了几秒钟，才决然地回答，"都死了。"

老人摸了摸她的头发，叹息道："可怜的孩子，你跟我来吧。"

他牢牢牵着秋秋的手，阔步走向前方的十字路口，那是个巨大的转盘，中间有个绿树成荫的街心花园。

秋秋茫然地随老人走进街心花园，这里矗立着一尊黑色的雕像，与真人一般大小。老人带着她绕到雕像后面，地面居然裂开一道口子，露出一条黑糊糊的地道。

地道！

似乎有一股神秘的气息，正从地底喷到十五岁女孩的脸上……

"欢迎来我家做客！"

老人如是说。

同一时刻。

五十七岁的童建国，仰头看看午后的烈日，又环视四周，视线里掠过几栋楼房，以及四周葱翠险峻的群山。

路边有一辆黄色的现代跑车，他擦去玻璃上积满的灰尘，轻松地打开车门发动车子，迅速奔驰在沉睡之城的街道上。怀里揣着一张南明城的地图，他已先辨别清楚南明医院所在的位置，也不需要 GPS 全球定位了，只要开过几个路口便能到医院。

路上没有其他车辆，也不用考虑乘客的感受，这比在午夜高架上飙车更爽。童建国猛踩油门转动着方向，从空无一人的街道上呼啸而过，时速转眼已接近二百公里。

童建国知道自己正在和时间赛跑，因为在新的大本营里，孙子楚随时可能一命呜呼！

若不是他从河边带回那些鱼，若不是他要玉灵给秋秋做鱼汤，若不是他忽略了沉睡之城的动物们的异常，孙子楚怎么可能会中毒？

虽然，孙子楚也犯了馋嘴和没心没肺之忌，但童建国觉得更大的责任在自己身上——解铃还须系铃人，他必须在医院找到解鱼毒的血清，救回孙子楚的性命，否则无法面对其他人，也无法真正取代该死的叶萧在团队的地位。

想到这儿他把方向盘猛然一打，跑车在狭窄的路口漂移起来。车轮与地面发出剧烈摩擦的声响，在几乎翻车的瞬间又平稳下来，绕转过路口继续疾驰。

一分钟后，童建国在南明医院前刹停下来。

他快步冲入沉睡的医院。此时这里所有的灯都亮着，四处铺着一层厚厚的灰，墙壁上贴着通告和医学常识。电子提示板停留在 2005 年 9 月，是专家门诊的时间表，还有南明市政府的疫情公告。

空旷安静的医院里，每个角落都还残留着消毒药水的气味，童建国变得分外小心起来，仿佛太平间里的僵尸随时会跑出来作怪。他没有找到医院的指示牌，更不知道血清会存放在哪里，只能盲目地在底楼转了一圈。急诊室里横着几副担架，还吊着葡萄糖瓶子。这里的气氛格外压抑，他忍不住轻轻咒骂了一声，这里肯定不会有血清的。

说不定药房里会有？童建国在底楼找到了药房，却发现门被反锁着，他飞起一脚就踹开了门，一阵浓重的药味扑面而来。有的药片和药水已经过期了，散发着难闻的恶臭，他也看不清楚那些药的名字，无头苍蝇般乱翻了一通。但他连一瓶血清都没有看到，不过想想这种珍贵的血清也不可能放在底楼的药房里。

童建国快步跑上楼梯，二楼走廊里也亮着灯。他轻轻地往前走了几步，便听到楼上传来一阵脚步声。

心立即悬了起来——除了自己之外，还会有谁在医院里？

如果不是僵尸的话，那么又会是谁？若真是僵尸他也不会害怕，他怕的是其他来路不明的人。

他迅速调整了状态，仿佛回到丛林杀手的年代，屏住呼吸走上楼梯，尽量不发出任何声音。三楼的走廊同样明亮，他锐利的眼神往两边瞟了瞟，却没有发现任何人影。

正当他怀疑自己是否幻听时，那脚步声又从走廊尽头传来——绝对是真实的声音，至少有一个人在那里！

不能再轻手轻脚地摸过去，不然人家早就跑得无影无踪了。童建国深呼吸了一口，便撒开双腿冲刺过去。

沉睡的医院走廊里，充满了他的呼吸声和脚步声，还有那愤怒而狂暴的低沉吼声。他必须要抓住那个家伙，看看究竟还有谁躲在无人的城市里。

一口气冲到走廊尽头，原来右面还有个拐角，果然有个黑色背影一闪而过。

童建国大喝一声："站住！"

冲过去发现旁边有个小门，他马不停蹄地转入门内，却没料到是医院后面的外墙，阳光再度洒在身上。有个消防通道直通楼顶，仰头只见一个黑影正往上爬。但这条通道非常狭窄陡峭，必须手脚并用才能上去，而且稍有不慎就会摔下来。

此刻已管不了那么多了，他奋不顾身地爬上消防通道，整个身体都暴露在外面。他抬着头向上高喊："喂！你给我站住！"

但那个黑影一个劲地往上爬，好像根本没有听到似的。这种角度也看不清那人的脸，但可以肯定那是个男人。

童建国就像个小伙子一样，不知疲倦地爬到了四楼。而黑影已通过消防楼梯，直接爬上了顶楼天台——医院总共只有四层楼。

"该死的！"

忽然卷起一阵风，悬在半空的童建国晃晃悠悠，他用尽力气往天台上爬去，刚刚把头探出来，迎面却看到一只厚厚的鞋底板。

四分之一秒的瞬间，任何人都来不及躲避了，鞋底板重重地蹬到了他的额头上。

五雷轰顶——霎时间他的眼前金星乱转，在几乎要失去知觉的刹那，一只手已脱离了铁把手。

他感到自己的身体飞了起来，眼前掠过许多闪光的碎片，在黑暗的夜空里无比灿烂。童建国仿佛坠落到了寂静的森林，那座孤独的竹楼里头，火堆旁坐着美丽的少女，穿着筒裙，对他莞尔一笑。

"兰那。"他轻轻呼唤她的名字，终于说出了那句一直都不曾说出口的话，"我爱你。"

"对不起，我不爱你。"罗刹女兰那满怀歉意地回答了他。

火堆旁童建国的面容，从激动的微笑变成僵硬的绝望，也从二十多岁的青年变成五十七岁的老男人。

"不！"他悲痛欲绝地高喊出来。

清醒过来的他，却发现自己回到了阳光下，整个身体仍然悬挂在半空中，只有一只手紧紧抓着消防楼梯的铁栏杆——是这只手救了他的命。往下是四层楼的高度，面对医院的外墙。额头上仍然火辣辣地疼，脑门里仿佛有钟声反复回荡。

唯一可以确知的是：自己还活着。

童建国重新攀到了消防楼梯上，多年的战场生涯锻炼了他强健的臂力，换作其他人早就摔下去送命了。

究竟是哪个家伙要杀他？天台上的那个神秘人是谁？早上被叶萧重击了一下，刚才又差点被踢下四层楼去，童建国真是郁闷得火大了，就像从井里爬出来的贞子，百折不挠地再度爬上天台。

这次没有鞋底来迎接他了。

迅速翻身爬上楼顶，那个黑色的背影就在空旷的天台上，童建国快步朝那人跑过去。对方同时也感觉到了，诧异地往天台另一侧跑去。

医院大楼呈长条形，从一头到另一头距离挺长。那人与他始终保持着十几米的距离，看不清面容，童建国只能从裤脚管里掏出手枪，警告道："不要跑！再跑我就开枪了！"

但那个家伙毫无反应，笔直跑到了天台边缘。童建国对他已恨得咬牙切齿，必须用一枚子弹才能报一脚之仇。

于是，他举起枪对准那人的大腿。

在枪口发出爆破声的刹那，子弹旋转着射向神秘人，穿破十几米距离的空气，准确地钻入他的大腿肌肉。

童建国听到对方的一声惨叫，也仿佛听到子弹击碎骨头的声音。

这是自离开金三角以来，他第一次真正用枪打伤别人。

杀人的快感再次油然而生。同时，罪恶感也降临到了心头。

两种感觉如电流撞击在一起，让童建国痛苦地倒在地上。

一秒钟以后，等他再抬起头来时，神秘人却从天台上蒸发了。

他立即茫然地跑过去四处张望，却再也看不到任何人影。阳光洒在空空荡荡的楼顶，就连一丝丝回声都听不到。

不！不可能是幻觉！童建国确信开枪击中了那个人，并让他的大腿吃了枪子。

可那家伙怎么消失了？

他疑惑而小心地走到天台边缘，探出头俯视楼下，只见在十几米下的地面，横卧着一个男人，一摊暗红色的血泊，正在那人身下渐渐扩散。

童建国心里暗暗说：可不是我要你死的，是你自己活该倒霉摔下去了！

他收起手枪爬下消防楼梯，又从四层楼顶回到地面上，鞋底已踩到流淌的鲜血了。医院的草地上飘着血腥味，悲惨的男子脸朝下俯卧于地，手脚似乎都摔得骨折扭曲了。

先检查一下死者的大腿，果然有刚被打中的弹孔。他肯定是在中弹后失去平衡，一头从楼顶上栽了下来。这时童建国才有些后悔，刚才实在是在气头上，若能冷静一些就该制伏对方，让他说出沉睡之城的秘密，死尸是最没有价值的。

缓缓将死者的身体翻过来，虽然头顶已被砸开惨不忍睹，但还是可以辨认出血污之下的面孔——

几秒钟后，童建国嘴唇颤抖着喊出了死者的名字："亨利？"

法国人死了，亨利·丕平，他是第十个。

如果他算是旅行团中的一员，那他是第一个死于自己人之手的成员！

童建国不寒而栗地坐倒在血泊中，他恐惧的并不是自己杀死了一个人，而是恐惧一个更可怕的预兆——剩下来的人们是否会自相残杀？一直杀到最后一个人，或者一个也不剩下？

他绝望地跪在亨利的尸体前闭起眼睛，却听到某个奇特的声音，忽远忽近地灌入脑海之中——

"童建国，你已接近不可泄露的天机。

请记住一句话：劈开木头我必将显现，搬开石头你必将找到我。

是的，你必将再度见到我！"

童建国在接近天机，叶萧同样也是如此。

下午，2点。

北回归线以南的阳光直射在脸上，他紧紧抓着小枝的手穿过沉睡之城的街道。

"你要带我去哪里？"小枝用力想甩开他的手；却像被铁钳牢牢地

夹住了。

"警察局。"

"What？你以为你是南明的警察？"女孩轻蔑地冷笑了一下，"就算你是，我也不是贼！"

叶萧仍旧一言不发，没多久便来到一栋建筑前，坚固的大门上挂着"南明市警察局"的牌子。

"也许你对这里并不陌生。"

他将小枝拖入尘封的警局，迎面就是宝剑长矛保卫日月的警徽。

"不，我从没来过这里！"

小枝的发誓并没有任何作用，她像个被警察抓住的女贼，被拉到警局二楼的办公室。木地板在"咯吱咯吱"地呻吟，仿佛许多沉冤的案卷在档案箱里呼喊，而墙上挂着的酷似党卫队的警服似乎随时可能立起来。

叶萧轻轻拉开一个抽屉，里面躺着一把黑色的手枪。

没错，就是这把枪——在来到天机的世界的第二天，他就在这里发现了这把枪。屠男还拿起枪来差点闹出人命，是叶萧又把枪放回到抽屉里的。

现在是要用它的时候了。

一只大手牢牢抓住枪把，将它从抽屉里拿出来，沉甸甸的枪体里还装着子弹。叶萧一只手抓着小枝，仅用另一只手就打开了弹匣，仔细检查了枪械内部的情况。里面还有二十多发子弹，足够保护自己和小枝了。

他再次给枪上了保险，然后别在腰际，虽然硬硬的硌得肚子疼，但当警察的他早就习惯了。

小枝看着他此刻的样子，不像警察倒像冷酷的职业杀手，女孩的嘴唇有些发抖："为什么要拿这把枪？"

"这是为了保护你。"叶萧迅速将她拖出阴森的办公室，"因为童建国手里有枪，我们才会这么狼狈地逃命，现在我只相信它了。"

他拍了拍腰间别着手枪的位置，正准备下楼时，却听到走廊尽头传来什么动静。他立刻对小枝做了噤声的手势，轻轻地往走廊里摸索过去。他看到一排坚固的铁栏杆，原来是临时拘押疑犯的囚室。

难道还有人被关在里面？

小心翼翼地打开电灯，囚室里面却空空如也，牢房的大门敞开着。虽然什么都没看到，但警官特有的第六感，却让叶萧比看到什么更加紧张。

他带着小枝仔细检查四周，发现了另一道往下的楼梯。两人悄无声息地走下去，又回到了警察局的底楼，果然有个影子从门口闪过。

叶萧心底猛然一抖，随即大喝一声："站住！"

他放开小枝飞快地冲出去，那个人影也拼了命地往前跑，一口气就冲到了外面的大街上。

烈日照耀着他们，叶萧撒开两腿紧追不舍。前面的背影显然是个男人，看上去似乎有些眼熟，体形粗矮结实，头发乌黑，留着板寸发型，倒有些像泰国本地人。

这下真成警察抓贼了，叶萧抖擞精神追上去。那人显然慌不择路了，一拐弯竟跑入一条死胡同，被一堵高墙拦住了去路。

绝路——男子绝望地站住了，几秒钟后缓缓地回过头来。

一张泰国人的脸。

四十多岁的泰国男人的脸。

这张平淡无奇的脸，却如子弹一样射入叶萧的瞳孔。两只眼球都仿佛被击碎了，他身体猛烈摇晃了几下，才艰难地重新站定，因为他认出了这张脸。

他就是旅行团的司机。

不！叶萧猛地摇起头来，这怎么可能呢？来到南明城的第二天，司机开着巴士去加油站，结果发生了油库大爆炸，整辆巴士连同司机都被炸成了碎片。叶萧还捡到了司机的一只断手，他把这只断手塞进自己的行李箱——后来却被居民楼的大火吞噬。

可分明就是眼前的这张脸。虽然泰国人看起来都长得差不多，但叶萧永远都不会忘记这个人，尤其是在他被炸成人肉酱之后！

就是他！

旅行团的司机。

这个在《天机》的第一季，整个故事的第二天就被炸死的人！

眼前的这个人是幽灵，还是另一场阴谋的开始？

司机面对叶萧惊恐万分，一直退到墙脚下动弹不得。他那胆怯的眼神已说明了一切，显然他是认识叶萧的，他知道自己不该出现在叶萧面前。

"你没有死？"叶萧大步靠近了司机，感到自己被欺骗了，他就像一头愤怒的公牛，要把犄角抵在敌人的心口。

两个人距离不到一米了，叶萧大声喝道："告诉我！这一切是怎么回事？"

可怜的司机，干裂的嘴唇嚅动了两下，终于要开口说出一个秘密……

此刻，某个遥远的声音再度飘入耳中——

劈开木头我必将显现，搬开石头你必将找到我。

人 物 故 事

伊莲娜

2005 年 9 月 4 日，下午 5 点 55 分。

罗马尼亚，特兰西瓦尼亚。

黄昏，夕阳如血，洒在这片欧洲最贫瘠的群山之间，仿佛四百年前基督徒与土耳其近卫军大战的祭奠。

越野车在崎岖的山路上颠簸着，这里的景象至今仍停留在中世纪。伊莲娜透过车窗看着山巅，一座不起眼的残破城堡在其间忽隐忽现。

四个小时之前，她失望地走出大名鼎鼎的德拉库拉城堡，那里挤满了来自世界各地的游客，曾经神秘的吸血鬼传说之地，如今却变成了热闹非凡的游乐场，充斥着劣质的旅游纪念品和小贩窃贼，还有那些让伊莲娜觉得羞耻的嘈杂的美国游客。

于是，伊莲娜拿出一张小纸条，那是妈妈失踪之前留给她的，纸上写着她们家族祖先居住过的地址。她找到了一个罗马尼亚向导，在预付了两百美元的酬劳之后，向导才答应代租一辆越野车带她去那里——据说是个非常偏远荒凉的山区，除了偶尔碰巧路过的背包客外，从来没有旅行者专程拜访过。

在几个小时的艰难旅途之后，她终于望见那座城堡了，这就是妈妈所说的祖先居住之地？一种无法言说的压抑感笼罩心头，仿佛那如血残阳下矗立的建筑里，还生活着一群饮血的怪物。

车子盘旋过一段更陡峭的山路，最终被迫停了下来，向导带着她爬上石头台阶，汗流浃背地来到城堡门前——如此才能确保在冷兵器时代安全无虞。

"这就是弗拉德城堡！"向导擦着额头上的汗，用磕磕巴巴的英语说，"很少有人知道这个地方，起码有几百年历史了吧。"

伊莲娜深呼吸着黄昏的空气，五体投地地仰视城堡的大门。其余部分的建筑大多倒塌了，唯有这大门还保留着当年的气派，高高的城垣之上敌台耸立，不知曾落下过多少人头。

这就是自己祖先居住过的城堡？多年前的那个风雪之夜，妈妈独自消失在荒野中，只留下一张写着这个地址的纸条。妈妈为什么要留下这个地址？是希望女儿有一天能去寻找祖先？寻找这荒凉山野城堡之内的幽灵？

她缓缓步入古老的大门，立刻进入一个幽暗阴冷的世界。向导为她打起明亮的灯光，但也只能照亮身前一丈之地。穹顶深处栖居着许多小动物，受到光线的刺激便飞了出来，扑扇到伊莲娜的头顶，她害怕地蜷缩到角落里，向导紧张地挥手驱赶它们并解释："只是些蝙蝠。"

伊莲娜匆忙走上城堡内部的楼梯，她和向导的脚步声震响了整个建筑，城堡摇摇欲坠似乎随时都会坍塌。在这巴尔干半岛最偏远的角落，她强忍着内心的恐惧和身体的颤抖，深入到那最神秘的大厅里。灯光冲破黑暗照到墙上，隐隐呈现出一幅斑驳的画像，显然是文艺复兴时期的作品，但又带有浓郁的拜占庭风格。

向导在旁边说："这就是弗拉德四世，出生于1431年，做过罗马尼亚一部分地区的统治者。他有两个绰号，一个是'刺穿者'，因为他喜欢对别人施以木桩酷刑，就是——"

"我知道什么是木桩刑。"伊莲娜打断了向导的解释，因为这种酷刑实在过于残忍——让人坐在削尖的木头上，木头尖会逐渐插入人体——从肛门进入从头顶心而出。

"他曾将一万名土耳其俘虏在木桩上刺死，从而成为中世纪最有名的屠夫，最终在抗击土耳其的战斗中被自己人误杀。他还有一个更有名的绰号，叫Dracula。"

"意思是魔鬼或龙。"

其实伊莲娜都知道这些，但向导依然滔滔不绝地说："1931年，人们打开了弗拉德的坟墓，发现他的骨骸已破碎了，旁边有一条蛇形项链、一件连着金冠缝着戒指的红色斗篷，可惜这些宝贝不久就被盗走了。"

就在她不胜其烦地听着向导述说时，忽然听到楼上传来一种奇怪的声音。她立刻抛开向导，独自提着灯走上更高的楼梯。

"不，不要上去！那里最危险！"

下面传来向导的提醒，但伊莲娜已越爬越高，渐渐再也听不到向导的声音。

没错，她听到了一个人的声音。

穿过一条幽暗的走廊，灯光渐渐照出前方的背影。伊莲娜的心狂跳不止，在距离只有几米远的地方，那个背影骤然回过头来。

她的眼睛瞬间瞪大了，因为看到了一张最不可思议的脸。

那张十年生死两茫茫的脸，相隔了许多年仍然会在梦中出现的脸，在这古老的弗拉德城堡里，在这昏暗阴冷的傍晚，这张脸竟然如此清晰。

"妈妈！"伊莲娜再也无法抑制自己的情绪，扑到妈妈的跟前泪如雨下。

她的妈妈也不敢相信自己的眼睛，在确认就是自己的女儿之后，她也动情地抚摸着伊莲娜，口中喃喃着："对不起！对不起！"

伊莲娜终于明白了，当年妈妈离家出走之时，为何留下这张纸条。就是为了女儿今后可以来找到她！

妈妈已然老了许多，两鬓有不少白发，脸上的皱纹让人伤心，只是胸口的十字架依旧。

"对不起，妈妈不该离开你。"母女俩痛哭着抱在一起，"伊莲娜，你一定非常怨恨我，是我的懦弱使你这么多年来孤苦无依。"

"不，妈妈，我不恨你，这是我们家族的使命吗？这是我们命中注定的吗？应该说对不起的是我，我没有一直跟随着你，没有更早地根据你留下的地址找到你。"

"不要这么说，我的孩子。"

古老的城堡里，响起了风的呼啸，伊莲娜擦干眼泪说："妈妈，我非常害怕，我不知道自己还能做什么，也不知道自己将到哪里去，所以才来罗马尼亚旅行，才想要看看你留下的地址。"

突然，妈妈的双眼在黑暗中放射出神秘的光芒，几乎一字一顿地回答："你将要去沉睡之城，一座只属于你的城市。"

林君如

2006 年 9 月 23 日，晚上 8 点 20 分。

泰国，清迈。

夜市里飘荡着各种气味，吵闹的叫卖声此起彼伏。林君如只感到一阵头晕，仿佛要在人群中窒息了。她悄悄离开旅行团的同伴们，又从夜市的入口原路返回，来到一条空旷的街道上。

山城夜风习习，拂乱了林君如的披肩长发，微微的凉意让她抱起肩膀，心底莫名寂寞起来。她仰起头大口呼吸，空气中弥漫着几丝芬芳，引她向路的彼端踱步而去。

"我醉了因为我寂寞，我寂寞有谁来安慰我。自从你离开我，那寂寞就伴着我……"

某个声音从街边的角落传来，如泣如诉地钻入林君如的脑中——居然是邓丽君的歌声，这曾几度在梦中出现过的场景，竟如此清晰地重现于清迈街头。

她循着声音快步走去，来到一个昏暗的街角，一扇木格子门里面，隐隐闪烁着粉色的灯光。小心翼翼地推门进去，邓丽君的歌声愈加清晰，引领她穿过一条欧式装修的走廊，来到一间小酒吧里。

里面的空间还算宽敞，却看不到多少人影，有些冷清，几个泰国男人在默默地喝酒。她找了个最安静的角落坐下，服务生是个四十多岁的大叔，为她端来一杯汽酒。林君如在歌声的陪伴中独自啜饮，同时目光扫射着酒吧里每个角落，却未曾发现唱歌的人儿。

确定这不是放的唱片，而是有真人在此演唱，她拉住服务生用英语问："是谁在唱歌？"

服务生指了指一道布帘子，原来歌声就是从那里传出的，只是帘子遮住了歌者的身影。

"她是谁？"

"我不知道她的名字，但她已经在这里好多年了。"服务生诡异地微微一笑，端着托盘悄然退去了。

林君如的目光投射到布帘上，布帘后透出微弱的光线，依稀照出一个女子的轮廓，她正抓着话筒深情歌唱，现在是又一首邓丽君的歌——

"如果没有遇见你，我将会是在哪里，日子过得怎么样，人生是否要珍惜……"

布帘后的人唱得如此投入，仿佛酒吧里没有其他人，世界静得只剩下她自己，闭着眼睛抱着话筒，呢喃一片寂寞心事。

林君如痴痴地坐着听歌，不由自主地大口灌着汽酒，她很想现在就走上去，掀起布帘看看歌者的真容，是否是想象中的那张面孔。

但她站起来又犹豫着坐下，不忍心去打扰那歌唱中的人，只想安静地将这首《我只在乎你》听完。她四下看看，才发现酒吧的墙壁上挂满各种大大小小的相框。让她感到吃惊的是，墙上全是同一个人的不同照片——邓丽君。

这些照片拍摄自不同的年代，有十三四岁的豆蔻少女，也有二十来岁的美丽女郎，更有三十余岁的成熟女人。但都是邓丽君一个人的照片，没有其他人陪伴在她左右，正如她孤独悲伤的人生。

林君如喝完最后一口汽酒，只感到头有些昏昏沉沉，情不自禁地走到墙边，触摸着那些陈旧的照片。

此时布帘后的歌者已唱到——

"任时光匆匆流去我只在乎你，心甘情愿感染你的气息，人生几何能够得到知己，失去生命的力量也不可惜。所以我求求你，别让我离开你，除了你我不能感到一丝丝情意……"

当这满怀深情的一曲终了之时，林君如终于按捺不住了，她飞快地冲上去撩开布帘子——必须要看到歌者的容颜！

然而，帘子后面空空如也，只立着一个长长的话筒。

难道刚才是幽灵在唱歌？

当她感到毛骨悚然之时，后台吹来一阵凉风，隐隐有个影子一晃而过。

林君如立即追了进去，酒吧服务生跑过来喊道："对不起，你不能进去。"

她不顾一切地推开服务生，径直冲进幽暗的后台。里面是条弯弯曲曲的走廊，那个背影忽隐忽现，她断定那就是唱歌的女子。

"等一等！你是谁？"她在后面紧跟着大声问道，一路在狭窄的走廊里奔走，直到迎面遇见一扇木门。

林君如忐忑地刹住了脚，小心地敲了敲门说："喂，我能进来吗？"

等待了十秒钟，门里没有任何回答，却传出一阵轻微的音乐。

于是，她自行转开了门把，不请自入地走进房间。

这是个温馨舒适的小屋，窗户正对着一个小花园。屋里有简单的家具，一切都收拾得干干净净。在一张古典的中式梳妆台上，镶嵌着一面椭圆形的镜子，正好映出林君如的脸庞。

音乐来自一台上世纪八十年代的唱片机，一张陈旧的胶木唱片正在转动着，传出一串熟悉的旋律——

"Good-bye my love，我的爱人再见，good-bye my love，相见不知哪一天。我把一切给了你，希望你要珍惜，不要辜负我的真情意……"

还是邓丽君的歌！

林君如默默地在房间里漫步，发现墙上依然挂着邓丽君的玉照，床头的书柜里整齐地排列着她的唱片，这一切都让人感到莫名诧异。

她轻轻走到窗前，却看到月夜的花园里，站着一个女子，正面对几丛兰花低头沉思。月下的兰花吐露着芬芳，伴着女子的背影，如古人的画。歌声继续从电唱机里传来，似乎连花也在沉醉倾听。

林君如大着胆子，反客为主地问道："你是谁？"

女子缓缓转过头来，月光突然变得特别明亮，照出兰花前的中年妇人——她仍然那么美丽优雅，穿着一件短袖旗袍，一如多年前某次演唱会时的形象。

果然，果然就是她！

林君如已然目瞪口呆，十一年前死去的幽灵，如何又穿梭岁月重现此地？

难道——当年她并没有死去，只是厌倦了人世，厌倦了剪不断的情丝，厌倦了众目睽睽，厌倦了人言可畏，于是隐遁于茫茫人海之中，在这泰国"北方玫瑰"的清迈城中，了此绚丽过又归于寂寞的人生？

但她无法厌倦的是歌声。

美妇人对她微笑了一下，明眸皓齿间满是万种风情，她已不再忧郁哀伤，只有淡定的从容。

电唱机里她的歌声仍在继续——

"我永远怀念你温柔的情，怀念你热红的心，怀念你甜蜜的吻，怀念你那醉人的歌声，怎能忘记这段情。我的爱再见，不知哪日再相见。我的爱我相信，总有一天能再见……"

童建国

1995 年 5 月 8 日，晚上 11 点 19 分。

东南亚，金三角。

距清迈四十公里的山谷中，夜雾笼罩着几栋吊脚楼。四十六岁的童建国，仰头看着一弯冷月，正好有一颗流星从天边划过——真是个该死的坏兆头。

当然，他不知道也不会关心，就是在同一天的清迈，邓丽君悄然离开了人世。

肩上的大行军包沉甸甸的，仿佛他背着的是一具沉重的死尸。里面是他所有的东西，包括七万多美金和几根金条，这是他多年来当雇佣兵攒下的卖命钱——每一张钞票上都有别人和自己的血。

村寨里的人都睡着了。绝对不能让老板听到声音，如果被抓住一定会被乱枪打死。童建国屏住呼吸，下意识地摸了摸腰间，手枪里上着二十发子弹，任何风吹草动都会让他拔枪射击。平时再危险也没现在这么紧张，可能是终于决定要告别刀口舐血的生涯，人生从此将走上完全不同的道路，心理一下子还没有适应——何况稍有不慎就会惹来杀身之祸，至于未来的路则是彻底的迷惘。

从吊脚楼底下悄然穿过，岗哨今天也打了瞌睡，就在眼皮子底下让他越过了篱笆。渐渐远离了村寨，四周全是茂密的树林和灌木，绿树和黑夜将他遮蔽起来，他成为一只夜行的猫。

三天后他将抵达清迈，然后就是曼谷－香港－上海。

但沉重的包袱影响了他的速度，又不敢发出太大的声音，更怕惊醒夜宿的飞鸟，被村寨里的人们听到。

这样艰难地走了几十分钟，前方突然传来一阵奇怪的声音，又不像是动物发出的。童建国立刻将手枪掏了出来，警惕地对准前方的草丛。

一个人影摇摇晃晃地站起来，他低声喝道："不许动！"

但对方闷哼了一声，便又倒在了草丛中。童建国万分小心地靠近，用手枪指着对方的脑袋，踢了踢那人说："你是谁？"

"救……救救……我……"

听起来像是受了重伤，但童建国丝毫不敢懈怠，因为他过去也演过诈伤的把戏，趁别人放松警惕时突然出击。

"别装死！"他半蹲下来摸了摸那人，立时手上满是温热的鲜血。二十多年的战地经验，使他迅速摸到伤口——真实的枪伤，打在胸腹部，那人伤得很重。

"你是谁？是谁打伤了你？"童建国的语气软了许多。

没想到在这里会遇到一个重伤者，是附近哪两家武装火并了？

伤者在不断轻微地呻吟之后，终于艰难地说话了："不要……不要管我是谁……我是南明城里的人……"

"南明城？"

早就听说过南明城了，在金三角某个神秘的山谷中，据说是最富裕最文明的世外桃源。

但谁都没有去过南明城，更不清楚那里的真实面貌，许多人秘密地前往南明，但不是空手而归就是永远地失踪了。

"是！我们的行动又失败了。"那人挣扎着说道。

这个男人的脸上满是血污，黑夜里也实在看不清楚他的相貌。

"什么行动？"

"刺……刺杀……刺杀……"

"谁？刺杀谁？"

"马潜龙！"他咬牙切齿地说出了这个名字。

童建国摇着头问："马潜龙？他又是谁？"

"十年……十年前……我们就想要杀死他……可惜……失败了……死了许多人……许多人……但我不会放过他的……这次算他命大……可我快要死了……"

童建国听得似懂非懂，抓着他说："为什么要刺杀他？"

"因为……因为……"那个男人话还没说完，忽然神色恐惧，随即吐出一口黑血，躺在地上再也不动了。

童建国摸了摸他的口鼻，已然彻底断气了。

月亮，在乌云间隐去了，更黑的雾气弥漫在丛林中，掩盖了多年的冤魂。

不再去管这个死人了，童建国又背起行军包，继续往夜的深处走去。

耳边却一直萦绕着那个名字——

马潜龙。

蔡骏创作大事年表

2000 年

3 月，登录"榕树下"网站，首次网络发表短篇小说《天宝大球场的陷落》；

4 月，完成短篇小说《绑架》；

8 月，《绑架》获"贝塔斯曼·人民文学"新人奖，感谢潘燕、吉涵斌；

12 月，《绑架》发表于《当代》杂志 12 月号；

12 月，网络爆发"女鬼病毒"，《病毒》的构思大致完成；

2001 年

3 月，完成首部长篇小说《病毒》，发布在"榕树下"，作为中文互联网首部"悬恐"小说引起强烈关注；

11 月，完成第二部长篇小说《诅咒》，从此不再于网络首发作品，开始直接出版；

2002 年

1 月，中篇小说《飞翔》获"第三届榕树下原创文学大奖赛小说奖"；

4 月，《病毒》由中国戏剧出版社出版，感谢张英先生与出版界前辈严平先生；

8 月，韩日世界杯期间，完成第三部长篇小说《猫眼》；

9 月，《诅咒》由中国社会科学出版社出版；

11 月，完成第四部长篇小说《神在看着你》；

11 月，《猫眼》由中国电影出版社出版，感谢出版人花青老师；

2003 年

1 月，《神在看着你》由中国电影出版社出版；

4 月，完成第五部长篇小说《夜半笛声》；《诅咒》电视改编权售出，感谢制片人张竹女士；

6 月，首部中篇小说集《爱人的头颅》由中国电影出版社出版，感谢李异鸣先生；

6 月，中文繁体版作品首次在台湾出版，《爱人的头颅》《天宝大球场的陷落》由台湾高谈文化出版公司出版；

8 月，完成第六部长篇小说《幽灵客栈》，自认这是个人创作的最唯美的小说。《夜半笛声》由中国电影出版社出版；

12 月，有幸结识《萌芽》杂志傅星老师。完成中篇小说《荒村》，人物欧阳小枝首度出场；

2004 年

2 月，应音乐人萨顶顶之邀，开始歌词创作；

3 月，《幽灵客栈》由云南人民出版社出版，感谢李西闽先生、程永新先生。中篇小说《荒村》首发《萌芽》杂志 4 月号；

6 月，完成第七部长篇小说《荒村公寓》；旧作《迷香》首发于《萌芽》杂志 7 月号；

9 月，加入上海市作家协会；

10 月，完成第八部长篇小说《地狱的第 19 层》，人物高玄首度出场。

小说作品首次被搬上荧幕，根据《诅咒》改编的电视剧《魂断楼兰》播出，由宁静主演；

11月，《地狱的第19层》上半部发表于《萌芽》增刊；

11月，《荒村公寓》由接力出版社出版，感谢《萌芽》杂志社赵长天老师、接力出版社白冰老师、责编朱娟娟小姐；

12月，完成第九部长篇小说《玛格丽特的秘密》；

2005年

1月，《地狱的第19层》由接力出版社出版，创国内同类小说单本销售纪录，其电影改编权售出；

3月，《荒村公寓》电影改编权售出；《玛格丽特的秘密》在《萌芽》杂志开始连载；

4月，完成第十部长篇小说《荒村归来》；

7月，《荒村归来》由接力出版社出版；

9月，《地狱的第19层》《荒村公寓》由台湾时报文化出版公司出版；申请注册"蔡骏心理悬疑小说"商标；

11月，《荒村》电影改编权售出，感谢张备先生的帮助；

12月，加入中国作家协会。《天机》的最初构思形成；

2006年

1月，《玛格丽特的秘密》及"蔡骏午夜小说馆"（合计《病毒》《诅咒》《猫眼》《圣婴》四本）丛书由接力出版社出版；

1月，《肉香》由华文出版社出版；《地狱的第19层》获新浪网2005年度图书；

3月，完成第十一部长篇小说《旋转门》；俄文版《病毒》由俄罗斯36.6俱乐部出版社出版；

6月，《旋转门》由接力出版社出版，至此，由接力出版社出版的"蔡骏心理悬疑小说"系列销量突破100万册，创造中国原创悬疑小说畅销纪录。《荒村归来》繁体版由台湾时报出版公司出版；

7月，根据基础翻译稿，修改润色美籍华人女作家谭恩美长篇小说《沉默之鱼》；

8月，短篇小说《绑架》电影改编权售出；《幽灵客栈》繁体版由台湾时报出版公司出版；

9月，《沉默之鱼》由北京出版社出版；俄文版《诅咒》由俄罗斯36.6俱乐部出版社出版；

11月，完成第十二部长篇小说《蝴蝶公墓》；

12月，完成首张个人音乐专辑《蝴蝶美人》录制；

12月，历时一年，完成超长篇小说《天机》的初步构思及提纲；

2007年

1月，《蝴蝶公墓》由作家出版社、台湾麦田出版公司在海峡两岸同时推出，感谢贝塔斯曼集团、广州滚石移动娱乐公司，感谢阮小芳小姐、赵平小姐、刘方先生、季炜铭先生；

2月，首次访问台北，参加台北国际书展《蝴蝶公墓》宣传活动；

4月，完成《天机》第一季"沉睡之城"；

受邀修改电影《荒村客栈》台词，感谢文隽老师指导；

5 月，主笔悬疑杂志《悬疑志》出版上市；

8 月，根据《地狱的第 19 层》改编的电影《第十九层空间》全国公映，钟欣桐、谭耀文主演，票房超过 1800 万，创同类电影内地票房纪录；

9 月，《天机》第一季"沉睡之城"由陕西师范大学出版社出版，感谢黄隽青老师；完成《天机》第二季"罗刹之国"；

11 月，《天机》第二季"罗刹之国"由陕西师范大学出版社出版，因对腰封文字不满，爆发"腰封门"事件，导致加印图书腰封更换；当选上海市作家协会第八届理事会理事；

2008 年

1 月，完成《天机》第三季"大空城之夜"；参加印度、尼泊尔七喜之旅，感谢贝榕文化、七喜公司；

4 月，《天机》第三季"大空城之夜"由陕西师范大学出版社出版；完成《天机》第四季"末日审判"；

6 月，《天机》第四季"末日审判"由陕西师范大学出版社出版，中国作家协会召开"蔡骏作品研讨会"；

11 月，越南文版《地狱的第 19 层》出版；

2009 年

1 月，《蔡骏文集》八卷本由万卷出版公司出版；完成《人间》上卷"谁是我"；

3 月，《人间》上卷"谁是我"由河南文艺出版社出版，感谢黄隽青老师；

4 月，监制《谜小说》系列丛书出版；

5 月，在北京召开《谜小说》发布会；

6 月，完成《人间》中卷"复活夜"；

7 月，泰文版《地狱的第 19 层》出版；

8 月，《人间》中卷"复活夜"由河南文艺出版社出版；

12 月，完成《人间》下卷"拯救者"；

2010 年

1 月，《人间》下卷"拯救者"由河南文艺出版社出版；

5 月，《地狱的第 19 层》典藏版由新世界出版社出版；

7 月，完成长篇小说《谋杀似水年华》初稿；《荒村公寓》典藏版由新世界出版社出版；

8 月，电影版《荒村公寓》全国上映，主演张雨绮、余文乐；

9 月，话剧版《荒村公寓》公演；

11 月，《谋杀似水年华》在《萌芽》开始连载；《荒村归来》典藏版由新世界出版社出版；

2011 年

1 月，在北京与美国推理小说大师劳伦斯·布洛克对谈；

3 月，"是谁谋杀了我们的似水年华"全国高校巡回讲座开始；

8 月，《谋杀似水年华》由南海出版公司出版，感谢新经典文化有限公司，感谢出版人陈明俊先生；感谢编辑金马洛先生；

9 月，主编《悬疑世界》杂志与湖北知音动漫公司合作出版；

2012 年

2 月，完成长篇小说《地狱变》；

5 月，"悬疑世界"网站正式上线；

6 月，《地狱变》由南海出版公司出版，感谢新经典文化有限公司，感谢出版人陈明俊先生；感谢编辑黎遥先生；

6 月，主编《悬疑世界》杂志与湖北今古传奇集团合做出版；

8 月，《地狱的第十九层》英文版 "NARAKA 19"(Jason H.Wen 译) 由加拿大 BMI 传媒出版社出版；

9 月，话剧版《谋杀似水年华》在上海公演，蔡骏首次担任出品人；

10 月，《天机》系列电影由中国电影集团筹备启动；

2013 年

3 月，完成第十七部长篇小说《生死河》；

5 月，主编《悬疑世界》电子刊上线；

6 月，《生死河》由北京联合出版公司出版，感谢磨铁文化、感谢出版人沈浩波先生、感谢编辑柳易先生、布狄先生；

11 月，《生死河》系列电影由天润传媒筹备启动；

2014 年

1 月，最新长篇作品《偷窥一百二十天》在《萌芽》《悬疑世界》上共同连载；

5 月，开始连载"最漫长的那一夜"长微博系列；

7 月，当选上海网络协会副会长；由作品改编的话剧《杰克的星空》《幽灵客栈》公演；

8 月，创立国内首个原创类型小说精品文库"悬疑世界文库"，第十八部长篇小说《偷窥一百二十天》作为文库首发作品由作家出版社出版，感谢出版人葛笑政先生，感谢编辑郭汉睿、朱燕；

9 月，《谋杀似水年华》收入"悬疑世界文库"，由作家出版社再版。

11 月，《谋杀似水年华》再版；

11 月，《生死河》英文版 "The Child's Past Life"（YuZhi Yang 译）由美国 Amazon Crossing 在北美出版；

2015 年

1 月，电影《谋杀似水年华》开机，导演陈果，主演 Angelababy、阮经天；

1 月，《地狱十九层》由河北出版传媒集团花山文艺出版社再版；

1 月，《蝴蝶公墓》由湖南人民出版社再版；

图书在版编目（CIP）数据

天机·第三季：空城之夜 / 蔡骏著. -- 北京：作家出版社，2021.5
（悬疑世界文库）
ISBN 978-7-5212-0808-5

Ⅰ. ①天… Ⅱ. ①蔡… Ⅲ. ①长篇小说 – 中国 – 当代 Ⅳ. ①I247.5

中国版本图书馆CIP数据核字（2020）第004258号

天机·第三季：空城之夜

作　　者：蔡　骏
出版统筹策划：汉　睿
装帧设计：天行云翼·宋晓亮
责任编辑：李　娜
特约编辑：李　翠　丁文君
出版发行：作家出版社有限公司
社　　址：北京农展馆南里10号　　邮　　编：100125
电话传真：86-10-65067186（发行中心及邮购部）
　　　　　86-10-65004079（总编室）
E-mail:zuojia@zuojia.net.cn
http://www.zuojiachubanshe.com
印　　刷：中煤（北京）印务有限公司
成品尺寸：152×230
字　　数：200千
印　　张：16
版　　次：2021年5月第1版
印　　次：2021年5月第1次印刷
ISBN　978-7-5212-0808-5
定　　价：48.00元

蔡骏　《天机》
悬疑教父蔡骏超长篇经典巨制

悬疑世界文库

中国类型小说殿堂卷帙

[悬疑世界文库] 魅惑解锁

时间从此分叉

万象森罗　蛰伏如谜

爱与恨正在演绎无数可能

悬疑无界　故事无常

敬请期待

文库推荐

《偷窥一百二十天》（精装）蔡骏 著

黑天鹅般迷人的崔善，
一觉醒来，发觉自己被推入二十层烂尾楼顶的露天围墙里，
逃脱不得又求救无门。计算着被囚禁的日子，她想尽办法要活下去。
第十五天，饥寒索命，一场暴雨又夺走她腹中的胎儿。
奄息绝望之际，她发现一位拒绝现身的神秘人X在偷窥自己……
中国著名悬疑作家蔡骏的最新长篇，悬疑世界文库首发作品。
故事延续了蔡骏一贯天马行空的想象，引人入胜的悬念及严密的逻辑性，
并向当下社会热点问题发问。
乍看匪夷所思的故事、虚妄猎奇的人物，其实现实生活中早有踪迹！

扫码即听，蔡骏亲口朗读七个段落，
更可以听喜马拉雅全本朗读！

《谋杀似水年华》（新版）蔡骏 著

大雨滂沱的夏夜，南明高级中学对面的杂货店发生了一起离奇的谋杀案。
唯一的目击证人是死者十三岁的儿子。
十五年后，案件尚未告破，负责此案的刑警因公殉职。
在筹备葬礼的过程中，警察的女儿田小麦意外发现父亲遗留的工作手册，
提及十五年前那桩谋杀案的凶器……
年华纷纷跌落，真凶逍遥法外，徒留无限怅惘和一丝最后的希望！
一个女孩与她的少年，如何跨越十五年的时间鸿沟，挖掘被埋葬的爱情，
追寻谋杀似水年华的真正凶手？
蔡骏第一部社会派悬疑小说经典重版，不容错过！

文库推荐

《如果世界只有我和你》哥舒意 著

如果在末日，我和你。

一个爱与守护的故事。一本让男人也会流泪的书。

末日地震后，城市沦为一座孤岛。

三十岁的男人和六岁的男孩儿被留在世界中心的孤岛上。

一个是普通的失败的上班族宅男。一个是缺失父爱又失去妈妈的孤独男孩儿。

在孤岛，相依相爱，而离别汹汹而至。

他们要如何对抗这个覆灭的世界？我又该怎么守护你？

如果明天一切都结束了，什么是梦想？什么是幸福？什么是爱？

每个人都是一座孤岛，但孤独源自爱。

哥舒意"爱的三部曲"第一部
为爱而生

《蓝宝石》凑佳苗（日）著，王蕴洁 译

一份少女时代的生日礼物，一生珍视的爱人记忆，却覆上了抹不去的阴影。

蓝宝石不只是代表爱情的礼物，更是错失爱人的遗憾。

它美，因为寄托着爱意。

然而它黑暗，背负着命定的不幸。

猫眼石、月光石、钻石……七颗宝石皆是情感的暗号。

我们在这里交换暗号后面的秘密，有温情、残酷、伤感、追忆……

世界上没有哪两颗宝石是一样的，正如这些故事也各自通向七座不同的城堡。

无法言说的秘密，隐秘羞耻的欲望，环环相扣的恨意，令人唏嘘的报恩……

璀璨光芒背后的悲喜情仇，都在这本独一无二的《蓝宝石》中。

文库推荐

《公鸡已死》 英格丽特·诺尔（德）著，沈锡良 译

52岁的保险公司女职员罗塞玛丽是一个善良、热心的普通中年女人，
但一桩桩令人匪夷所思的离奇命案背后，
她又是一个为了得到梦中情人而不择手段的可怕女人……
这场畸形的爱恋最后又会有怎样的结局？
德国"犯罪小说天后"英格丽特·诺尔用生活化的笔调和轻松幽默的语言，
为你揭晓最具悬念的答案。
女性犯罪的经典之作，悬疑教父蔡骏倾情推荐
连续盘踞德国明镜畅销书排行榜35周之久！

《情人的骨灰》 英格丽特·诺尔（德）著，沈锡良 译

女人们往往通过精心安排的谋杀摆脱了男人，从而在束缚的生活中获得自由。
可是对于两个16岁的女孩玛雅和柯拉来说，
美好的生活还未开始就已经苍白地结束，
因为拦在她们这条路上的障碍远不止一个。
然而当她们在清除道路上的阻碍时，
却早已不知不觉堕入了罪恶和谋杀的陷阱……
德国"犯罪小说天后"英格丽特·诺尔用充满黑色幽默的笔调，
为你揭示年轻女孩背后潜伏着的疯狂。
女性犯罪中的旷世奇书
德国最具权威侦探小说奖项——格劳泽奖获奖作品